KB009013

사표
내겠습니다

3 이현성 장편소설

단글

사표 내겠습니다 3

초판 1쇄 인쇄 2020년 1월 9일
초판 1쇄 발행 2020년 1월 23일

지은이 이현성
발행인 오영배
편집 편집부
표지·본문 디자인 오정인
제작 조하늬

펴낸곳 (주)삼양출판사·단글
주소 서울시 강북구 도봉로 173
대표 전화 02-980-2112 / **팩스** 02-983-0660
편집부 전화 02-987-9393 / **팩스** 02-980-2115
블로그 blog.naver.com/dan_gul
출판등록 1999년 3월 11일 제9-00046호

ISBN 979-11-283-9831-5 (04810) / 979-11-283-9828-5 (세트)

 은 (주)삼양출판사의 로맨스 문학 브랜드입니다.

사표
내겠습니다

3 이현성 장편소설

단글

목차

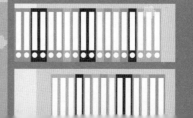

7장. 동고동락

대수롭지 않다는 듯한 말투 때문에, 처음에는 승훈이 무슨 말을 하는지 깨닫지 못했다.

차에 탄 후에야, 창현이 물었다.

"형님, 방금 전에 뭐라고 하셨습니까?"

"슬희가 우리 집에서 사는 문제에 대해 의논 좀 해 보자고."

승훈이 뭘 그리 당연한 걸 묻냐는 듯 말했다.

슬희는 입술을 살짝 벌리고 승훈을 쳐다봤다.

이 사람이 지금 무슨 소리를 하는 거지?

"대체 뭔 소리를 하시는 거죠?"

슬희의 속마음을 대변하듯, 창현이 물었다.

"뭔 소리라니. 넌 생각 안 해 봤어?"

"제가 뭘 생각해야 합니까?"

"슬희가 우리 집에서 사는 거."

"아니, 그러니까…… 대체 왜요? 제가 왜 내 여자가 형님 집에서 동거를 하는 것에 대해 생각해 봤을 거라고 생각하시는 거죠?"

이런 와중에도 주책맞게 '내 여자'라는 말에 가슴이 두근거렸다.

슬희는 설레는 마음을 감추고 두 사람의 대화에 집중했다.

"아니, 그렇잖아. 내 스케줄, 앞으로 빡빡해. 슬희 집에서 우리 집까지, 대충 잡아도 두 시간은 걸릴 거고. 왕복 네 시간 출퇴근이야. 그렇게 힘들게 출퇴근하느니, 우리 집에서 같이 사는 게 낫지 않아? 전 매니저도 그랬었고."

"그야 전 매니저는 남자였으니까요!"

"뭐야, 날 못 믿어? 내가 슬희한테 손댈까 봐 그래?"

"네, 그럴까 봐 이럽니다. 슬희는 너무 예쁘니까요."

창현의 팔불출 같은 말에 슬희는 부끄러워졌다.

내로라하는 여배우들과 영화며, 드라마를 찍은 사람 앞에서 무슨 말을 하는 거람.

"그래, 그건 알겠는데. 난 공과 사는 구분할 줄 알아. 슬희는 우리 집에서 숙식하는 편이 나아. 시간적으로도 그렇고, 체력적으로도 그렇고."

"안 됩니다."

"그렇게 딱 잘라서 거절하기야?"

"네. 거절합니다."

"질투 때문에 슬희가 얼마나 힘들지는 생각 안 하나 보지?"

"질투요? 그래요, 질투도 있겠죠. 하지만 형님은 남자고, 슬희는 여잡니다. 아무리 형님이 공사 구분이 뚜렷하다고 해도, 파파라치나 기자들 생각도 같을까요?"

"흐음."

"형님이 이번에 처음으로 여자 매니저를 둔 걸 가지고도 벌써 얘기가 나오고 있어요. 그거 기사 막느라 힘들었습니다."

그런 일이 있었구나.

슬희는 전혀 몰랐다.

창현이 그런 부분까지 신경을 써 주고 있을 줄은 몰랐기에, 슬희는 새삼 창현의 마음 씀씀이에 감동했다.

"그런데 동거까지 하신다고요? 조만간 두 사람 결혼 기사도 뜰 겁니다. 그럼 슬희 이미지에 안 좋아요."

"아, 내 이미지가 아니라 슬희 이미지를 걱정하는 거야?"

"형님이야 어떻게든 하시겠죠."

"나 좀 상처받을 것 같아."

승훈이 눈썹 끝을 내리고 한 손을 자기 가슴 위에 올렸다.

"형님."

창현이 낮은 음성으로 승훈을 부르며, 그를 똑바로 응시했다.

"장난 그만 치세요. 전 슬희 일이면 흥분하고, 그게 형님한테 아주 즐거운 놀림거리라는 거 아니까요."

"아, 눈치챘어? 우리 창현이, 많이 컸네. 옛날에는 장난이라는 것도 모르고 심각하게 반응해서 귀여웠는데."

장난이었던 건가!

슬희는 충격받았다.

안 그래도 승훈이 갑자기 동거 얘기를 꺼내는 바람에 황망했는데, 그게 다 창현을 놀리기 위한 장난이었다니!

천하의 조승훈이 저런 성격이었나!

"어쨌든 슬희의 출퇴근 문제가 걱정되기는 했습니다."

창현이 차를 출발시키며 말했다.

"슬희야, 출퇴근 힘들지?"

"오늘 첫날이긴 한데…… 좀 걱정되긴 하더라."

"잠깐, 그러니까 드라마 촬영 끝날 때까지 집 떠나 있는 거, 괜찮아?"

"응? 응, 일 때문이면 괜찮긴 한데."

슬희가 대답했다.

창현은 잠시 고민하다가 승훈에게 말했다.

"형님, 댁 근처에 집 하나 렌트해 주세요. 방범이 잘되는 집으로요."

"아니, 아니. 그렇게까지는 안 하셔도 돼요."

폐를 끼칠지도 모른단 생각에 슬희가 얼른 끼어들었다.

"아냐, 안 그래도 깜짝 놀라게 해 주려고 하나 렌트해 뒀지."

승훈의 말에 슬희는 말문이 막혔다.

돈 많은 사람들의 사고방식은 도저히 이해할 수가 없었다.

집 한 채 렌트하는 게, 이 사람들에게는 농담거리가 될 정도로 쉬운 일이라니.

"가는 길에 한번 들러 보자. 내일이라도 바로 입주할 수 있으니까."

슬희는 얼떨떨했지만, 이 모든 상황에 적응하기 위해 노력했다.

조승훈의 매니저가 된 것도 아직 현실감이 느껴지지 않는 상황에서, 조승훈이 렌트해 준 집에 머물게 되다니.

　슬희는 상상도 못 한 방식으로 속도감 있게 변하는 자신의 주변 상황이 당혹스러웠다.

　'내 인생, 대체 어디로 흘러가려는 거지?'

                          *   *   *

　승훈이 렌트한 집은 펜션 독채 느낌을 주는 단독 주택이었다.

　"집주인이 해외에 사는 사람인데, 가끔 한국에 올 때 사용하는 집이야. 내년까지 비어 있을 테니, 편하게 사용하라더군. 아쉽게도 마당이 우리 집처럼 넓지 않아. 그 부분은 미안하다, 슬희야."

　승훈의 표정을 보니, 진심으로 그렇게 생각하는 듯했다.

　슬희는 황망히 말했다.

　"아뇨, 아뇨. 마당은 아무래도 좋아요."

　마당이 문제랴.

　어디를 봐도 슬희가 사는 집보다 몇 배는 넓고 좋은 집이었다.

　마당은 좁지만, 건물은 넓은 데다가 2층까지 있었다.

　1층 거실 창문 옆 테라스에는 티 테이블까지 준비되어 있었다.

　"제가 진짜 이 집에 있어도 되는 거예요?"

　"응."

　"우와. 저, 지금 좀 신데렐라가 된 기분이에요."

　슬희가 기뻐하는 모습에 승훈이 빙그레 웃었다.

"그럼 그 기분을 마음껏 누려. 자주 느낄 수 있는 기분이 아니니까."

"네, 그래야겠어요. 내일 당장 짐 가지고 들어올게요."

"응. 그리고 집 안 곳곳에 방범 벨이 있어. 까만색 동그란 버튼인데, 여기 집주인이 방범에 거의 병적으로 집착해서 여기저기 설치되어 있을 거야. 그거 누르면 바로 경찰이 오니까 조심하고. 그래도 혹시 위험한 일 생기면 누르고."

"네."

"그럼 난 피곤해서 그만 가 봐야겠다. 남은 시간은 젊은이들끼리 즐기서."

고작 세 살 차이면서 한참 차이 나는 것처럼 말한 승훈은, 둘만 남기고 집으로 돌아갔다.

이 집 앞에 선 순간부터 못마땅한 표정이던 창현이 입을 열었다.

"오늘은 집으로 돌아갈 거지?"

"응, 그래야지."

"아까 커피숍 앞에 차 세워 뒀어. 거기까지 택시 타고 나가서 차로 집에 데려다줄게."

"응."

또 택시를 타는구나.

하지만 이런 부분에도 익숙해져야겠지.

슬희는 먼저 창현의 손을 잡았다.

외진 지역이라 가로등이 설치되어 있지 않아, 밤길이 유독 캄캄했다.

"창현아."

"응?"

"너, 왜 삐쳤어?"

"안 삐쳤어."

"안 삐치긴. 아까부터 입술이 쭉 나와 있던데."

"아냐. 안 나왔어."

"그럼 여기 이 입술은 뭐야?"

슬희가 엄지와 검지로 창현의 입술을 잡았다.

창현은 피하지 않고 슬희에게 입술을 잡힌 채 웅얼웅얼 말했다.

"응? 뭐라고?"

슬희가 입술을 놔주고 물었다.

"내가 집 사 준다고 했을 땐 그렇게 화를 냈으면서."

아, 그거였나?

슬희는 웃음을 터뜨릴 뻔했다.

"내가 언제 또 그렇게 화를 냈다고 그래? 그리고 그거랑 이건 다르지."

"뭐가 달라?"

"넌 정말 너무 느닷없이, 이유 없이 집을 사 준다는 거였고. 지금 이건 일 때문에 잠깐 머무는 거잖아."

"이유가 있으면 집을 사 줘도 되는 거야?"

창현이라면 이유를 만들어 내서라도 집을 사 줄 것만 같았다.

"아니, 안 돼. 난 집 선물을 받지 않을 거야."

"치사하네."

"대체 여기서 왜 내가 치사해지는 거지?"

"생각해 보면, 선물은 결국 주는 사람 마음 아냐?"

"……."

창현이 어릴 때와 다르게 말을 잘하게 된 점이 마냥 좋기만 한 것도 아니라는 걸 이제야 깨달았다.

"내가 집 사 주고 나서 유세 부릴까 봐 그래?"

"아니, 그런 문제가 아니고. 집 사려면 내 인감도장이 필요하잖아."

"그렇겠지?"

"그래서야. 난 내 인감도장을 누구에게도 제공하지 않을 거야."

"아, 그런 문제야? 그럼 내 명의로 사서 너한테 쓰라고 하면?"

"어휴. 이 집요한 남자. 우리 그냥 그 집 얘기는 안 하면 안 돼?"

"안 해야 즐겁겠어?"

"응!"

"그래, 그럼. 안 할게."

"입 집어넣고."

"응."

창현이 입술을 오므렸다.

슬희는 결국 웃음을 터뜨리고 말았다.

이 남자는 정말 귀여워 죽겠다.

다른 사람들은 알까?

창현의 이 귀여운 모습에 대해서.

이 모습이 나만 아는 모습이었으면 좋겠다.

*   *   *

정신없는 며칠을 보냈다.

부모님께 일 때문이라 말한 후, 새집으로 짐을 옮겼다.

멋진 집에서의 일상을 누려 볼 여유도 없이, 승훈의 스케줄 때문에 일찍 나갔다가 운전 연습까지 하고 늦게 들어와 곧장 쓰러져 잠들었다.

승훈이 주연을 맡은 드라마 〈애완견의 법칙〉의 홍보가 대대적으로 펼쳐지면서 더 바빠졌다.

승훈에게 받은 매니저용 휴대폰이 쉴 새 없이 울려 댔고, 슬희는 지금껏 관심도 없었던 잡지사나 신문사, 예능 방송에 대해 전문가 수준으로 공부하게 되었다.

승훈을 아무 곳에나 내보낼 수는 없다는 생각 때문에, 스케줄을 잡기 전에는 제안이 들어온 업체를 반드시 검색해 보았다.

'회사 사람들은 잘 지내고 있을까? 그쪽도 많이 바쁘겠지?'

창현과는 밤에 잠깐 통화를 하거나, 일하다가 가끔 메시지를 주고받는 게 전부였다.

승훈이 렌트한 집을 보여 준 날 이후로는 창현을 만나지 못했다.

'아, 창현이 보고 싶다.'

지방에서 촬영이 있는 날이었다.

슬희는 평소보다 일찍 일어나서 출근 준비를 하고 나와 하늘을 올려다봤다.

이제 완전한 여름이다.

'오늘 진짜 덥겠네.'

구름 한 점 없는 새파란 하늘이 슬희를 맞이했다.

'비는 안 오겠지?'

비가 오면 촬영이 틀어진다.

'으으. 잠 좀 푹 자고 싶어.'

잠이 많은 편은 아닌데, 요새는 정말 하루 두세 시간도 제대로 못 자는 나날이었다.

'승훈이 오빠는 더 힘들겠다.'

슬희야 승훈을 기다리며 잠깐 졸아도 괜찮았지만, 승훈은 그렇지 않았다.

'이 스케줄을 군말 없이 하는 것도 신기해.'

승훈은 힘들다, 피곤하다는 말을 단 한 번도 하지 않았다.

밤새며 일하는 사람답지 않게 항상 에너지가 넘쳤다.

'그래서 정상의 자리를 유지할 수 있는 거겠지.'라고 생각하며, 슬희는 승훈의 집을 향해 걸어갔다.

늘 그렇듯, 승훈은 이미 준비를 마친 후였다.

이런 일정 중에도, 승훈은 아침 운동을 빼먹지 않았다.

대단한 체력이다.

'꾸준히 운동을 해서 이 체력을 유지할 수 있는 건가? 나도 아침에 운동을 좀 해 볼까?'

그런 생각을 하며 오늘의 스케줄을 브리핑했다.

"오늘은 인천에 가서 촬영이 있을 거예요. 다른 스케줄은 없고, 인천에서 2박 촬영 예정입니다. 예상으론 내일 오후 일곱 시쯤에 촬영이 끝날 것 같고요. 그 이후에도 일정 없습니다. 오랜만에 쉬시겠어요."

"흐음. 인천 촬영이라고?"

승훈의 입가에 미소가 감돌았다.

귀하신 승훈의 미소를 앞에 두고, 슬희는 이상하게 불안해졌다.

"네, 인천이요."

"오늘도 촬영 말고는 일정이 없고?"

"네, 없어요."

다른 때와 달리 집요하게 묻는 승훈의 태도에 점점 더 불안해졌다.

왜 이렇게 꼬치꼬치 묻는 거지?

"좋아, 그럼. 마침 잘 됐다. 차에 가서 잠깐만 기다리고 있어."

"뭐 하시게요?"

"뭐 하긴. 당연히 인천에 갈 준비를 해야지."

불안하다.

너무 불안하다.

슬희는 차고에 있는 차로 향하는 내내 불안했다.

그리고 그 불안은 점점 형체를 띠기 시작했다.

인천 갈 준비를 하고 나온다는 승훈이 낚시 도구를 챙겨 나와서 트렁크에 싣기 시작한 것이다.

"오빠…… 낚시 도구는 왜 챙기시는 거죠?"

"군인이 총을 놔두고 다니면 안 되고, 학생이 연필을 챙기지 않으면 안 되는 법이지."

"네, 옳으신 말씀이긴 한데요. 오빠는 배우잖아요."

"나는 배우이기 전에 낚시인이야!"

"아, 그러셨어요? 전혀 몰랐네요."

순간 승훈이 낚시에 푹 빠져서 배우 활동을 중단했다는 말을 들었던 기억이 났다.

'설마…… 아니겠지? 아닐 거야. 촬영 끝나고 나면 엄청 피곤할 텐데, 낚시할 정신이 어디 있겠어? 그냥 낚시 도구를 곁에 두고 안정을 찾고 싶을 뿐이겠지. 그래, 그런 걸 거야.'

슬희는 아직 벌어지지도 않은 일인데, 너무 걱정하지는 않기로 했다.

인천으로 향하는 차도 승훈이 운전했다.

운전은 매니저가 해야 할 일인데, 미숙한 운전 실력 때문에 그러지 못해서 항상 슬희는 승훈에게 미안했다.

"죄송해요, 오빠. 제가 운전을 해야 오빠가 눈이라도 좀 붙이실 텐데."

"괜찮아. 할 줄 아는 사람이 하면 되는 거지."

"그래도요. 제가 할 일인데. 그래도 걱정 마세요. 다음 주면 면허가 나와요. 그럼 제가 모실게요!"

"다음 주면 호환 마마보다 무시무시하다는 초보 운전자의 차를 타게 된다는 거야? 이거 긴장해야겠군."

"에이, 긴장하지 않으셔도 돼요. 전 기능 시험도 만점으로 통과했어요. 도로 주행도 열심히 연습하고 있으니, 오빠가 어디를 가시든 안전하게 모셔다드릴 수 있어요."

"아니, 뭐. 안전하게 모셔다드리는 것까지는 바라지도 않고. 내가 어디 가고 싶을 때, 그거나 막지 말아 줬으면 좋겠는데."

승훈이 왜 이런 말을 하는지 알 수 없었다.

슬희는 의아한 눈으로 승훈을 돌아보며 물었다.

"오빠가 가고 싶어 하는 곳을, 제가 왜 막겠어요?"

"정말? 안 막을 거야?"

승훈이 뭔가 꾸미는 듯한 눈빛으로 물었지만, 슬희는 거기까지 간파하지 못했다.

"당연하죠. 오빠를 막을 사람이 어디 있어요? 오빠 가고 싶은 곳, 다 가실 수 있어요."

*　　*　　*

슬희는 몇 시간 전, 자신이 내뱉은 말에 대해 통렬한 후회를 하는 중이었다.

'나는 바보 멍청이였어!'

시간을 돌릴 수 있다면 돌리고 싶었다.

인천으로 향하는 차 안으로.

아니, 그 전에 승훈이 낚싯대를 챙기는 그 순간으로.

긴장을 늦춰서는 안 됐다.

이 엉뚱한 대배우의 옆에 있으려면 24시간 긴장을 하고 있어야 만 한다는 걸, 뒤늦게 깨달았다.

"안 막을 거라며? 난 내가 가고 싶은 곳에 다 갈 수 있다며?"

아니나 다를까.

승훈이 아까 차 안에서 슬희가 했던 말을 꺼냈다.

슬희는 말문이 막혔다.

드라마 촬영이 끝난 건 오후 9시였다.

다들 늦은 저녁을 먹으러 가는데, 승훈만 주차장으로 향하기에 매니저인 슬희도 승훈을 따라 나왔다.

승훈은 낚시터에 갈 거라고 했다.

"예전에 인천에 왔을 때 아주 기가 막히게 큰 민어를 잡았거든. 그 손맛을 잊을 수가 없네."

슬희는 황망한 기분으로 승훈을 올려다봤다.

"오빠. 쉬셔야죠. 내일도 일찍부터 촬영이 있는데."

"낚시가 쉬는 거야."

"하지만……."

"괜찮아, 괜찮아. 밤이라서 햇빛도 없고, 낚시하기에 딱 좋아."

"배가 있겠어요?"

"배 안 타. 낚시터에서 할 거야."

"밤엔 위험하잖아요."

"낚시 인생 33년. 내 앞에 위험은 없었어."

"아니, 뭐. 신생아 때부터 낚시를 하셨어요?"

"난 태어날 때 낚싯바늘을 손에 쥐고 태어났지. 유명한 일화인데, 몰라?"

"네, 몰라요. 전혀 금시초문이고요, 지금 딱히 알고 싶지도 않네요."

"이야. 우리 슬희. 이 냉정함은 창현이에게 배운 건가?"

"오빠, 제발요."

슬희가 간절히 말려 봤지만, 이미 낚시할 생각에 빠진 승훈에게는 통하지 않았다.

"가자, 슬희야. 너에게 갓 잡은 민어의 맛을 보여 줄게."

＊　　　＊　　　＊

차에 타자마자 슬희는 창현에게 문자를 보냈다.

　　[승훈이 오빠가 낚시터에 가고 있어! 어떡하지?]
　　[어느 낚시터?]

슬희는 내비를 확인한 후, 주소를 찍어서 보냈다.

운전을 하는 승훈은 슬희의 속도 모르고 콧노래를 흥얼거리고 있었다.

저리도 좋을까.

취미가 있다는 건 좋은 일이지만, 그게 승훈의 일에 영향을 끼칠까 봐 걱정이 됐다.

낚시터는 촬영지에서 한참 떨어진 곳에 있었고, 낚시라는 게 한두 시간 안에 끝나지 않는다는 것을 슬희도 알고 있었다.

게다가 낚시를 하느라 잠 한숨 못 자고 이튿날 촬영을 할 승훈이 걱정됐다.

"그렇게 좋으세요?"

슬희의 질문에 승훈이 고개를 끄덕였다.

"응, 낚시는 정말 즐겁거든. 긴 기다림 끝에 뭔가 탁 걸려 올 때의 그 느낌이 진짜! 너도 한번 느껴 보면 낚시에 푹 빠질걸."

"과연 그럴까요?"

"낚시를 한 번도 안 해 본 사람은 있어도, 한 번만 해 본 사람은 없다는 말 몰라?"

"네, 몰라요. 알고 싶지도 않고요. 왜 낚시에 취미를 붙이신 거예요? 그것 때문에 배우 활동도 중단하셨다면서요?"

"응. 낚시라는 게 말이야, 생각하기에도, 아무 생각을 안 하기에도 딱 좋거든."

승훈이 말했다.

"부모님이 배우라서 '나'라는 자의식이 생기기 전부터 사람들의 관심을 받았어. 뭘 하는지도 모르는 채 아역 배우로 활동하기 시작했고."

그러고 보니, 승훈의 부모님도 예전에는 유명한 배우였다.

승훈의 아버지는 지금도 여러 영화나 드라마에서 활동을 하고 있었다.

"싫은 건 아냐. 난 원래 관심받는 걸 좋아하니까. 많은 사람이 날 좋아해 주고 내가 뭘 하든 떠들썩해지는 거, 좋아. 아직도 사랑받는다는 거니까. 하지만 그 생활도 몇십 년을 하다 보니, 가끔은 조용한 곳에서 쉬고 싶다는 생각이 들더라."

20대 후반에, 동료 배우를 따라 처음으로 낚시를 하게 되었다.

사귀지도 않는 여배우와 열애설이 터져, 아무리 해명을 해도 의심을 받아 골치가 아플 때였다.

"낚싯대를 던져 놓고 나서 기다려야 하잖아. 처음에는 언제 잡히나 궁금해서 몇 번이나 낚싯대를 들었다가 놨다가 해. 그러다가 그게 오히려 고기를 못 낚는다는 걸 깨닫고 가만히 기다리기 시작하지."

몸은 가만히 기다린다.

하지만.

"정신은 가만히 있질 않아. 이런저런 생각들이 머릿속에 가득해. 이 생각도 떠오르고, 저 생각도 떠오르고. 내 머릿속에 이렇게 많은 생각이 있었나 놀라울 정도야. 그렇게 많은 생각을 쉴 새 없이 하다가 보면, 어느 순간 고요해지는 순간이 있어. 머릿속이 텅텅 빈 것처럼 고요가 찾아와."

무념무상.

그 어떤 고민도, 생각도 찾아오지 않고 때때로 들려오는 물소리와 바람 소리만이 존재하는 고요 속의 공간.

마치 다른 세계에 들어온 것만 같은 침묵.

"바로 그 순간이야. 내가 중독된 건. 그렇게 아무것도 생각하지 않을 수 있는 시간. 그러다가 낚싯대가 움직이면, 그때의 그 기쁨이 이루 말할 수가 없지."

그 기쁨이 어떤 느낌인지, 슬희는 조금도 알 수 없었다.

하지만 지금 승훈의 표정을 보니, 낚시로 에너지를 보충하는 건 사실인 것 같았다.

그렇다면 어쩔 수 없지.

승훈의 충전을 위해, 나도 오늘 밤은 낚시를 즐겨 주는 수밖에.

*   *   *

　이런 시간에도 낚시터에 찾아오는 사람이 있을까 싶었지만, 의외로 낚시를 하고 있는 사람들이 있었다.

　다행인 점은 낚시터가 어두워서 승훈의 얼굴이 드러나지 않는다는 것이었다.

　낚시터는 간간이 물 튀는 소리만 날 뿐, 사람이 있는데도 조용했다.

　슬희가 의자에 앉아서 기다리는 동안 승훈은 낚싯대를 드리운 후, 가지고 온 의자에 앉았다.

　"이제부터 기다리는 거야."

　승훈이 소곤소곤 말했다.

　"조용히 해야 돼. 고기들은 예민하거든."

　슬희가 알겠다는 표시로 고개를 끄덕거렸다.

　"첫 낚시 때 잡은 게 송어였어. 송어 낚시를 갔었거든. 아, 빙어 낚시 해 본 적 있어? 이건 그냥 애들도 데리고 가서 아무나 할 수 있는 낚시인데. 다음에 창현이랑 한번 가 봐."

　'조용히 하라더니, 자기가 더 떠드네.'

　슬희는 어이가 없었다.

　시간이 한참 지났는데도 고기가 찌를 물 생각을 하지 않았다.

　낚시꾼들도 하나둘 떠나 이제 낚시터에는 승훈과 슬희, 둘만 남게 되었다.

　"아, 답답했다. 이제야 좀 제대로 얘기할 수 있겠네."

"아무 말 없는 기다림의 시간을 좋아하는 거 아니었어요?"

"그거야 혼자 있을 때지. 지금은 네가 같이 있잖아."

"그럼 그런 소리를 하시지 말든가. 난 또 지금 엄청 조용한 휴식이 필요하신 줄 알았잖아요."

"그거야 옛날 얘기지. 몇 년 낚시만 했더니, 이젠 그냥 재밌어서 하는 거야."

"속은 기분이네요. 대스타의 우울을 치료하는 약, 이런 건 줄 알았는데."

"난 배우잖아. 남을 속이는 게 일이지."

웃음기 가득한 승훈의 말을 들으니, 어둠 속에서도 승훈이 장난스럽게 웃고 있을 모습이 보이는 듯했다.

그때, 찌가 움직였다.

슬희의 눈에는 그저 커다란 생선으로만 보였다.

펄떡펄떡 살아 움직이는 생선.

하지만 승훈은 첫눈에 알아봤다.

"민어군. 그리 크진 않네."

"이게 안 커요? 엄청 큰데."

"지난번에 잡은 건 더 컸어. 거의 상어만 했지."

"그런 말로 순진한 애 속이지 좀 마십시오, 형님."

뒤에서 들려오는 말이 아니었으면, 슬희는 승훈의 말을 고스란히 믿을 뻔했다.

"창현아."

슬희는 반가운 마음에 얼른 일어나 창현에게로 다가갔다.

어두워서 발밑을 제대로 보지 못해, 나무 턱에 걸려 비틀거리는 슬희를 창현이 얼른 잡아 주었다.

창현의 팔이 슬희의 가느다란 허리에 감겼고, 그대로 끌어당겨 자신의 품에 안았다.

오랜만에 맡는 그의 체취에, 슬희는 눈물이 날 것만 같았다.

"아, 좋다."

슬희는 저도 모르게 말했다.

"응. 보고 싶었어."

창현이 슬희의 머리를 쓰다듬었다.

오랜만에 느끼는 체온이 기분 좋았다.

슬희는 창현의 품에 안겨 고개를 들고 그의 얼굴을 올려다봤다.

둘은 서로를 응시한 채 둘만의 세계에 빠져 있었다.

"여기 나도 있으니까 너무 뜨거운 짓은 하지 마. 나, 수줍음이 좀 많거든."

승훈의 목소리 덕에 슬희는 정신을 차렸다.

하마터면 승훈이 있다는 걸 잊고 창현과 입맞춤을 할 뻔했다.

창현은 아쉬움을 감추지 않고 자신과 떨어지려는 듯 움직이는 슬희를 순순히 놔주었다.

"우리 창현이가 맛있는 냄새는 기가 막히게 맡네. 마침 민어를 잡은 참인데."

"저거 봐 봐, 엄청 커."

슬희가 승훈을 거들었다.

슬희는 낚시를 구경해 본 건 처음이라, 상황이야 어찌 되었든 신기한 건 사실이었다.

창현은 양동이 옆에서 민어를 들여다보며 말했다.

"형님, 제발 드라마 촬영 끝날 때까지만이라도 낚시를 참으실 순 없는 겁니까?"

"없어. 안 하면 죽어."

"그쯤 되면 중독입니다. 병원 가서야 해요."

"병원에 가는 것보다 낚시 한 번이 더 몸에 좋아. 앉아 봐, 바로 회 떠 줄게."

승훈은 조리 기구까지 챙겨 왔나 보다.

낚싯대를 던져 놓은 승훈은 작은 조명 아래에서 회를 뜨기 시작했다.

부실한 조리 기구로 회를 뜨는데도 손의 움직임이 능숙했다.

자주 해 본 솜씨였다.

"반은 회로 먹고, 반은 매운탕 끓이자."

"매운탕 재료까지 준비해 왔습니까?"

"당연하지."

"그런 건 언제 사신 거예요?"

슬희의 질문에 승훈이 씩 웃었다.

"우리 집엔 언제나 준비되어 있어. 냉장고에서 꺼내기만 하면 돼."

이쯤 되니 낚시에 빠져 배우 활동을 중단했단 말이 현실감 있게 느껴졌다.

이 사람, 진짜로 낚시를 좋아하는구나.

승훈이 회를 뜨고 매운탕을 끓이는 도중에 민어가 한 마리 더 잡혔다.

회와 매운탕의 양이 늘어났다.

횟집 수준으로 차려진 회를 먹으며, 매운탕이 끓기를 기다렸다.

"어때? 맛있지?"

슬희가 회 한 점을 입에 넣자, 승훈이 물었다.

"네, 맛있어요. 기가 막히네요."

"크흐. 그럴 줄 알았다니까. 물고기든, 뭍고기든 막 잡은 게 최고지."

"진짜요. 낚시 구경하는 것도 처음이고, 이렇게 막 잡은 회 먹는 것도 처음이에요. 완전 맛있어요."

이제 슬희는 승훈을 말려야 한다는 생각이 들지 않았다.

이런 회를 먹을 수 있으니, 낚시를 하고 싶어 하는 게 당연하다.

회는 횟집에서 파는 것보다 쫄깃쫄깃하고 고소했다.

승훈은 마늘과 고추, 쌈장과 쌈 채소까지 챙겨 왔다.

깻잎에 마늘과 고추를 넣어, 회를 싸서 먹는 맛이 일품이었다.

승훈을 말리러 온 창현도 회가 맛있긴 한지, 한동안 말없이 회를 먹기만 했다.

이윽고 매운탕이 적당히 끓어서, 라면을 넣어 조금 더 끓이다가 국물로 입가심을 했다.

"아, 진짜 맛있네요. 별거 안 넣은 것 같은데 어떻게 이런 국물 맛이 나지?"

"신선한 고기를 잔뜩 넣어서 그래. 마늘이랑 파도 많이 넣었고. 그럼 국물 맛이 좋아지거든. 그리고 내 비장의 양념을 첨가했지."

"비장의 양념이 뭔데요? 저도 알려 주세요."

"라면 수프겠지, 뭐."

창현이 옆에서 어깃장을 놨다.

승훈이 웃었다.

"들켰네."

"형님, 지금 먹방 찍으러 오신 거 아닙니다. 드라마 촬영에 집중하셔야지요."

회와 매운탕으로 배를 채운 창현이, 본래의 목적을 떠올리고 말했다.

"물론 나는 드라마 촬영에도 집중하고 있지. 걱정 마, 최고의 드라마가 될 테니까. 대본 보니까 내용도 좋던데."

슬희도 드라마 내용은 대충 알고 있었다.

어릴 때 부모로부터 큰 상처를 받은 남자 주인공과 쌍둥이 여동생 때문에 많은 것을 포기해야만 했던 여자 주인공이 나오는 로맨틱 코미디였다.

무뚝뚝하고 냉정한 남자 주인공이 여자 주인공을 만나면서 변해 가는 모습과 남자 주인공 덕에 자신을 둘러싼 환경에서 벗어날 각오를 하는 여자 주인공의 심리 변화를 다룬 드라마였다.

"그리고 민 대표. 내 낚시를 말리기 전에, 백상희부터 챙기는 게 좋겠더라."

느닷없이 등장한 백상희의 이름에, 슬희도 창현도 회로 향하던 젓가락을 멈췄다.

"백상희요?"

창현이 미간을 좁히고 물었다.

"백상희가 갑자기 왜……? 문제라도 있습니까?"

"드라마 하기로 하고 나서, 상대 배우에 대해 잘 알아야 하니까 백상희 나오는 영화, 드라마 다 봤거든. 백상희, 나이는 어려도 연기는 곧잘 하고, 감정 표현도 아주 잘하더라고. 자기 배역에 집중을 하는 게 보였어."

슬희도 동감이었다.

오늘도 촬영을 하는 내내 현장에 있었는데, 백상희는 자기가 맡은 역할을 제대로 해내고 있었다.

NG도 많이 내지 않았다.

그런데 뭐가 문제라는 걸까?

"오늘 영 집중을 못 하고 있더라. 신경 쓰이는 게 있는 모양이더군. 표정도, 눈빛도 가관이었어."

승훈의 말에 슬희는 놀랐다.

슬희는 그런 부분을 전혀 눈치채지 못했다.

현장에 있는 다른 스태프들은 그 부분을 알고 있었을까?

아니, 알았다면 그걸 지적했을 것이다.

슬희가 놀라워하는 동안, 창현의 표정은 어두워지고 있었다.

"불길한 예감이 드네요."

창현이 말했다.

"형님 눈에 그렇게 보였다면 확실히 그런 걸 텐데. 백상희가 지금 불안해하는 이유가 뭘까요? 혹시 비밀로 연애라도 하고 있는 걸까요? 저는 그에 대해 아무 보고도 못 받았는데."

"아니, 연애 문제가 아냐."

승훈이 단호하게 말했다.

"그렇게 쉬운 문제가 아닌 것 같아. 뭐, 전혀 관계없는 일이라면 좋겠지만, 난 최영빈 사건의 연장이 아닐까라는 기분이 드네."

그 말에, 슬희의 손에 힘이 들어갔다.

창현도 마찬가지였다.

"남배우보다는 여배우의 이미지를 손상시키는 게 훨씬 쉬워. 손상시키기 아주 좋은 방법이 있거든."

그 방법이 뭔지, 슬희는 알 것 같았다.

"그런 방법으로 손상된 이미지는 회복하기가 정말 힘들지. 그리고 배우 당사자에게도 치료하기 힘든 상처가 되고."

창현이 깊은 한숨을 내쉬었다.

"그런 게 아니었으면 좋겠지만, 돌다리도 두드려 보고 건너라잖아. 더 늦기 전에 백상희한테 가 봐. 오늘 백상희는 정말 다 죽어 가는 것처럼 보였어. 어쩌면 이미 늦었는지도 모르겠지만."

*　　*　　*

승훈의 말대로 지금 승훈의 낚시를 말리고 있을 때가 아니었다.

창현은 슬희에게 하고 싶지 않았지만, 작별 인사를 하고 낚시터에서 나왔다.

어릴 때부터 연기를 해 온 승훈은, 그만큼 상대의 연기를 간파하는 실력도 뛰어났다.

승훈이 그렇다면 그런 거다.

불길한 예감을 거둘 수가 없었다.

차에 탄 창현은 상희의 매니저에게 전화를 걸었다.

매니저는 상희가 다른 배우들과 저녁을 먹고 있다고 전했다.

"지금 거기로 갈 거야. 근처에 조용한 곳 좀 잡아 둬. 백상희랑 긴히 할 이야기가 있으니까."

*   *   *

창현이 떠난 후, 슬희와 승훈은 마주 앉아 남은 회를 먹었다.

"와인 한잔 마실래?"

승훈이 물었다.

"술도 챙겨오셨어요?"

"응. 난 운전해야 하니까, 마시고 싶으면 줄게."

"아니에요. 오빠도 못 마시는데."

"네가 마시는 거 보면서 느낌이라도 전달받으려고."

"그래요. 그럼 한 잔 주세요."

승훈이 차에서 화이트 와인과 와인 잔을 꺼내 왔다.

와인 잔을 건네받은 슬희는 감탄했다.

"오빠는 진짜 준비성이 철저하시네요. 어디를 가도 살아남으시겠어요."

"낚시를 다니다 보면 다 이렇게 돼."

"낚시 만능설인가요."

회와 함께 먹는 와인은 맛있었다.

고급 와인인지 향이 좋았다.

바다의 비릿한 냄새와 와인 향기가 어우러져, 독특한 향기로 후각을 자극했다.

"궁금한 게 있어요."

"응, 뭔데?"

"오빠는 왜 창현이를 좋아하시는 거예요?"

슬희의 질문에 승훈이 눈을 가늘게 떴다.

"왜? 나한테 창현이를 뺏길까 봐 걱정이 돼?"

"흐음. 창현이가 오빠를 선택한다면, 그건 어쩔 수 없겠죠. 할리우드에도 진출한 대배우님인데 제가 경쟁 상대나 되겠습니까?"

"하하하하. 그럼?"

"그냥, 뭐라고 해야 하나? 창현이는요. 사람을 안 믿고, 받아들이지 않으려고 하고, 그래서 좀 냉랭한 느낌을 풍기잖아요. 그런데도 창현이 주위에 좋은 사람들이 많고, 창현이를 좋아해 주는 사람들이 많아서요. 그게 참 다행이라는 생각이 들어요."

슬희의 입가에 미소가 떠오르는 걸, 승훈은 눈을 가늘게 뜨고 지켜봤다.

"그래서 알고 싶었어요. 창현이의 어떤 부분이 그렇게 좋은 건지."

"이상하단 말이야."

승훈은 이유를 말해 주는 대신, 엄지와 검지로 슬희의 턱을 살며 시 잡아 올렸다.

그리고 자신의 얼굴을 슬희 가까이로 가져갔다.

숨결이 닿을 정도로 가까운 거리에서, 승훈은 슬희의 눈동자를 가만히 응시했다.

슬희는 숨을 제대로 쉴 수가 없었다.

승훈의 얼굴이 너무 가까운 곳에 있었기 때문이다.

숨을 멈추고 눈도 깜빡거리지 못한 채로, 승훈의 시선을 받아 냈 다.

이윽고 승훈의 입술이 벌어졌다.

"배우를 하다 보면 감정을 표현하는 연습을 많이 해야 돼. 그래 서 남의 표정을 관찰하고, 그에 대한 공부도 많이 했지."

"……."

"너랑 창현이는 몇 달 전, 회사 신입 뽑을 때 처음 봤다고 했지?"

슬희는 고개를 끄덕였다.

"그런데 이상해. 왜 너랑 창현이를 보면, 둘의 사이가 굉장히 오 랜 시간 동안 알고 지낸 듯한…… 친구? 아니, 아냐. 뭐랄까. 가족 같은 느낌이 드는 걸까?"

슬희는 대답할 수 없었다.

승훈의 얼굴이 너무 가까이에 있기도 했고, 가장 친한 친구들에 게도 말하지 못하는 비밀을 창현의 지인인 승훈에게는 더더욱 말할 수 없기 때문이었다.

그래서 눈만 크게 뜬 채로 승훈을 가만히 쳐다보는데, 그의 얼굴이 서서히 멀어졌다.

그제야 슬희는 작게 숨을 몰아쉬었다.

그 모습에 승훈이 웃었다.

"아, 미안. 너무 가까웠어?"

"네! 너무요! 저, 진짜 깜짝 놀랐어요! 완전! 우와, 진짜 심장 떨어지는 줄 알았어요!"

"이야, 신선한 반응인걸. 너처럼 솔직하게 표현하는 사람은 처음 봤어. 난 창현이한테 물어보지 않아도, 창현이가 널 왜 그렇게 좋아하는지 알겠다."

"그렇다고 저한테 반하시는 건 좀 곤란해요. 전 이상형 기준이 까다로워서요."

"고백하기도 전에 차이다니. 슬픈걸."

승훈이 웃었다.

"이 슬픈 마음은 슬슬 돌아가서 잠으로 달래야겠다. 일어날까?"

"왜 창현이를 좋아하는지, 안 말해 주셨는데요?"

"내가 말해 주면, 너도 말해 줄 거야? 왜 너랑 창현이의 관계가 하루 이틀 알고 지낸 사이가 아닌 것처럼 느껴지는지."

승훈의 예리한 지적에 말문이 막혔다.

승훈은 슬희가 상상한 것보다 훨씬 더 날카로운 사람이었다.

이러다가 창현을 어릴 때부터 알았다는 걸 들킬지도 모르겠다.

'저 오빠 앞에서는 진짜로 말조심해야겠다.'

백상희의 매니저는 솜씨 좋게도, 영업이 끝난 식당을 빌려 놓았다.

갑작스러운 창현의 미팅 요청 때문인지, 상희와 매니저는 어리둥절한 표정으로 창현을 기다리고 있었다.

가게 안에 들어간 창현은, 매니저에게 말했다.

"상희랑 긴밀하게 할 이야기가 있으니까 잠깐 나가 있어."

"네, 대표님."

매니저가 상희를 향해 걱정스러운 시선을 보내고는 가게에서 나갔다.

상희는 긴장한 표정으로 창현을 보고 있었다.

창현은 상희와 대화하기에 앞서, 가게 안을 점검했다.

CCTV나 숨겨 둔 녹음기는 없는지 다 확인한 후에야, 상희의 맞은편에 앉았다.

창현은 곧장 말을 꺼내지 않고 상희를 가만히 응시했다.

상희는 창현의 시선을 똑바로 받아 내려 했지만, 그녀의 눈동자는 있을 곳을 찾지 못하고 흔들렸다.

승훈처럼 확실하게 알 수는 없지만, 그녀에게 문제가 있다는 것쯤은 느낄 수 있었다.

"내가 알아야 할 게 있어?"

창현이 입을 열었다.

상희는 입술을 꽉 닫았다가 열었다.

"무슨 일이세요? 제가 뭐 잘못한 거 있어요?"

"현재로선 없어. 하지만 내가 뭔가 알아야 하는데, 모르는 게 있나 해서 왔어."

"그런 거 없는데요."

상희가 눈을 맞추지 못하고 말했다.

"그래? 정말 없어? 걸리는 게 하나도 없는 거야?"

"네, 없어요. 전 지금 너무 갑작스러워서…… 저, 요새 스태프들한테 까탈도 안 부려요. 진짜 조심스럽게 행동하고 있는데."

"그래?"

"네."

창현은 거기까지만 말하고 그 이후로는 입을 열지 않았다.

채근해 봐야 상희에게서 답을 얻어 낼 수는 없을 것 같았다.

그래서 팔짱을 낀 채로 묵묵히 상희를 응시하며, 그녀가 먼저 입을 열기를 기다렸다.

상희는 고집스럽게 입술에 힘을 주고 있었지만, 눈동자는 그녀의 감정 상태를 여실히 보여 주었다.

한곳에 가만히 있지 못하고 정처 없이 움직이는 눈동자는, 단 한 번도 창현에게로 향하지는 않았다.

뭔가 있긴 있는 게 분명했다.

창현은 참을성 있게 기다렸다.

얼마나 시간이 지났을까.

열리지 않을 것 같았던 상희의 입술이 벌어졌다.

"대표님, 저 어떡하죠?"

상희의 목소리는 심하게 떨리고 있었다.

이야기를 시작하기도 전부터 그녀의 눈가가 빨갛게 물들었다.

"저요. 진짜 그러려던 게 아닌데."

큰일이구나 싶어 심장이 내려앉았지만, 창현은 내색하지 않고 가만히 상희가 말을 이어가길 기다렸다.

"저…… 신인일 때 말이에요."

상희가 데뷔를 한 건 열여덟 살 때였다.

그 후로 3년의 무명 기간을 거치다가 스무 살 때 찍은 영화가 대박이 나서 유명세를 탔다.

그 후로 로코퀸이라는 별칭이 생길 정도로, 로맨틱 코미디 장르에서 활동을 해 오다가 2년 전에 창현의 회사로 소속사를 옮겼다.

"그러니까 이전 회사에 있을 때요."

상희는 말하기 어려운 듯 더듬더듬 말을 이어갔다.

고개를 푹 숙이고 말하는 상희의 목소리는 굉장히 작았기에, 창현은 숨도 제대로 쉬지 못하고 그녀의 목소리에 집중했다.

"그 영화요…… 제가 유명해진 영화. 아시죠?"

"응, 알아."

"그거요. 그게 문제였어요. 저는 진짜 안 그러고 싶었는데…… 사장님이…… 그러니까 전 회사 사장님이…… 시켰어요. 투자자분에게 잘 보여야 한다고…… 그러면 영화에 주연으로 출연시켜 준다고……."

거기까지 말하고, 상희는 울음을 터뜨렸다.

더 듣지 않아도 상희가 하려는 이야기가 뭔지 알 수 있었다.

힘없는 신인 배우일 때, 소속사 사장이 상희에게 몹쓸 짓을 시킨 것이다.

상희는 어리고 의지할 곳이 없어서, 사장이 시키는 대로 따를 수밖에 없었을 것이다.

'나쁜 자식.'

갓 성인이 된 상희에게 그런 짓을 시킨 전 사장을 용서할 수가 없었다.

이쪽에선 아무리 비일비재한 일이라지만, 해서는 안 되는 짓을 했다.

고개를 푹 숙이고 엉엉 우는 상희에게서는, 다른 사람들 앞에서의 오만한 태도는 조금도 찾아볼 수가 없었다.

그렇게 유명해진 상희는, 그걸 잊기 위해 더욱더 오만한 척, 원래부터 잘난 척을 해 왔을 것이다.

"저번에요. A양 영상 유출됐었잖아요."

반년 전에 그런 사건이 있었다.

"걔도 저랑 같이 그런 일을 했던 애였어요. 전 사장이 영상을 갖고 있는 게 분명해요. 그러다가 걔가 그 소속사 떠난다고 하니까, 그 영상을 뿌린 게 아닐까요?"

"하지만 네가 우리랑 계약할 땐 안 그랬잖아."

"그거야 대표님이 민 회장님 아들이시니까요."

"아……."

"하지만 이번에 최영빈 사건 터지면서…… 무서워졌어요. 만약 전 사장이 제 영상 갖고 있으면 어쩌죠? 그걸 뿌리면 어쩌죠? 전 어떡해요?"

상희가 다시 울먹거렸다.

"그거 퍼지면, 전 진짜로 끝장이에요. 전 진짜…… 어떡하죠? 어떡하죠, 대표님? 저 좀 도와주세요."

상희가 무릎이라도 꿇을 기세로 창현에게 매달렸다.

창현은 참담한 기분으로 상희를 보다가 물었다.

"딱 한 번이었어?"

"……두 번…… 두 번이요. 하지만 대표님, 믿어 주세요. 전 진짜로 안 하고 싶었어요. 그런데…… 전 사장이 강요해서…… 이거 안 하면 이 바닥에서 묻힌다고, 그 상대가 진짜 유명한 사람이라고…… 그래서요."

"누군데?"

"안 돼요. 그거 말하면 전 죽어요."

"누군데?"

"안 돼요."

상희가 고집스럽게 입을 다물었다.

창현에게 말하지 못할 정도라면, 그 인물이 대단한 인물인 모양이었다.

창현은 묵묵히 상희를 응시하다가 말했다.

"네가 그렇게 나오면 나도 도와줄 수가 없어. 네가 나한테 감추는 게 없어야, 나도 널 위해 뭐라도 해 줄 수가 있어. 네가 말한다고, 그걸 내가 다른 곳에 가서 말하리라고 생각해?"

상희는 눈을 질끈 감고 아랫입술을 꽉 깨물었다.

상희의 입술이 덜덜 떨리고 있었다.

한동안 그렇게 망설이던 상희가 눈을 감은 채로 말했다.

"민명현이요."

쿵―!

생각지도 못한 이름에, 뒤통수를 얻어맞은 것만 같았다.

"대표님 형님이요."

상희가 서서히 눈을 뜨고 창현과 시선을 맞췄다.

상희의 눈물 젖은 눈동자가 어둡게 빛났다.

"대표님 형님이랑 그런 짓을 했어요."

*　　　*　　　*

연예계와 재벌가 사이의 은밀한 교류는 공공연히 알려져 있었다.

하지만 창현은 명현에게도 그런 뒷모습이 있을 거라곤 생각해 보지 않았다.

아니, 애초에 명현이란 사람에 대해서 그리 깊이 생각해 본 적이 없었다.

그저 민 회장의 눈치를 보며 민 회장의 모든 것을 갖고 싶어 하는 욕심 많은 인간이라고 생각했을 뿐이었다.

'그나마 다행이라고 해야 하나?'

명현이 관계되어 있다면, 아무리 전 소속사 사장이라도 쉽게 영상을 풀진 못할 것이다.

백상희가 계약 기간이 끝나 두엔으로 옮길 때, 전 소속사 사장이 영상을 유출하지 않은 이유도 창현 때문이 아니라 명현 때문일 가능성이 컸다.

'하지만…… 민애리가 그쪽으로 손을 뻗는다면 큰일이 생기겠지. 민애리도 쉽게 민명현을 건드리진 않겠지만, 여차하면 그걸 민명현과 나, 두 사람을 무너뜨리는데 사용할 수 있다고 생각할지도 몰라.'

물론 그런 영상 하나가 명현에게 타격을 주진 못할 것이다.

하지만 생각이 짧은 민애리라면 그런 생각을 하고도 남았다.

어젯밤 백상희의 고백을 들은 후, 서울에 돌아와서도 잠을 이룰 수가 없었다.

몸은 피곤한데 잠이 오지 않았다.

결국, 창현은 백상희의 문제를 고민하며 밤을 지새웠다.

그리고 지금, 창현은 백상희의 전 소속사 사장을 만나러 가는 길이었다.

전 소속사 사장이 무슨 생각을 하고 있는지, 조금이라도 캐내어 볼 요량이었다.

백상희의 전 소속사 K 기획사는, 합정동 골목에 위치해 있었다.

얼마 전 건물을 새로 올려 지역 명물로 이슈가 되기도 했다.

상당히 유명한 기획사 중 하나였다.

창현은 이미 방문 사실을 알렸기에, 바로 대표실로 안내를 받았다.

대표실 안으로 들어가 K 기획사의 최 대표와 인사를 하는 순간, 창현은 더 파헤쳐 볼 것도 없게 되었다.

"어이쿠, 민 대표님. 이거 오랜만입니다. 안 그래도 얼마 전에 누님을 뵈었었는데."

최 대표의 인사를 듣는 순간, 등골이 서늘해졌다.

역시 민애리가 백상희 쪽으로 시선을 돌리고 이미 최 대표와 접선을 했다.

둘 사이에 어떤 이야기가 오고 갔을지는 안 봐도 뻔했다.

아마 백상희의 약점을 물었을 거고, 최 대표는 순순히 고했으리라.

민애리는 영상을 달라 했고, 최 대표는 민명현이 관계되어 있어서 곤란하다고 했을 것이다.

최 대표 입장에선 백상희가 자기를 배신하고 떠났으니, 백상희를 무너뜨리고 싶은 생각도 없진 않을 게 분명했다.

그러나 민명현 때문에 그러질 못하고 있을 때, 민명현을 상대할 수 있을 것 같은 민애리가 등장했다.

그는 넌지시 민명현의 이름을 흘렸고, 민애리는 자기가 보호해 주겠다고 큰소리를 쳤겠지.

민명현 때문에 감히 영상을 흘리지 못했던 최 대표는 옳다구나, 하고 영상을 넘겼을 것이고.

인과 관계가 순식간에 창현의 머릿속에 그려졌다.

그러나 창현은 생각을 드러내지 않고 인사를 받았다.

"정말 오랜만입니다. 잘 지내셨지요?"

"그럼요. 덕분에 아주 자알, 지냈습니다. 그런데 오늘은 어쩐 일로 보자고 하셨습니까?"

"요새 인터넷 방송이 유행인데, 그걸 관련해서 최 대표님 의견을 좀 묻고 싶어서요."

창현은 대충 아무 주제나 끌어와 대화를 나눈 후, K 기획사 건물에서 나왔다.

최 대표는 창현이 그런 이유로 찾아왔다는 걸 믿는 눈치는 아니었지만, 그런 말을 겉으로 꺼내지 않을 정도의 요령은 있었다.

탐색하는 듯한 시간을 보낸 후라 머리가 아팠다.

잠을 제대로 못 자서 더 그런 것 같다.

창현은 차에 올라 잠시 눈을 감았다.

'그나저나 슬희도 대단하네. 민애리가 백상희도 건드릴 것 같다고 하더니, 정말 그렇게 됐잖아.'

*　　*　　*

창현은 회사로 가지 않고 집으로 돌아가 이 문제를 어떻게 해결해야 좋을지 고민했다.

누구에게라도 속 시원히 털어놓고 의견을 나누고 싶었지만, 문제가 문제인지라 아무에게나 말할 수가 없었다.

골치 아픈 일이었다.

'이건 최영빈 사건이랑은 비교도 할 수가 없는 상황이야.'

그때와는 다른 폭풍이 몰아칠 것이다.

백상희의 연예인으로서의 인생은 물론, 사람으로서의 인생 또한 끝날지도 모른다.

'민애리는 그런 생각까진 하지 않겠지. 자기 이외의 사람들은 다 버러지로 보니까, 그 영상을 퍼뜨린 후 백상희가 어떻게 될지는 관

심도 없을 거야.'

게다가 민명현이 어떤 식으로 나올지에 대해서도 생각하지 않을 게 뻔했다.

민애리의 짧은 생각으로는, 드디어 명현의 약점을 잡았다고 좋아하고 있을 게 뻔했다.

아마 그걸로 민명현을 먼저 협박한 후, 민명현이 자기 요구를 들어주지 않으면 곧장 영상을 퍼뜨리리라.

처음에는 민명현의 얼굴에 모자이크 정도는 해 주겠지만, 백상희의 얼굴에는 모자이크를 안 해 줄 것이다.

'미치겠군. 바보를 상대하는 건 오히려 힘들어.'

단도직입적으로 애리를 찾아가 대화를 나누는 방법밖에 없을 것 같았다.

애리에게 다른 것을 제안하며 영상을 지워 달라고 협상하는 수밖에 없었다.

이쪽이 알고 있는 패를 빠르게 내보여 애리를 자극하게 되는 게 걱정됐지만, 어쩔 수 없었다.

이건 백상희의 인생이 걸린 문제였다.

창현에게 두엔을 갖느냐, 마느냐보다는 한 사람의 인생이 더 중요했다.

모두에게 손가락질받는 삶이 어떤 건지, 창현은 누구보다도 잘 알고 있었다.

결심을 굳힌 창현은 곧바로 애리의 집으로 향했다.

약속을 정한 건 아니지만, 애리는 집에 있을 게 분명했다.

쇼핑할 때 빼고는 밖으로 잘 안 나가는 사람이다.

애리의 집 앞에 도착한 창현은 초인종을 눌렀다.

인터폰으로 가정부의 목소리가 들려왔다.

[네. 누구신가요?]

"민창현입니다. 애리 누님 계십니까?"

[네, 도련님. 잠시만요.]

기다린 지 얼마 되지 않아서, 애리의 째지는 음성이 들려왔다.

[네가 어디라고 여기를 찾아와?]

"누님. 잠시 들여보내 주세요."

[누님은 무슨 누님? 누가 네 누님이야? 꺼져!]

"누님. 긴히 드릴 말씀이 있습니다. 잠깐만 시간 좀 내주세요."

[당장 안 꺼지면 경찰을 부를 거야. 어디서 감히 벌레 같은 게 찾아와서 냄새를 풍겨? 아버지가 오냐오냐해 주니까 네가 진짜 이 집 사람인 줄 알아? 안 꺼져?]

말이 통하질 않았다.

여기서 계속 졸라 봐야 애리는 만나 주지 않을 것이다.

진퇴양난이라는 게 이런 걸 두고 하는 말일까?

'어떻게 해야 하지?'

애리를 만날 수 있는 방법은 민 회장에게 부탁하는 것뿐이지만, 그런 식으로 회사의 문제를 해결할 수는 없었다.

두엔의 일을 해결하는 건 오롯이 현재 대표로 있는 창현 자신이 해야 할 몫이었다.

'하지만…… 이건 두엔의 문제가 아니라, 한 사람 인생이 걸린 문

제야.'

이 때문에 두엔을 못 얻게 되더라도 어쩔 수 없었다.

창현은 깊은 한숨을 내쉬며 휴대폰을 들었다.

가을 심부름센터에서 전화가 걸려 온 건, 바로 그때였다.

[안녕하십니까, 고객님. 사랑과 기쁨을 전하는 가을 심부름센터입니다.]

언제 들어도 다정하고 따스한 강한의 음성이 휴대폰 너머에서 들려왔다.

잘 알지도 못하는 사람인데, 강한의 목소리를 듣자 긴장이 좀 풀어지는 게 느껴졌다.

이렇게 목소리가 좋은 것도 재능이라면 재능이었다.

"네, 안녕하십니까. 인사말이 바뀌셨네요."

[고객님을 위한 여러 가지 소식을 준비했기 때문이지요. 지금 방문하시겠습니까? 아니면 제가 방문을 할까요?]

"제가 가겠습니다."

언제쯤 도착한다 말하고 전화를 끊었다.

창현은 제발 강한이 전해 주는 소식이 이 상황을 타개할 작은 빛이라도 되기를 바라며, 가을 심부름센터로 향했다.

*　　　*　　　*

길어진 해가 저문 지도 한참이 지났다.

태윤은 어두운 골목에 서서 허름한 빌라를 응시했다.

투잡을 하는 사람들이라도 이 시간쯤에는 집에 돌아와 있을 것이다.

'이슬희는 없겠지. 조승훈 집 근처에 숙소를 얻어서 나갔다고 들었으니까.'

조승훈의 매니저를 하고 있는 슬희의 소식은 매일 갱신이 되었다.

회사 사람들은 어떻게 알았는지, 매번 슬희의 소식을 물고 와서 떠들어 댔다.

옛날이라면 슬희의 이름도 듣기 싫어했을 테지만, 지금의 태윤에게는 고마운 일이었다.

태윤은 오늘 그 여느 때보다도 고급스러운 옷으로 자신을 꾸몄다.

명품 옷과 가방, 신발, 그리고 값비싼 귀걸이와 큰 보석이 박힌 반지까지.

감히 눈 마주치는 것조차 죄스러울 정도로 우아하게 꾸미고 화장을 했다.

슬희의 가족들을, 그리고 슬희를 말 한마디 못 하게 압박해 주기 위해서였다.

'이슬희, 너는 건드리지 말아야 할 사람은 건드렸어. 주제넘은 짓을 해서는 안 돼. 너도, 네 거지 같은 가족들도 그걸 알아야 돼.'

태윤은 마음을 다잡고 빌라 건물 안으로 들어갔다.

'어떻게 이런 집에서 살 수가 있지? 냄새나.'

엘리베이터도 없어서 계단으로 올라가야 했다.

이런 집에 살면서도 고고함을 잃지 않는 슬희가 신기했다.

'나 같으면 얼굴도 못 들고 다녔을 텐데. 뻔뻔한 건지, 생각이 없는 건지.'

이윽고 슬희의 집 현관문 앞에 도착한 태윤은, 초인종을 살짝 눌렀다.

딩동—

"누구세요?"

안에서 젊은 남자의 목소리가 들려왔다.

이정우.

슬희에게는 남동생이 있었다.

"안녕하세요. 이슬희 씨가 다니는 두드림 엔터테인먼트의 대표님 담당 비서 정태윤입니다."

"아! 누나 회사 분이세요? 잠시만요!"

현관문이 열리고, 슬희와 닮았지만 조금 더 선이 강하고 키가 큰 남자가 모습을 드러냈다.

"안녕하세요."

정우가 싹싹하게 인사했다.

"네, 안녕하세요. 이슬희 씨 문제로 잠시 말씀드릴 것이 있어서 찾아왔는데, 들어가도 될까요?"

이슬희 씨 문제라는 말에, 정우의 표정이 어두워졌다.

회사에서 사고를 쳤는지 걱정하는 것이리라.

"아, 네. 들어오세요. 그런데 집을 치우질 못해서……."

"괜찮습니다."

"엄마, 아빠. 손님 오셨어요. 누나 회사 분이시래."

정우가 거리낌 없이 외치며 안으로 들어갔다.

'경박 맞아.'라고, 태윤은 생각했지만 내색하지 않으려고 노력했다.

사무적인 태도를 유지해야만 했다.

이슬희가 회사에서 무슨 짓을 하고 있는지, 저들도 알아야만 했다.

"우리 슬희 회사 분이시라고요?"

"어머. 집도 못 치웠는데 이걸 어쩌나? 얼른 들어오세요."

슬희의 부모가 태윤을 조심스레 맞이했다.

좁아터진 집이라고, 태윤은 생각했다.

이런 좁은 집에서 네 명이 함께 사는 게 상상도 되지 않았다.

어떻게 저렇게 다 큰 아들과 딸이 요만한 공간에서 같이 지낼 수 있는 걸까?

태윤은 이곳의 공기가 몸에 밸 것 같아서 불쾌했지만 꾹 참고, 그들이 안내하는 식탁에 앉았다.

소파는 하나뿐이라, 마주 앉아 대화를 할 수 없는 구조였다.

"커피 한잔 드시겠어요?"

슬희 어머니가 물었다.

"아니요, 괜찮습니다."

이런 집에서는 물 한 모금도 마시고 싶지 않았다.

"그러지 말고 한잔 드세요. 잠시만 기다리세요. 과일이라도 내와야 할 텐데. 과일이 있나?"

태윤은 슬슬 짜증이 났다.

쓸데없는 짓 하지 말고 앉아서 내 얘기나 들어!

고함을 지르고 싶었지만, 허벅지에 놓인 백을 두 손으로 꼭 잡고 참았다.

'요새 왜 이렇게 자꾸 짜증이 나는 거지?'

자신이 생각하기에도 이상할 정도로 짜증이 많아졌다.

이윽고 슬희 어머니가 사과와 믹스 커피를 준비해 왔다.

슬희 어머니는 다과를 태윤의 앞에 내려놓은 후, 맞은편에 가서 앉았다.

슬희 어머니, 아버지, 그리고 정우.

세 사람이 다닥다닥 붙어서 앉아 있는 모습을 보며, 태윤은 속으로 코웃음을 쳤다.

'진짜 별 볼 일 없네. 내가 이겼어, 이슬희.'

*　　　*　　　*

정우는 태윤이 이 집에 들어온 순간부터 마음에 들지 않는 여자라고 생각하는 중이었다.

집 앞에 서 있을 때는 얼굴을 제대로 못 봐서, 옷만 보고 '비싸 보이는 옷을 입었네. 우리 누나도 저런 옷 좀 사 주고 싶다.'라는 생각을 했다.

하지만 이 집에 들어오고 나서 태윤의 얼굴을 제대로 관찰할 수 있게 되었을 때, 싫은 여자란 생각이 들었다.

태윤은 이 집을 혐오스럽게 여기는 듯했다.

물건 하나 건드리지 않으려는 듯 움츠리는 태도도 그렇고, 어머니가 준비해 준 커피와 사과에 손도 안 대는 모습도 그랬다.

게다가 이쪽을 향한 저 경멸 어린 모습도.

이 여자가 왜 찾아왔는지는 모르겠지만, 좋은 일은 아닐 것이다.

부모님이 걱정됐다.

차라리 나만 있었으면 좋았을 텐데.

정우는 부모님을 모시고 도망치고 싶은 감정을 간신히 억눌렀다.

그때, 짙은 립스틱을 바른 태윤의 입술이 움직였다.

"이슬희 씨가 우리 두드림 엔터테인먼트에 입사한 것은 알고 계신가요?"

"네, 압니다."

아버지가 대답했다.

"그렇다면 이슬희 씨가 회사에서 무슨 일을 하고 다니는지도 알고 계신가요?"

이번에는 아무도 대답하지 않았다.

태윤도 딱히 대답을 기다리지 않은 듯 말했다.

"우리 두엔 대표님께서는 공사가 다망하셔서 이제껏 일만 알고 지내신 분이십니다. 그래서 접근하는 여자에게 어떤 식으로 행동해야 좋을지 알지 못하시죠."

정우의 불길한 예감이 맞았다.

정우는 말을 하는 태윤의 입을 틀어막고 싶었다. 그러나 부모님이 가만히 계시는데 자기 멋대로 나설 수가 없었다.

"입사 첫날부터 이슬희 씨가 대표실을 수시로 드나들며 대표님을 곤란하게 하고 있습니다. 대표실은 함부로 들어올 수 있는 곳이 아니라고 좋게 이야기를 했지만, 이슬희 씨는 제 말을 무시하고 있고요."

"……."

"대표님은…… 거절을 잘 못 하시는 분이고, 사원들에게 냉정하지 못한 다정한 분이시라 이슬희 씨의 행동에 곤란하면서도 말을 못 하고 계세요."

태윤이 정말 난처하다는 듯 미간을 모았다.

"저도 함께 일하는 사원과 척을 지고 싶지 않지만, 요새 이슬희 씨의 행동이 도가 너무 지나칩니다. 바쁜 대표님에게 여행을 가자, 선물을 사 달라 졸라서 업무에 지장이 생길 정도예요."

"잠깐만요!"

더는 참을 수가 없었다.

정우가 태윤의 말을 끊었다.

"우리 누나가 그쪽 대표님한테 여행을 가자, 선물을 사 달라, 그러면서 졸랐다고요?"

태윤이 한쪽 입꼬리를 올리며 정우를 똑바로 노려봤다.

"그래요. 업무에 지장이 갈 정도로요. 최근에 이슬희 씨, 멀리 여행을 다녀오지 않았나요?"

그러기는 했다.

'하지만…….'

"두엔은 직원을 함부로 자르지 않기로 유명합니다. 그래서 이슬희 씨의 만행에도 불구하고, 지금은 다들 쉬쉬하며 지켜보는 중이지요. 하지만 대표님 문제도 그렇고, 홍보팀 측에서도 얘기가 나와서 아주 곤란한 입장에 처했어요. 대표님뿐 아니라 같은 부서의 집안이 좋은 남자분과도 개인적으로 만나는 사이라고 하더군요."

"우리 누나가 그럴 리 없어요!"

"물론, 가족분들께서는 그렇게 믿고 싶으실 겁니다. 저라도 가족의 새로운 모습에 대해 듣게 되면 믿기 힘들 테니까요. 하지만 아시잖아요. 집에서의 모습과 밖에서의 모습은 다르다는 거. 어찌 보면 가족이기에 더욱 모르는 부분이 있을 수 있다는 거."

태윤이 거실의 TV 쪽을 잠깐 돌아본 후 말했다.

"뉴스 보시지요? 요새 꽃뱀이네, 성추행이네 많은 뉴스거리가 나옵니다. 그 뉴스의 가해자들의 가족들은, 과연 자기 가족이 그런 짓을 하고 다닌다는 걸 알았을까요? 몰랐겠죠. 모르니까 말리지 않았겠죠."

"지금 우리 누나가……!"

벌떡 일어나려는데, 아버지의 손이 정우의 허벅지 위에 놓였다.

정우는 이를 악물고 도로 앉아서 태윤을 노려봤다.

"저는 회사 직원분께서 이 이상의 물의를 일으키길 원치 않습니다. 이슬희 씨께서 여러 가지로 돈이 필요한 건 알고 있습니다. 하지만 그 때문에 하지 말아야 할 짓을 하기 전에, 가족분들이 말려주십사 해서 이렇게 찾아뵙는 실례를 하게 됐습니다."

태윤은 사무적인 표정을 유지하며 백을 열었다.

안에는 태윤이 준비해 온 봉투가 들어 있었다.

태윤은 그걸 꺼내 식탁 위에 내려놨다.

아무도 거기에 손을 대지 않았지만 태윤은 말했다.

"이슬희 씨가 더 이상은 돈 때문에 곤란한 짓을 하지 않도록, 가족 여러분께서 도와주시면 감사하겠습니다."

잠시 침묵이 흘렀다.

태윤은 속으로 슬희의 가족들을 비웃었다.

'꼴에 자존심은 있어서 곧바로 봉투에 손은 안 대네. 하지만 궁금할걸. 꽤 두툼해 보이니, 얼마가 들었을지 확인하고 싶을 거야.'

그때, 지금껏 잠자코 있던 슬희 아버지가 입을 열었다.

"우리 슬희는 비서님이 생각하는 그런 행동을 하지 않을 테니, 이 봉투는 거두셔도 됩니다."

그래, 이렇게 나오겠지.

처음에는.

"네, 아버님. 물론 그렇게 생각하고 싶으실 겁니다. 하지만……."

"생각하고 싶은 게 아닙니다. 그냥 이건 진리예요, 비서님. 우리 슬희는 그런 짓 안 합니다. 비서님이 오해하신 거겠지요."

"아버님. 가족이라고 그저 믿는 것이 능사가……."

"비서님. 다시 한 번 말씀드립니다."

온순해 보이기만 했던 슬희 아버지의 눈동자가 강하게 빛났다.

슬희 아버지는 태윤과 시선을 맞추고 말했다.

"비서님 눈에 무언가 잘못된 것이 보였다면, 그건 비서님이 잘못 본 것입니다."

"하지만……."

"그리고 비서님. 저야말로 지금 궁금하네요. 아들과 헤어져 달라고 돈 봉투 들고 찾아오는 어머니들은 TV에서 많이 봤는데, 대표님과 헤어지게 해 달라고 돈 봉투 들고 찾아오는 비서는 처음 봤거든요."

슬희 아버지의 지적에 짜증이 확 올라왔다.

하마터면 태윤은 계획도 잊고 소리를 지를 뻔했다.

간신히 참는 태윤을 향해, 슬희 아버지가 물었다.

"이거, 그쪽 대표님도 알고 계신 일입니까?"

*　　　*　　　*

태윤은 빌라에서 나오자마자 돈 봉투를 집어 던졌다.

대표님도 아는 거냐 묻는 슬희 아버지에게 한마디 변명도 할 수가 없었다.

순간 말문이 막히고 말았다.

― 말이 안 통하는군요. 그래요, 이런 집안 분들과 대화가 통할 거라고는 생각하지 않았습니다. 따님을 통해서 한몫 잡아 보시려는 모양인데, 한번 해 보세요. 조만간 변호사 대동해서 보게 될 테니.

그래도 나오기 전에 한마디 던질 수 있어서 다행이었다.

"돈도 없는 것들이!"

태윤은 돈 봉투를 짓밟았다.

태윤의 얼굴이 형편없이 일그러져 있었다.

"주는 돈 그냥 받아서 쓸 것이지! 어디서 자존심이야, 자존심은! 버러지 같은 것들이!"

지나가던 사람들이 놀라 태윤을 돌아봤지만 상관없었다.

버러지다.

다 버러지다.

애리가 왜 그렇게 사람들을 무시하는지 알 것도 같았다.

이런 사람들이 자기에게 기어오르려고 하면 짜증이 나기도 할 것이다.

태윤은 속에서 부글부글 끓어오르는 분노를 참을 수가 없었다.

"제까짓 게! 돈만 보고 창현이를 쫓아다니는 주제에!"

태윤은 돈 봉투를 버려둔 채 차에 올랐다.

하지만 곧 생각을 바꿔 차에서 내려 돈 봉투를 들고 돌아왔다.

애리라면 버렸겠지만, 태윤은 그 정도로 돈이 많진 않았다.

"짜증 나."

쾅—!

태윤은 이런 상황에서 돈 봉투를 도로 들고 들어오는 자신에게도 짜증이 났다.

쾅—!

두 주먹으로 핸들을 마구 두드리며, 태윤은 악을 썼다.

"다 짜증 나! 아악!"

*　　*　　*

오늘 강한은 양쪽에 왼팔, 오른팔을 다 끼고 앉아 있었다.

다만 지난번에 본 가을이란 이름의 여자는 없었고, 덩치 큰 남자와 모자를 눌러쓴 가녀린 체구의 남자가 강한의 왼쪽과 오른쪽에 앉아 있었다.

"못 뵈는 동안 얼굴이 많이 수척해지셨습니다."

강한이 말했다.

인사말이겠지만, 창현은 강한이 눈썰미가 좋은 사람이란 생각이 들었다.

"네, 사건이 많았거든요."

"그렇군요. 하지만 제가 전해 드리는 소식이 고객님의 활력소가 되어 드릴 겁니다."

강한이 자신감 넘치는 어조로 말했다.

강한을 볼 때마다 신기했다.

저렇게 찡그린 표정을 하고 있으면서, 어떻게 저렇게 상냥한 목소리를 내는 걸까?

"고객님께서 바쁘실 테니, 빠르게 브리핑을 하도록 하겠습니다. 캡, 자료 줘 봐."

모자를 쓴 남자가 강한에게 서류를 넘겨줬다.

강한은 서류를 창현에게 전해 주었다.

곧바로 창현에게 주면 될 텐데, 강한은 보여지는 걸 중요하게 여기는 사람인가 보다.

"서류를 보시면 알겠지만, 최영빈 사건은 조작이었습니다."

"조작이요?"

"네, 고객님. 전부 조작이었습니다. 왕따 시키는 장면이라고 올라온 동영상은 화질이 안 좋죠. 체형은 최영빈과 비슷하지만, 다른 사람입니다. 같은 고등학교이긴 한데, 연도가 달라요. 이건 최영빈이 졸업한 후에 찍은 동영상입니다."

강한은 계속 설명했다.

"우리 캡이 최영빈 일진설을 올린 첫 번째 게시물을 찾아냈습니다. 그걸 통해서 그 게시물이 어느 지역에서 올라온 건지 알았죠. A동 PC방이더군요. 거기에 찾아가 모든 컴퓨터를 조사했습니다. 게시 날짜에 올린 게시물들을 전부 알아낸 끝에, 어느 컴퓨터에서 올렸는지 알게 됐고, 그때 일하던 아르바이트생을 통해 어느 손님인지도 알게 됐습니다. PC방에 CCTV가 설치되어 있더군요. 아, 고객님. 저, 숨 좀 쉬어야겠습니다."

강한이 숨을 헐떡거렸다.

긴 이야기를 단숨에 쏟아 냈으니 그럴 만도 했고, 그럴 자격도 충분했다.

이런 걸 다 알아낼 수 있다니.

창현은 놀라운 기분으로 강한의 이야기에 집중했다.

"그래서 저는 우리, 여기에 앉아 있는 형님과 함께 그 글을 올린 자식을 찾아갔습니다."

강한이 옆에 앉은 덩치 큰 남자를 가리켰다.

형님이라 불린 남자는 무슨 생각을 하는지 알 수 없는 무표정으로, 창현을 주시하고 있었다.

"언제나 말씀드리지만, 저희 가을 심부름센터는 비폭력주의, 평화주의입니다. 그래서 육식을 자제하죠."

"돈 아끼려고 그러는 거면서."

옆에서 캡이 투덜거렸다.

캡의 허벅지를 콱 찍은(비폭력주의라더니.) 강한이 옅은 미소를 지었다.

'아, 저 사람도 웃을 줄 아는구나.'

창현이 깜짝 놀랄 정도로 근사한 미소였다.

"아무튼 고객님. 우리는 그 글을 올린 자식을 찾아가 어디까지나 평화롭고 상냥하게 그 글을 올린 이유에 대해 물어봤습니다. 그 사진과 동영상의 입수 경로에 대해서도요. 알고 봤더니 그 글을 올린 자식은 그저 최영빈과 같은 반이었을 뿐, 대화 한번 제대로 못 해본 사이더군요. 그 증언은 여기, 이렇게 녹음을 해 왔습니다. 들어보시겠습니까?"

창현이 고개를 끄덕이자, 강한이 파일을 재생시켰다.

[쾅! 퍼벅! 쿠당탕! "으악!" 콰광! 픽! "아악! 제발요. 제발 용서해 주세요. 다 말할게요. 제발요. 다 말할게요!"]

창현이 강한을 쳐다보자, 강한이 어깨를 으쓱했다.

"녹음이 음질이 좀 안 좋아서 이상한 소음이 녹음되었네요, 고객님."

둔탁한 소리에 대해서는 더 이상 묻지 말라는 표시였다.

**[돈을 준다고 해서요…… 저도 뭐, 최영빈 개한테 그렇게 감정
이 좋지도 않았고. 아뇨, 개가 괴롭힌 게 아니라…… 그냥 재수 없
잖아요. 유명해졌다고 저한테 아는 척도 안 하는 게…… 네? 아뇨,
원래 연락하던 사이는 아니었는데. 그래도 같은 반이었으니까.]**

남자는 울먹거리며 누군가의 부탁으로 조작한 글을 올리게 되었
다고 털어놨다.

"그리하여 우리 캡이 진실 여부를 가리기 위해 그놈의 통장 내
역을 조사해 봤고, 그 글이 올라오기 하루 전 입금된 큰돈의 내역
을 확인했습니다. 그게 바로 세 번째 장에 있는 서류에 나와 있습니
다."

창현은 서류 세 번째 장을 확인했다.

'민애리군.'

애리는 자신이 입금했다는 걸 감출 생각도 하지 않았다.

아마 창현이 거기까지 알게 될 거라고는 생각도 안 했을 것이다.

"민애리 씨는 아주 멍청한 모양입니다. 입금 내역은 조사하기도
쉬운데. 적어도 이름 정도는 바꿨더라면, 조사하기 조금 더 어려워
졌을 텐데."

강한도 창현과 같은 생각을 하고 있는 듯했다.

"최영빈에 대한 조사는 이걸로 끝입니다. 만약 더 필요한 것이 있
다면 추가 조사를 맡겨 주세요."

강한이 말했다.

더 필요한 건 없었다.

"완벽하네요. 이 정도면 될 것 같습니다."

"크흐. 너무 완벽한 게 이래서 문제라니까요. 추가 비용을 받을 수가 없죠."

강한이 너무 아쉽다는 듯 말했다.

창현은 강한에게 추가 비용 정도가 아니라 전 재산이라도 주고 싶은 심정이었다.

하지만 이런 말을 하면 강한이 진짜로 달라고 할 것 같았기에, 말하지는 않았다.

"그럼 다음으로 넘어가서 민애리의 약점을 짚어 봅시다. 네 번째 장입니다."

강한이 수업을 하는 교수처럼 말했다.

"자료를 보시면 알겠지만, 두엔을 운영할 당시에 횡령한 돈이 상당합니다."

그건 창현도 아는 정보였다.

"그리고 보세요. 남편 이름으로 받은 몰래 받은 대출이 어마어마합니다. 지금 사는 저택도 저당을 잡혔어요. 남편은 모르는 것 같지만."

이건 새로운 정보였다.

"그리고 다섯 번째 장을 보시면."

다섯 번째 장을 본 창현의 눈이 커졌다.

창현은 믿을 수가 없어서 몇 번이나 확인했다.

"이걸 정말 민애리가 했다고요?"

"네, 고객님."

강한이 말했다.

"민애리가 했습니다. 음주 운전으로 사람을 죽였어요. 그리고 돈으로 그걸 덮었죠. 그게 알려지면 민애리뿐 아니라 두드림 전체가 술렁거릴 겁니다."

창현은 마른침을 삼켰다.

창현을 지켜보던 강한이 말했다.

"우리 가을 심부름센터는 물론 고객님의 비밀을 절대로 누설하지 않습니다. 조사한 내용에 대해서도 밖으로 나갈 일이 없을 겁니다. 그 사건을 덮으셔도⋯⋯."

"안 덮습니다."

강한이 자신을 시험하고 있다는 생각이 들어서, 창현은 얼른 말했다.

"민애리만 끌어내리고 싶었지만, 민애리가 사람을 죽였다면⋯⋯ 어쩔 수 없는 일이죠. 이걸 덮는 일은 절대로 없을 겁니다."

"그러시군요."

강한이 또 미소를 지었다.

"말씀 주셨던 최영빈과 민애리에 대한 조사는 이걸로 만족하십니까?"

"네, 만족합니다."

"그럼 서비스에 대해 말씀드리죠."

"서비스요?"

"앞으로도 훌륭한 고객님이 되어 주시기를 바라는 마음에, 작은 서비스 하나를 해 드렸습니다. 민애리를 조사하던 과정에서 깜짝 놀랄 영상을 하나 발견했지요."

"영상……."

"두엔 소속의 아주 유명한 여배우가 나오는 영상이었습니다. 조심성 없게 컴퓨터에 저장을 해 뒀더군요. 그래서 과감히 삭제했습니다. 그런 게 세상에 유출되면 안 될 것 같아서요."

창현은 자기가 듣는 말을 믿을 수가 없었다.

강한이 말하는 영상은 아마도 백상희 관련 영상일 것이다.

해결할 길이 보이지 않는 큰 문제였는데, 이렇게 간단히 해결되다니.

믿어지지 않았다.

멍하니 자신을 쳐다보는 창현을, 강한은 즐거운 듯 지켜보다가 말했다.

"그걸 민애리가 찍었을 것 같진 않고. 그래서 우리 캡이 조사를 한 결과 어느 소속사 사장의 컴퓨터에도 같은 영상이 들어 있더군요. 그 영상 외에도 다양한 영상이 있어서, 싹 지웠습니다. 무슨 짓을 해도 복구가 불가능할 정도로요."

"아……!"

창현은 벌떡 일어났다.

"제가 곤란한 짓을 한 겁니까?"

강한의 질문에 창현은 깊이 허리를 굽혔다.

"아니요, 우강한 씨. 정말 감사합니다. 감사해요. 그것만큼은 도저히 해결할 길이 안 보이는 문제였는데, 우강한 씨 덕에 해결했습니다."

강한이 씩 웃었다.

"보세요, 고객님. 저희 가을 심부름센터가 이 정도입니다. 무료로 제공해 드리는 서비스까지 이렇게 완벽하지요."

"그렇군요."

창현은 다시 소파에 앉았다.

"자, 고객님. 불가능한 일까지 전부 해 드리는 가을 심부름센터입니다. 또 의뢰하실 일 있으십니까?"

"아뇨, 없습니다. 정말 감사합니다. 추가 금액은……."

거기까지 말하던 창현의 머릿속에 한 가지 생각이 떠올랐다.

슬희에게 해 줘도 좋을 것 같은 선물.

슬희가 화내지 않고 받을 것 같은 선물.

"아, 한 가지 있는데요. 혹시 돈 떼먹은 사람들을 찾을 수 있습니까?"

"그게 또 우리 전문 분야죠!"

강한은 잔뜩 찌푸린 얼굴로 당당하게 말했다.

"여러 명일 수도 있고, 오래전의 일일 수도 있는데……."

"고객님! 저희가 누굽니까? 가을 심부름센터입니다. 고객님은 아무 걱정 마시고 그저 의뢰를 하시면 되는 겁니다."

믿음직스러웠다.

"그렇다면 돈 떼먹은 사람을 좀 찾아 주세요. 싹 다."

"물론이죠, 고객님. 찾아내면 멱살 잡고 끌고 와 드릴까요, 조용히 돈만 뱉어 내고 사라지게 만들어 드릴까요?"

창현은 잠시 고민하다가 말했다.

"먹살 잡고 끌고 와 주세요. 한날, 한시에."

*　　*　　*

부모님은 아무 일도 없었던 것처럼 행동했다.

어머니는 설거지를 했고, 아버지는 TV를 켰다.

여보, 이것 좀 봐. 저 개그맨 오랜만에 나왔네.

그랬어? 이거 끝내고 금방 가서 볼게.

도와줄까?

됐어, 그냥 앉아 있어.

평소와 다름없는 대화를 주고받았지만, 정우는 알고 있었다.

부모님은 가슴에선 피눈물이 흐르고 있을 것이다.

울고 싶었다.

정우는 참을 수가 없어서 도망치듯 방으로 들어와 문을 걸어 잠
그고, 침대에 드러누웠다.

— 말이 안 통하는군요. 그래요, 이런 집안 분들과 대화가 통할
거라고는 생각하지 않았습니다. 따님을 통해서 한몫 잡아 보시려
는 모양인데, 한번 해 보세요.

태윤이 마지막으로 남긴 말이 머릿속에서 떠나질 않았다.

그 말을 들었을 때, 부모님의 표정도.

'어떻게 그런 말을 할 수가 있지?'

그런 사람이 있다는 게 믿어지지 않았다.

'어떻게?'

정우는 두 주먹을 눈 위에 올렸다.

뜨거운 눈물이 흘러내렸다.

슬희가 연애를 하는 사람이 회사 대표였나 보다.

그게 그 여자의 눈에는 고깝게 보였나 보다.

'그래도 우리 누나가, 우리 부모님이 그런 말을 들을 이유는 없어!'

불쌍했다.

그저 친구를 믿었을 뿐인데 배신당해서 빚더미에 앉은 아빠가 불쌍했고…….

그저 아빠와 결혼했을 뿐인데 그 빚을 같이 책임져야 하는 엄마가 불쌍했다.

그리고 누구보다도 슬희가 불쌍했다.

ㅡ 아빠는 나쁜 게 아냐, 정우야. 사람 믿는 게 왜 나빠? 속인 사람이 나쁜 거지. 아빠가 남을 속인 게 아니잖아. 그거면 된 거야.

어릴 때부터, 슬희는 그렇게 말했다.

그렇게 말하면서 씩씩하게 살았다.

좋아하는 피아노도 포기하고, 돈을 벌었다.

그러다 연애를 했고, 돈이 없다는 이유로 이별했다.

그랬던 누나가 이제야 다시 사랑을 하게 됐는데, 왜 저런 말을 들어야 하는 걸까?

돈이 없다는 이유로? 단지 그 이유 때문에?

저도 모르게 흐느낌이 새어 나왔다.

부모님이 우는 걸 아는 게 싫어서 정우는 흐느낌을 삼키려고 노력했다.

'우리 누나가 뭘 그리 잘못했는데!'

슬희는 정말로 열심히 살아왔다.

나쁜 짓 한 번 하지 않고, 부모님에게 반항도 하지 않고, 힘든 와중에 동생까지 생기면서 정말 잘 살아왔다.

'그 여자…… 누나한테까지 해코지를 하진 않을까?'

거기에 생각이 미치자, 정우는 벌떡 일어나 앉았다.

지금은 침대에 쓰러져 울 때가 아니었다.

슬희를 지켜야만 한다.

'하지만…….'

슬희에게 이 일을 알리는 게 망설여졌다.

슬희 성격으로는 자기 때문에 가족들이 이런 일을 겪게 됐다고 자책할 것이다.

어쩌면 대표라는 사람과 헤어질지도 모른다.

'그건 안 돼.'

부산 여행을 간다는 슬희는 참으로 오랜만에 무척이나 생기가 넘쳤다.

사랑을 하기 때문이겠지.

누나에게서 그 기쁨을 빼앗고 싶진 않았다.

'어쩌지?'

이런 일을 상담할 만한 사람은 두 명밖에 안 떠올랐다.

주희와 연우.

그들은 집안 사정도 잘 알고 있고, 슬희가 모든 걸 털어놓을 수 있는 친구들이었다.

'그래도 주희 누나한테 얘기하는 게 낫겠지.'

슬희와 같은 여자인 주희에게 의논을 하는 게 좋을 것 같았다.

전화를 걸자, 주희가 곧바로 전화를 받았다.

[요호. 정우. 오랜만인데?]

"누나. 잘 지냈어?"

[그럼. 기가 막히게 잘 지냈지.]

"영훈이는?"

막상 말을 하려니 입이 떨어지지 않아, 연우는 주희 아들의 안부를 물었다.

[엄청 잘 먹고, 잘 자고, 잘 싸고 그래.]

"다행이다. 애들은 그것만 잘하면 되지."

[응, 그렇긴 한데…… 목소리가 안 좋네. 정우, 너. 무슨 일 있는 거 아냐?]

걱정해 주는 말을 듣는 순간, 또 왈칵 서러움이 밀려왔다.

"아, 누나. 미안. 나 잠깐만."

정우가 감정을 추스르는 동안, 주희는 말없이 기다렸다.

이윽고 감정을 갈무리한 정우는, 주희에게 아까 태윤이 찾아왔던 일에 대해 설명했다.

주희는 추임새도 없이 이야기를 들었다.

작게 들려오는 주희의 거친 숨소리만이, 그녀가 얼마나 화났는지 알려 주었다.

"어떻게 해야 될지 모르겠어. 그 여자가 누나한테도 그런 소리들을 해 댈까 봐 걱정이야. 누나가 또 상처받을까 봐 걱정이 돼."

[응, 나도.]

억눌린 음성에서 주희의 분노가 느껴졌다.

[나도 걱정된다.]

"어쩌지? 누나한테 미리 말해야 할까? 그러려면 우리 집에서 있었던 일도 말해야 하는데…… 그럼 누나 성격에 그 남자랑 헤어질 거야."

[말하지 마.]

주희가 말했다.

[슬희한테 말하지 마. 너도 아무것도 하지 마. 내가 알아서 해결할게.]

"하지만……."

[괜찮아, 정우야. 누나 믿지? 누나가 알아서 할게.]

주희를 믿었다.

하지만 노기 띤 주희의 음성을 듣는 순간, 정우는 주희가 '너무' 알아서 할까 봐 걱정되기 시작했다.

　　　　　　　　*　　　*　　　*

　통화를 끝낸 후에도, 주희는 휴대폰을 으스러지게 붙잡고 귀에 대고 있었다.

　'나쁜 년.'

　본 적도 없는 태윤이란 여자가 끔찍이도 싫었다.

　'감히 내 친구한테 그런 짓을 해?'

　용서할 수가 없었다.

　슬희의 가족을 아주 잘 알고 있었다.

　얼마나 선량한 사람들인지도 알고 있었다.

　그 여자가 턱을 쳐들고 앉아 슬희에 대한 몹쓸 말을 해 댈 때, 너희 집구석에서 딸년한테 거는 기대 크겠다는 소리 따위를 할 때, 슬희 부모님의 표정이 어땠을지 상상이 됐다.

　가슴이 미어졌다.

　'슬희가 뭘 잘못했는데!'

　악을 쓰고 싶었지만, 앞에서 영훈이 자고 있어서 그럴 수가 없었다.

　"여보. 표정이 왜 그렇게 무서워? 야차야?"

　설거지를 끝낸 남편이 주희에게 다가와 물었다.

　"여보. 나, 오늘내일 바빠. 바쁠 예정이야. 아주 많이 화가 났거든."

　"그래. 힘내."

　주희의 남편은 주희가 화를 낼 땐 건드리면 안 된다는 걸 아주 잘 알고 있었다.

　주희는 빈방으로 들어가 생각에 잠겼다.

'이걸 슬희한테 말해 봐야, 슬희는 그 여자가 찾아왔다는 걸 자기 애인한테 말하지 않을 거야. 아마 조용히 헤어지는 쪽을 택하겠지. 하지만 그건…… 절대 안 되지. 안 되고말고.'

주희는 고개를 저었다.

'이건 자기 주변 여자 관리를 제대로 못 한 대표 탓도 커. 그 비서라는 여자가 슬희를 질투하는 거, 어제오늘 일도 아냐. 그렇다면 그건 대표가 관리했어야 하는 부분이야. 슬희의 문제가 아냐.'

이건 창현도 책임져야 하는 일이다.

만약 슬희였다면 '창현이가 요새 많이 바빠서 그래.'라고 말했겠지만.

'아니, 그렇지 않아. 이건 민창현도 알아야 할 문제야.'

주희는 결심을 굳혔다. 바로 연우에게 전화를 걸었다.

[주희. 삼쏘?]

"삼쏘 기분 아냐."

[목소리가 왜 이렇게 무시무시해? 명성이랑 싸웠어?]

"그런 문제가 아냐. 물어볼 게 있는데."

[응, 뭔데?]

"너, 저번에 민창현이랑 친구 먹었다고 했지?"

[응, 그랬지. 부럽지? 내가 선수 쳐서 샘나지?]

"민창현 폰 번호 좀 알려 줘."

[응? 그건 갑자기 왜? 안 돼. 창현이한테 알려 줘도 되는지 물어보고……]

"지금 당장 번호 불러."

[으아, 강주희. 너 왜 그래? 무슨 짓 하려고?]

"주책에 진상 좀 부려 보려고."

[어휴, 야. 그러지 마. 넌 그렇게 각오하고 주책에 진상 부리면, 너무 세계 최고가 되잖아.]

"어. 그런데 누가 나보다 더 주책에 진상을 떨고 갔거든. 우리 집도 아니고 슬희네 집에서, 슬희 부모님이랑 정우 앞에서."

연우의 대답은 곧바로 들려오지 않았다.

주희는 더 이상 채근하지 않았다.

연우는 눈치 빠른 녀석이니까 대충 짐작을 할 것이다.

자세히는 몰라도 주희가 왜 이러는지는 알아줄 것이다.

아니나 다를까.

연우가 말했다.

[번호 문자로 넣어 줄게. 힘내라. 마음을 듬뿍 담아, 응원을 보낸다.]

기다린 지 얼마 지나지 않아 창현의 휴대폰 번호가 문자로 들어왔다.

주희는 그 번호를 노려 보다가 통화 버튼을 눌렀다.

*　　　*　　　*

"누구시라고요?"

[강주희요. 이슬희 친구.]

"아, 그러시군요."

저번에 연우를 만났을 때, 주희에 대해서도 들었다.

슬희와 너무 붙어 다녀서 자매 아니냐는 말까지 들었던 친구라고 했다.

그런 사람이 이런 시간이 어쩐 일로 전화를 한 걸까?

그것도 이렇게 무시무시한 목소리로.

주희의 분노가 휴대폰 너머로 창현에게까지 전해져 왔다.

"그런데 어쩐 일로 전화를 하셨습니까?"

[내일 좀 만나죠.]

무례할 정도로 단도직입적이었다.

창현은 당혹스러웠다.

만약 주희가 슬희의 친구가 아니었다면 그 무례에 화를 내며 끊었을 것이다.

하지만 상대는 슬희의 친구였다.

저쪽이 무례하더라도, 이쪽은 예의 발라야 한다.

"그러지요. 어디서 볼까요?"

[회사로 가겠습니다.]

"회사로요?"

[네, 문제 될 게 있나요?]

"아뇨, 그런 건 아니지만……."

[내일 오전 열한 시에 찾아뵙죠. 거기에 비서님도 계셨으면 좋겠네요.]

비서?

정 비서를 말하는 건가?

여기서 갑자기 왜 비서 얘기가 나오는 거지?

묻기도 전에 전화가 끊겼다.

창현은 등골이 서늘해졌다.

'설마 정태윤이 무슨 짓을 저지른 건 아니겠지?'

그런 거라면 주희의 무례한 태도를 설명할 수 있었다.

'슬희 친구를 찾아가서 안 좋은 소리라도 했나? 하지만…… 어떻게 알고? 아니, 알 수 있겠지. 조사하면 나올 테니. 하지만…….'

믿고 싶지 않았다.

최근 태윤은 변했다.

슬희가 회사에 다니기 시작하면서부터 창현이 예상하지 못한 행동을 하곤 했다.

지금의 태윤이라면 가능할 것 같았다.

아니었으면 좋겠다.

이러니저러니 해도 태윤과는 오랫동안 알고 지냈다.

어린 날 민 회장의 저택에 찾아와 창현을 보게 된 후로, 쭉 창현을 따라다녔다.

― 그렇게 좋냐?

애리가 비웃듯 물어보면, 태윤은 웃으며 대답했다.

― 네, 좋아요.

민씨 가문에서 환영받지 못하는 창현을, 태윤은 부끄러워하지도 않고 좋아해 주었다.

애리와 명현의 등쌀에 민 회장은 창현을 해외로 유학 보내 주었다.

태윤은 그때 창현을 따라 해외로 나와서 함께 유학 생활을 했다.

여자의 마음을 잘 모르는 창현은 태윤의 '좋아요.'가 친구 간의 감정인 줄로만 알았다.

슬희가 나타나기 전까지는, 태윤과 자기 사이에 우정 이외의 감정이 있을 거라고는 생각도 해 본 적이 없었다.

태윤은 늘 묵묵히 창현의 곁을 지켜 주었고, 창현의 좋은 파트너가 되어 주었다.

두엔을 성공시키는 데는 태윤의 공도 컸다.

창현이 바쁠 때, 태윤이 잡무를 알아서 처리해 주지 않았더라면, 창현은 진작 지쳐서 쓰러졌을 것이다.

아무리 태윤과 벽 하나를 사이에 두고 있었다 해도, 오랫동안 함께 공부하고 일을 함께해 온 사람이었기에, 마음이 착잡했다.

답은 내일 주희를 만나면 나올 것이다.

그때, 태윤에 대한 태도를 결정하면 된다.

'슬희 보고 싶다.'

어젯밤에 보고 왔는데도 그녀가 그리웠다.

매일 곁에 두고 볼 수 있으면 좋을 텐데.

언제나 그녀의 음성을 들을 수 있다면 좋을 텐데.

창현은 슬희에게 전화를 걸었다.

그러나 슬희는 전화를 받지 않았다.

'이상하네. 지금쯤 돌아와서 집에 있을 시간인데.'

오늘 일정은 오후 다섯 시쯤 끝났다고 들었다.

드라마 촬영 현장 사람들의 말로는, 승훈이 뭔가에 홀린 듯 신들린 연기를 펼쳐서 다른 배우들까지 그 기운에 빨려 들어가 완벽한 연기를 선보였단다.

NG를 내는 사람도 없어서 예정보다 두 시간이나 일찍 끝났다며 놀라워했다.

촬영 현장에서는 더 늦게 끝나는 일이 있으면 있지, 빨리 끝나는 경우는 거의 없기에 기적적인 일이었다.

창현은 다시 슬희에게 전화를 걸었다.

이번에는 슬희가 전화를 받았다.

"슬희야."

주위가 무척 시끄러웠다.

저 멀리서 승훈의 목소리도 들려오는 것 같았다.

[창현아⋯⋯.]

슬희의 목소리는 다 죽어 가고 있었다.

[나 좀 살려 줘⋯⋯.]

덜컥 겁이 났다.

무슨 일이 생겼구나.

민애리가 뭔가 저질렀구나.

등에서 식은땀이 흘렀다.

창현은 휴대폰을 꽉 쥐었다.

"지금 어디야? 무슨 일이야?"

[창현아, 나…… 지금 고기잡이배 위야.]

*　　*　　*

창현의 전화는 언제나 반가웠지만, 지금은 그럴 정신이 없었다.

전화를 끊고, 슬희는 배 난간에 기대어 바다로 토악질을 했다.

"우욱!"

뱃멀미라는 것은 상상 이상으로 고통스러웠다.

"괜찮아? 힘들어?"

승훈이 슬희의 등을 두드렸다.

"힘들죠! 힘들어요!"

승훈이 신들린 듯한 연기를 펼친 데는 다 이유가 있었다.

더 늦기 전에 바다낚시를 하기 위해서였다.

슬희가 승훈의 연기에 감탄을 했던 것도 아주 잠깐, 곧바로 바다에 끌려와 배를 탄 슬희는 승훈의 매니저야말로 극한 직업이라는 생각을 하게 되었다.

대배우 조승훈 님의 매니저를 하는 게 일생일대의 행운인 줄 알았는데, 아니었다.

승훈의 매니저를 하게 된 걸 후회하는 날이 올 줄은 꿈에도 몰랐다.

"욱!"

슬희는 다시 토했다.

하도 토했더니, 이젠 나오는 것도 없었다.

"자, 이거 마시고 저기 가서 좀 누워 있어. 그럼 나아질 거야."

승훈이 슬희에게 멀미약이 든 병을 건넸다.

슬희는 이걸 마시면 또 토하지 않을까 싶었지만, 일단 마셨다.

"지금은 파도가 좀 세서 그래. 곧 파도 가라앉으면 있을 만할 거야."

승훈의 얼굴은 생기가 넘쳤다.

어떻게 이런 흔들림을 저리도 잘 견뎌 낼 수 있는 걸까?

낚시신이 깃든 걸까?

낚시신이 깃들지 않은 내게, 이런 배 위는 무리야.

슬희는 정상적인 사고를 할 수가 없었다.

승훈이 이끄는 대로 선실 안에 들어가 좁은 간이침대에 누웠다.

눈을 감고 있었더니 울렁거림이 조금은 가라앉았다.

죽을 것 같다.

승훈의 팬들은 "꺅! 오빠 땜에 죽겠어요!"라고들 하는데, 슬희야 말고 조승훈 때문에 정말 죽을 것 같았다.

팬들에게 말해 주고 싶었다.

조승훈 매니저를 해 보라고.

진짜로 오빠 때문에 죽게 될 거라고.

그러다가 잠이 들었다.

요새의 무리한 스케줄과 어젯밤 낚시 때문에 거의 잠을 자지 못해서 피곤이 겹쳐 있던 탓에, 흔들리는 배 위에서도 잘 수 있었던 것이다.

그게 슬희에게는 다행인 일이었다.

잠든 후에는 멀미의 공격을 받지 않고, 배가 뭍으로 나올 때까지 푹 잘 수 있었다.

"슬희야. 이제 육지로 나왔어. 일어나도 돼."

승훈이 슬희의 팔을 흔들었다.

슬희는 눈을 깜빡거렸다.

눈앞에 승훈의 얼굴이 있었다.

대배우 조승훈.

"죽일 놈."

슬희가 잠결에 내뱉은 말에, 승훈은 한 방 먹은 듯한 표정을 지었다가 곧 웃음을 터뜨렸다.

"하하하하. 여자한테 그런 소리를 듣긴 또 처음인걸."

"아, 오빠. 죄송해요. 꿈인 줄 알고."

"뭐야, 꿈에서는 나한테 그런 소리를 하고 있었던 거야?"

"꿈에서는 뭘 해도 되잖아요."

"그래, 그렇지."

"고기는 많이 잡았어요?"

"그럼. 배낚시는 진짜 즐거워. 그나저나 얼른 일어나. 나 좀 지켜줘."

"네? 왜요?"

슬희는 침상에서 내려왔다.

승훈이 얼른 슬희의 뒤로 숨더니 휘청거리는 그녀를 앞세워 선실 밖으로 나갔다.

밖에 나가서야 승훈이 왜 이러는지 알 수 있었다.

창현이 선착장에서 무시무시한 표정으로 팔짱을 끼고 서서 둘을 기다리고 있었다.

"민창현이 날 죽일 거야."

승훈이 소곤거렸다.

"아, 그거 잘됐네요."

"뭐야, 이슬희. 너무해. 넌 내 매니저야. 넌 꼭 날 지켜야 할 의무가 있어."

"몰라요, 이젠. 죽든 말든."

슬희는 될 대로 되라는 심정이었다.

비틀거리며 내리는 슬희를 앞과 뒤에서 창현과 승훈이 동시에 부축해 주었다.

슬희가 내린 다음에 내리는 승훈을 창현이 조용히 노려봤다.

고요하게 흘러나오는 분노를 느낀 듯, 승훈이 고기 가득한 통을 들어 올리며 말했다.

"매니저가 날 빡씨게 굴릴 거랬어. 그래서 지금 빡씨게 구르는 중이고."

"정말 굴리고 싶습니다. 저 바닷속에서."

"하하하하."

"웃음이 나옵니까, 지금?"

"그렇다고 울 순 없잖아. 명색이 배우인데."

"아, 자신이 배우라는 자각은 있나 보군요."

"그럼. 항상 내 머릿속의 10프로는 배우라는 생각으로 채워져 있어."

"90프로는 낚시고요?"

"이야, 우리 창현이. 내 생각을 읽을 줄도 알게 됐네. 잘 자랐어,
정말."

승훈이 웃으며 창현의 등을 툭툭 두드렸다.

슬희는 거의 쓰러지다시피 한 채로 창현의 팔에 기대어 있었다.

"슬희가 고기잡이배 위라고 해서, 처음엔 민애리가 슬희를 납치
해서 팔아넘겼나 했습니다."

"그거 걱정이 컸겠네. 자, 이러지 말고 가서 회나 먹자. 아주 팔팔
한 놈들이야. 지금 딱 먹어야 맛있어."

"형님."

창현이 으르렁거리듯 승훈을 불렀다.

"슬희 괴롭히지 마세요."

"물론 괴롭힐 생각은 없어. 하지만 그렇다고 슬희를 혼자 놔둘
순 없잖아. 나한테서 떨어지면 네 말대로 민애리가 슬희를 납치할
지도 몰라."

"그러니까 슬희랑 같이 있을 동안만이라도 제발 낚시를 자제하
세요."

"나 보고 죽으라고?"

"죽어요, 그냥!"

"이야, 슬희야. 애 좀 봐라. 애 여자 때문에 아주 형까지 죽으라고
한다."

"네, 그러게요. 잘한다, 우리 창현이."

슬희가 고개만 들어 힘없이 창현을 응원했다.

슬희와 창현에게 버림받은 승훈은 아무래도 좋다는 듯 흥얼거리며 몸을 돌렸다.

"하여간, 다들 따라와. 내가 아주 기가 막힌 회를 먹게 해 줄게."

"일단 돌아가서요. 더 늦으면 운전 피곤합니다."

승훈은 그 말까지 무시하진 않았다.

승훈이 운전하는 차를 타고 돌아가는 동안, 슬희는 뒷좌석에 뻗어 잠이 들었다.

창현은 슬희가 잠든 걸 확인하고는 한숨을 내쉬었다.

"형님, 정말 이러실 겁니까?"

"왜? 재미있잖아. 슬희도 다양한 경험을 해 봐야 돼."

"그 경험이라는 게 지금 낚시밖에 없잖아요."

"강태공도 낚시를 했어. 왜일까? 낚시가 바로 경험의 끝이기 때문이지. 낚시를 하면, 세상의 전부를 경험하는 거야."

창현은 승훈에게 대꾸할 의욕을 잊고 조수석에 머리를 기댔다.

슬희에게 주희와 만난다는 사실을 알릴까 하다가 관뒀다.

주희가 창현에게 연락한 데는 이유가 있을 것이다.

만약 슬희도 알아야 할 일이라면, 주희가 슬희에게 알렸을 것이다.

주희는 왜 만나자고 한 걸까?

태윤은 무슨 짓을 저지른 걸까?

그런 생각을 하다가, 창현도 까무룩 잠이 들었다.

*　　*　　*

어제 느낀 모멸감이 여전히 태윤의 속에 자리 잡고 있었다.

거지 같은 집구석이었다.

슬희나 그 집안이나 똑같았다.

그런데 왜일까?

왜 진 기분이 드는 걸까?

왜 뭐 하나 갖추지도 못한 사람들이, 내 말에 사사건건 토를 다는 걸까?

이해할 수가 없었다.

슬희가 태윤에게 한마디도 지지 않고 맞서듯, 그 집안사람들도 그랬다.

'똑같은 것들이야. 없이 자라서 우악스러운 거겠지.'

어떻게 해야 슬희에게 더 상처를 줄 수 있을까?

어떻게 해야 슬희가 창현에게서 떨어져 나갈까?

어떻게 해야 창현이 다시 나만의 것으로 돌아올까?

그런 생각을 하고 있을 때, 노크도 없이 비서실의 문이 열렸다.

생각에 빠졌던 태윤은 깜짝 놀라 고개를 돌렸다.

비서실 안으로 모델 같은 늘씬한 체구의 여자가 들어오고 있었다.

긴 머리를 뒤로 바짝 묶은, 사나운 인상의 여자였다. 태윤은 급히 일어나 용건을 물었다.

"무슨 일로……."

"민창현 씨 만나러 왔습니다."

"아, 대표님께서는……."

"약속 잡고 왔으니 불러 주세요."

무례한 여자였다.

태윤은 짜증이 났지만, 창현의 손님에게 화를 낼 수는 없었다.

예전이었다면 대표실로 들어가서 창현을 불러 나왔겠지만, 지금은 그럴 수가 없었다.

태윤은 내선 전화를 걸었다.

"대표님. 손님이 찾아오셨습니다."

[그래. 내가 나가지.]

곧 대표실 문이 열리고 창현이 나왔다.

여자는 말없이 창현을 노려봤고, 창현도 말없이 여자의 시선을 받아 냈다.

태윤은 영문도 모르는 채로, 자신의 책상 뒤에 가만히 서서 둘의 모습을 지켜봤다.

'저 여잔 누구지? 창현이 지인 중에 저런 사람이 있었나? 신인 모델인가?'

늘씬한 키와 예쁘장한 외모, 세련된 옷차림을 보면 그럴지도 모르겠다.

'하지만 왜 저렇게 창현이를 쏘아보는 거지? 신종 어필인가?'

그때, 여자가 입을 열었다.

"강주희예요."

"그렇군요."

창현이 고개를 끄덕였다.

"오늘 내가 만나자고 한 이유가 뭔지 알아요?"

"글쎄요. 무슨 일인지 알려 주시겠습니까?"

"그러죠. 그럴 생각으로 왔으니까."

주희는 말하는 내내 한 번도 태윤 쪽으로 시선을 돌리지 않았다.

주희는 먹잇감을 노리는 맹수처럼 창현에게만 집중했고, 그래서 태윤은 주희가 첫마디를 시작했을 때 놀라서 비명을 지를 뻔했다.

"여기 정태윤 비서님이라는 사람이, 어젯밤 내 친구 이슬희 씨의 가족들이 사는 집에 방문했습니다. 그 일에 대해 이야기를 해야 할 것 같아서 찾아왔습니다."

"흡!"

모르는 척을 해야 하는데.

예상치 못한 일이라 태윤은 저도 모르게 소리를 내고 말았다.

분명 주희의 귀에 들렸을 텐데도, 주희는 창현만을 보고 있었다.

오히려 창현의 시선이 슬쩍 움직여 태윤을 향했다가 다시 주희에게로 돌아갔다.

태윤은 달려가 주희의 입을 틀어막고 싶었다.

당장 그녀를 끌어내고 싶었다.

하지만 지금 움직이면 인정하는 꼴밖에 안 된다.

이야기를 듣자.

듣다 보면 변명할 말도, 이 순간을 빠져나갈 말도 떠오를 것이다.

태윤은 아랫입술을 꽉 깨물고 주희의 고고한 옆모습을 노려봤다.

"어제 그 자리에는 슬희의 어머니, 아버지, 그리고 남동생이 있었습니다. 그 자리에서 이 회사의 정태윤 비서님이 이런 말씀을 하셨다는군요."

"잠깐만요."

태윤이 끼어들었다.

"지금 제 이름이 나와서 그러는데……."

'왜 제 이름이 나오는지 알 수가 없네요.'라는 말까지 할 수가 없었다.

주희가 마치 이 자리에 태윤이 없다는 듯, 태윤의 목소리가 들리지 않는다는 듯, 계속해서 이야기를 진행했던 것이다.

"입사 첫날부터 이슬희가 대표실을 수시로 드나들며 대표님을 곤란하게 하고 있다. 좋은 말로 타일러 보았지만 막무가내였다."

주희의 음성은 단조로웠다.

아무 감정 담기지 않은 목소리라서 더 섬뜩했다.

태윤은 자기 자신도 제대로 기억할 수 없는 말들을, 주희가 정확하게 끄집어내는 데에 놀랐다.

설마 그곳에 녹음기라도 설치되어 있었던 걸까?

"이슬희의 행동이 너무 지나치다. 대표님에게 여행을 가자, 선물을 사 달라 졸라 대서, 마음 약한 우리 대표님이 너무 난처해하고 계시다."

주희의 말이 계속될수록 창현의 표정이 싸늘하게 식어 갔다.

태윤은 더 이상 주희를 가만 놔둬선 안 된단 생각이 들었다.

저 여자가 이야기를 끝까지 하게 놔두면, 이쪽이 곤란해진다.

"저기, 이보세요. 강주희 씨라고 했죠?"

태윤이 책상에서 빠져나와 주희를 향해 걸어가는 동안에도, 주희의 이야기는 계속되었다.

"다른 직원들도 다들 곤란해한다. 이슬희는 대표님뿐 아니라 같은 부서의 집안 좋은 남직원에게도 추파를 던지고 있다. 그럴 리 없겠다고 생각하실 수 있지만, 사람에겐 가족들이 모르는 면이 있는 법이다."

"강주희 씨!"

태윤이 주희의 손목을 세게 잡았다.

하지만 주희의 눈동자는 창현에게 고정된 채, 미동조차 하지 않았다.

"잘 아시겠느냐. 당신들 딸은 회사에서 꽃뱀 짓을 하고 있다. 그러니 좀 말려 달라. 그리고."

주희의 시선이 서서히 태윤을 향해 움직였다.

이윽고 시선이 마주치는 순간, 태윤은 오싹함을 느꼈다.

주희의 눈동자는 태윤을 태워죽일 듯 빛나고 있었다.

"이런 집안사람들과 대화가 안 통할 줄 알았다. 따님을 통해서 한몫 잡아 보시려는 모양인데 한번 해 봐라. 변호사를 만나게 될 테니."

닫히지 않을 것 같았던 주희의 입술이 움직임을 멈췄다.

태윤은 주희를 노려봤다.

주희 역시 태윤에게 고정시킨 눈동자를 움직이지 않았다.

비서실 안에 숨 막히도록 무거운 침묵이 찾아왔다.

자칫 잘못하면 날카로운 소리와 함께 모든 것이 깨져나갈 것만 같은 침묵이었다.

태윤은 어찌해야 좋을지 알 수 없었다.

어제까지만 해도 슬희의 가족을 공격하는 게 좋은 방법이라고 생각했다.

가족들이 뭐라고 하면 슬희도 창현에게서 손을 뗄 거라고, 적어도 슬희와 그 가족에게 모멸감을 주기는 했다고 생각했다.

바로 이튿날, 슬희의 지인이 찾아와 모든 것을 밝히는 경우는 상상도 하지 못했다.

대체 어느 누가 친구의 남자 문제 때문에 회사까지 찾아온단 말인가.

이래서 수준이 안 맞는 인종과는 엮여선 안 된다.

못 배워 먹은 걸 이렇게 드러낸다.

주희의 손목을 잡은 태윤의 손에, 저도 모르게 힘이 들어갔다.

주희의 한쪽 입꼬리가 슬며시 올라갔다.

섬뜩했다.

"무서워요?"

주희의 입술 사이로 나직하고 차가운 음성이 흘러나왔다.

"당혹스럽죠? 이런 일이 있을 줄은 몰랐는데. 슬희 친구가 찾아와서 이런 진상을 부릴 줄은 몰랐는데. 어디서 감히 친구가 남의 회사까지 찾아오나, 그런 생각을 하고 있나요? 이래서 돈 없는 것들은 안 돼, 그런 생각도 드나요?"

주희는 태윤의 생각을 꿰뚫어 보는 듯 말했다.

"그래요. 정태윤 비서님 생각이 맞아요. 이래서 돈 없는 것들은 건드리면 안 돼요. 잃을 게 없거든. 빌어먹을 교양입네, 뭐네, 그렇게 중요하지가 않거든."

"도대체……."

태윤은 간신히 정신줄을 붙잡고 입을 열었다.

"도대체 왜 내가 그런 짓을 했다고 생각하는 거죠? 나는 아무 짓도 하지 않았어요. 이건 모함이에요. 내가 왜 갑자기 우리 대표님과 만나는 여성분 집을 찾아가겠어요? 왜 그런 말도 안 되는 소리를 믿는 거죠?"

"왜긴요. 나는 당신을 모르지만, 이슬희는 아니까. 이슬희 가족들도 아니까. 그분들이 거짓말을 할 사람들이 아니라는 거, 당신한테 그런 소리를 듣고서도 패악질 한번 부리지 못할 사람들이라는 거, 아니까."

주희가 태윤의 손을 뿌리쳤다.

갑작스러운 강한 힘에 태윤이 비틀거렸다.

하지만 넘어지지는 않았는데, 주희가 바로 태윤의 멱살을 잡아 올렸기 때문이었다.

태윤의 멱살을 잡은 주희는, 태윤을 노려보며 으르렁거리듯 말했다.

"내 친구의 그 착한 부모님과 그 착한 동생이! 당신한테 그 말도 안 되는 소리를 들으면서 어떤 표정을 지었을지! 내가 아니까!"

지금껏 한 번도 높아지지 않던 주희의 목소리가 커졌다.

자신에게 전해지는 주희의 분노에, 태윤은 꼼짝도 할 수가 없었다.

주희는 태윤의 멱살을 뿌리치듯 놔주고, 창현을 노려봤다.

지금 이 순간, 주희는 태윤보다 창현이 더 미웠다.

바로 옆에 태윤을 두고서도, 태윤이 무슨 짓을 할지 간파하지 못한 창현이 원망스러웠다.

"내가 자식이 있거든요."

주희가 창현에게 말했다.

"자식 낳아 보니까 알겠어요. 가슴에 한 번 박힌 못, 자식의 일로 생긴 상처, 절대 사라지지 않겠다는 걸. 이 여자가 질투 때문에 그랬든, 아니면 정말로 민창현 씨가 걱정이 돼서 그랬든, 이 여자는 슬희 부모님 가슴에 대못을 박았어요. 아마 그건 평생 슬희 부모님이 안고 살아가시겠죠."

"미안합니다."

"아니요. 나한테 미안할 건 없어요. 나는 지금 주책에 진상을 부리는 중이니까. 그런데요, 민창현 씨. 자기 부하 직원 관리든, 여자 관리든, 똑바로 해요. 슬희는 이런 문제가 아니라도 걱정할 거리가 많으니까."

*　　　*　　　*

거기까지 말하고, 주희는 대표실에서 나왔다.

더 이야기를 해 봐야 패악밖에 되지 않을 것이다.

진실은 정확하게 알렸다.

태윤은 어떻게 위기를 모면할지 머리를 굴리리라.

거기에 넘어갈지, 아니면 제대로 응징을 가할지는 창현이 선택할 문제였다.

'그나저나……'

복도를 걸어가던 주희는 대표실 문을 한번 돌아봤다.

'민창현. 어디선가 본 얼굴인데…… TV에 나온 적이 있나?'

*　　　*　　　*

주희가 떠나고 나서 한참 동안 창현은 말이 없었다.

태윤은 두 손을 가지런히 모으고 책상 앞에 서서 창현이 어떤 식으로 나올지, 그에 대해 어떤 식으로 대응할지 고민했다.

'어차피 증거는 없어. 저 여자가 녹음 파일을 들고 온 것도 아니잖아. 잡아떼면 돼. 난 아무 짓도 안 했어. 저 여자가 날 모함한 것뿐이야. 그래, 내가 뭘 어쨌다고. 난 그저 창현이를 걱정한 것뿐인데.'

슬희의 가족이 너무한 거다.

가서 좋게 설명을 했는데, 그걸 받아들이지 못하고 다른 사람에게 떠벌리다니.

강주희라는 여자가 잘못한 거다.

이런 문제를 회사까지 가지고 와서 일러바치다니.

나는 아무 잘못도 없다. 아무 짓도 하지 않았다.

그렇게 생각하니, 태윤은 정말 그런 것 같았다.

"정태윤."

드디어 창현이 입을 열었다.

그의 음성은 낮게 가라앉아 있었다.

태윤은 두 손을 꽉 붙잡고 창현을 올려다봤다.

최대한 억울한 표정을 지으려고 노력하며 말했다.

"대표님, 아니, 창현아. 너, 저 말을 믿는 거 아니지?"

창현의 미간에 깊은 주름이 생겼다.

"난 아무 짓도 안 했어. 내가 이슬희 씨 집을 어떻게 알고 찾아가 겠어? 아니, 안다고 해도…… 내가 왜? 내가 왜 그 집에 가서 그런 소리를 하겠어? 절대 아냐. 저 여자가, 아니면 이슬희 씨가 저 여자 한테 거짓말을 한 거야. 난 아무 짓도 안 했어."

태윤이 열심히 변명을 하는 동안, 창현은 어두운 눈으로 말없이 태윤을 지켜보고 있었다.

창현이 말이 없으니 태윤의 마음이 더 초조해졌다.

"생각해 봐. 내가 뭐가 아쉬워서 그러겠어? 난 정말…… 왜 내가 이런 변명을 하고 있어야 하는지도 모르겠다. 진짜. 이게 다 무슨 일인지……."

오히려 피해자인 것처럼 관자놀이에 손을 얹는 태윤에게, 창현이 감정 없이 물었다.

"정태윤. 너, 대체 나 없는 데서 무슨 짓을 하고 다니는 거지?"

태윤이 관자놀이에 손가락을 댄 채 창현을 노려봤다.

"민창현. 네가 그런 식으로 말하면, 난 진짜로 서운해."

태윤은 강하게 나가기로 했다.

이쪽이 약하게 나가니 오히려 잘못이 있는 것처럼 보이나 보다.

"너랑 나랑 알고 지낸 지가 몇 년인데. 창현아, 나 정태윤이야. 너랑 어릴 때부터 쭉 알고 지내 온 정태윤. 그런데 네가 나한테 이러면 안 되지. 그래, 민창현. 네가 처음으로 여자한테 관심이 생기고, 그래서 나보다 이슬희 씨랑 보내는 시간이 더 많아지고…… 그래, 솔직하게 말할게. 그거, 좀 질투했어. 난 너랑 나랑 제일 친하다고 생각했으니까. 너랑 나 사이에는 오랫동안 알고 지낸 만큼 긴밀한 게 있다고 생각했으니까."

"……."

"그래도 최근에는 정신 차렸고, 너랑 이슬희 씨, 응원해야겠다고 결심했어. 네 사랑이니까. 나는 항상 네 편이고, 네가 행복했으면 좋겠으니까."

말을 하다 보니, 그게 진실처럼 느껴졌다.

창현도 이걸 진실로 받아들일까?

내 마음을 알아줄까?

태윤은 창현의 표정을 살펴봤지만, 그의 냉정한 눈동자에선 그 어떤 것도 읽어 낼 수가 없었다.

"그런 내가 대체 왜 이슬희 씨 집을 찾아가서 그런 짓을 하겠어? 내가 네 부모님도 아닌데. 그런 짓 안 했어. 넌 생전 처음 보는 이슬희 씨 친구 말만 믿고, 날 몰아붙이는 거야, 지금?"

"……."

"나, 정태윤이야. 넌 나한테 그러면 안 돼. 내가 지금까지 너한테 어떻게 했는데."

태윤은 거기까지 말하고 창현의 반응을 기다렸다.

굳게 다물려 있던 창현의 입술이 서서히 벌어졌다.

"정태윤."

"응."

"내일부터 회사에 나오지 않아도 좋아."

태윤은 자기 귀를 의심했다.

뭐라고?

애가 지금 뭐라고 하는 거지?

태윤이 멍하니 창현을 바라보다, 그에게 되물었다.

"뭐라고?"

"이 회사에서 네가 있을 자리는 없어. 그리고 개인적으로도 두 번 다시는 얼굴 보는 일이 없었으면 좋겠다."

"야, 민창현!"

태윤이 빽 소리를 질렀다.

태윤의 붉어진 목에 핏줄이 섰다.

꽉 움켜쥔 주먹이 부들부들 떨리고 있었다.

"너, 진짜 나한테 이러면 안 돼! 아까 그 여자 말을 진짜로 믿는 거야? 내가 진짜 그런 짓을 했을 거라고 생각하는 거야? 너랑 나랑 얼마나 알고 지냈어? 우리 미국에서도, 한국에서도 계속 같이 공부하고 일했잖아! 그런데 생전 처음 보는 사람 말을 믿고서 날 쫓아내겠다고?"

창현은 대답 없이 태윤을 지켜봤다.

그의 견고한 눈빛은 태윤의 절규를 들으면서도 흔들리지 않았다.

하지만 태윤은 이쯤에서 물러설 생각이 없었다.

창현은 내게 이래서는 안 된다.

"지금까지 내가 너한테 얼마나 많은 걸 해 줬는데! 항상 널 도왔고, 이 회사 일으키는데도 한몫했어. 그런데 지금 날 쫓아내겠다고? 내가 없이 네가 잘될 것 같아?"

"네가 많이 도와줬다는 걸 알아. 그래서 그냥 쫓아내는 거로 끝내는 거야. 사표 낸 거로 처리를 해 줄 테니, 조용히 나가."

"말도 안 돼."

태윤이 두 손으로 창현의 팔을 잡았다.

"말도 안 돼, 민창현. 이건 정말 말도 안 돼."

"돼."

"너, 지금 이슬희 때문에 나한테 이렇게 행동하는 거야? 이슬희 때문에?"

"그래."

"하?"

태윤이 헛웃음을 내뱉었다.

"민창현, 너 미쳤어? 넌 지금 중요한 순간이야. 그런데 여자 때문에 날 쫓아내겠다고? 내가 없이 이 회사가 돌아갈 것 같아? 아니면 너, 이슬희 때문에 이 회사를 버릴 생각이니? 이슬희가 뭐라고?"

"내가 무엇 때문에 너한테 이러는지 말해 줘야 할 이유는 없지. 하지만 그동안 회사에 도움이 많이 되었으니, 한 가지 질문에는 답해 주지."

"……."

"나는 널 모르겠지만, 이슬희는 알아. 그건 네가 생각하는 것만큼, 그렇게 얇고 짧은 게 아니야. 훨씬 더 깊고 길어."

"그게 무슨……?"

"강주희라는 사람을 믿는 게 아냐. 나는 이슬희를 믿고, 그러니까 슬희의 친구가 한 말도 믿어. 너는 하지 말아야 할 짓을 했어."

"난 안 그랬다고!"

"너에 대해 판단을 내리기가 힘들었다. 그래, 네 말대로 넌 나한테 도움을 많이 줬고, 너랑 알고 지낸 기간도 기니까. 하지만 이제 알겠네. 넌 내 사람이 아니야."

"네 사람 맞아!"

"아니. 아니야, 정태윤."

"잠깐, 잠깐만 창현아!"

창현이 팔을 빼내려 했지만 태윤이 더 세게 붙잡았다.

태윤은 간절하게 창현을 올려다봤다. 그리고 절박한 목소리로 말했다.

"내가 이슬희한테 잘해 주면? 그러면 나한테 이렇게 행동하지 않을 거야?"

창현이 미간을 좁혔다.

태윤의 눈에 눈물이 고였지만, 창현의 눈동자는 견고하게 빛났다.

"그런 거로 넘어가기엔 너무 늦었어. 나가, 정태윤. 널 끌어내는 짓까지 하고 싶진 않으니까."

태윤은 나가지 않고 버텼다.

나갈 수 없다고, 내가 순순히 나갈 줄 아느냐고 악을 썼다.

그런 태윤의 모습은 창현을 당혹시켰다.

지금껏 창현이 봐 온 태윤의 모습과는 사뭇 다른 모습이었다.

한 사람이 이렇게까지 변할 수도 있다는 사실에, 창현은 착잡해졌다.

결국, 경비를 불렀다.

태윤의 얼굴을 아는 경비원들은 그녀를 끌어내라는 창현의 명령에 당황한 듯 서로의 눈치를 봤다.

그러나…….

"날 이대로 내보내고 네가 잘 살 것 같아? 웃기지 마, 민창현! 넌 후회할 거야! 넌 이슬희가 어떤 여자인지 몰라서 그래. 그 여자는 고고하고 성숙할 것 같니? 그 여자는 나 같은 상황에서도 우아할 것 같아? 아니, 아닐걸. 그 여자, 돈밖에 모르는 여자야! 분명 돈 때문에 널 만나는 거야! 전에도 그랬다고!"

태윤이 소리치는 모습을 보고서는, 결국 경비원들은 태윤을 양쪽에서 잡아 끌어냈다.

"후회할 거야, 민창현! 그런데 그거 알아? 그 여자 본성을 알게 돼서 네가 후회하고 나한테 돌아오면, 그러면! 난 받아 줄 거야. 왜냐고? 나는 진짜로 널 사랑하니까! 내 마음은 진짜니까!"

복도를 끌려가면서도, 태윤은 계속해서 소리를 쳤다.

태윤이 소동을 부린 탓에, 정태윤 비서가 경비원들에게 쫓겨났다는 소문이 회사 내에 순식간에 퍼졌다.

"이게 다 무슨 일이래요? 정말일까요? 정 비서님, 쫓겨났다는 거."

새 드라마 때문에 바쁜 와중에도, 사람들은 그 일에 대해 떠들어 대느라 정신없었다.

재현과 지수도 휴게실에서 커피를 마시며 그 이야기를 하는 중이었다.

"정말인가 봐. 직접 목격한 사람들이 많다더라. 1층까지 끌려 내려갔는데도 안 나가려고 해서, 회사 밖까지 그렇게 끌려 나갔대."

"우와, 진짜요? 상상이 안 돼요? 그 우아한 정 비서님이 그런 행동을 하시다니."

"그래? 난 상상이 되는데."

지수는 태윤을 떠올렸다.

지수는 원래 태윤을 그다지 좋아하지 않았다.

항상 창현의 옆에 붙어 다니는 태윤은, '이것 봐. 여긴 내 자리야.'라는 걸 너무 드러내고 싶어 했다.

슬희가 창현과 사귀는 걸 알았을 때부터, 태윤이 큰 문제가 될지도 모르겠다는 예상은 하고 있었다.

"정 비서는 그럴 만한 사람이야. 열등감이 많은 사람이거든."

"열등감이요? 그 정 비서님이? 얼굴도 예쁘고, 몸매도 좋고, 제가 알기론 학벌이랑 집안도 꽤 좋다고 들었는데."

"그렇긴 한데…… 그 집안이라는 게, 되게 상대적인 거거든. A사 대표라고 하면 다들 우와, 하지만, 거기에 두드림을 비교하면 A사는 별 볼 일 없지."

"그건 그렇죠."

"정 비서는 저쪽 세계 사람들이 다니는 학교에 다녔고, 저쪽 세계 사람들 사이에서 성장했어. 그런데 엄밀히 따지면, 정 비서네 집안은 저쪽 세계 사람이 아니란 말이지."

"그럼요?"

"그냥 정 비서네 아버지가 검사일 뿐이야. 저쪽 세계 사람들의 뒷일을 해결해 주는 검사. 이쪽 세계에서 정 비서는 대단할 수 있어. 다들 우와, 대단하다, 멋지다, 하겠지. 하지만 저쪽 세계 사람들 사이에서 정 비서는, 글쎄."

태윤의 친구들은 대부분 내로라하는 집안의 자제들일 터였다.

그들 사이에서 태윤은 내세울 것이 하나도 없었다.

"그래서 더 공부를 열심히 하고, 외모를 가꿨겠지. 나는 집안이 아니라 내 노력으로 모든 걸 얻을 수 있다, 나는 집안 따위에 지지 않는다, 뭐, 그런 걸 표현하고 싶지 않았을까?"

지수의 설명에 재현이 눈을 동그랗게 떴다.

"그런데 팀장님은 어떻게 그런 걸 다 아세요?"

지수가 피식 웃었다.

"이 언니는 연륜이 있잖니. 너도 오래 살아 보면 다 알게 될 거야."

"아니, 팀장님이랑 저랑 세 살밖에 차이 안 나거든요?"

　　　　＊　　　　＊　　　　＊

　주인 없는 비서실 소파에 다리를 꼬고 앉아, 창현은 생각에 잠겨 있었다.

　마음이 무거웠다.

　믿음이라는 것은 신기하다.

　아무도 안 믿는다고 생각했는데, 모르는 새에 믿고 있었나 보다.

　태윤이 최영빈 사건과 관계가 있을 것 같은데도 내치지 못한 건, '혹시나'라는 생각 때문이었다.

　혹시나 태윤은 아무 관계 없지 않을까?

　혹시나 태윤은 진짜로 믿을 수 있지 않을까?

　혹시나 태윤은 좋은 친구이지 않을까?

　그런 '혹시나'하는 감정이 창현도 모르게 자리 잡고 있었던 것 같다.

　하지만 주희가 찾아와 태윤의 소행을 말하는 순간, 그녀에 대한 일말의 신뢰도 사라졌다.

　슬희를 알았다.

　더불어 슬희의 가족도 알았다.

　창현의 아버지에 대해 아는 모두가 창현을 차가운 눈으로 볼 때에, 슬희의 부모님만이 다정한 시선을 보내 주었다.

　늦은 시간, 딸과 함께 있어 주어 고맙다고 말해 주었다.

　그런 분들이 태윤의 말 때문에 상처를 받았을 것을 생각하면, 가

숨이 미어졌다.

똑똑―

노크 소리가 들렸다.

"대표님. 정 팀장입니다. 들어가도 될까요?"

창현은 안에 없는 척할까 하다가, 지수가 그냥 물러갈 사람이 아니라는 걸 떠올리곤 대답했다.

"들어와."

문이 열리고 지수가 들어왔다.

지수는 소파에 앉아 있는 창현을 보더니 거침없이 평가했다.

"몰골이 말이 아니네요."

지수가 맞은편 소파에 가서 앉았다.

"회사에 소문이 쫙 퍼졌어요. 꼭 그렇게 소동을 피우면서 쫓아내야 했어요?"

"어쩔 수 없었어. 안 나가려고 버티더군."

"그래도 조용히 좀 해결하지 그랬어요? 안 그래도 최영빈 사건 때문에 뒤숭숭한데, 정 비서까지 그렇게 쫓겨나서 분위기가 엉망이에요."

"미안하게 됐군. 내가 제대로 했어야 했는데."

"알면 앞으로는 좀 조심해 줘요."

지수는 창현의 표정을 가만히 살피다가 물었다.

"나한테 뭐 할 말 없어요? 내가 알아야 할 것이라든가, 아니면 내 도움이 필요한 일이라든가."

지수의 질문에 창현은 피식 웃었다.

"전 대표인 민애리가 이번 드라마를 망하게 하려고 해. 그러면 두 엔을 나한테 인수하지 않아도 되거든."

창현이 진짜로 자신에게 말해 줄지는 몰랐는지, 지수의 눈이 커졌다.

"최영빈 사건도 그래서 벌어진 일이야. 아마 조작했겠지. 곧 드라마 방영이 시작되면 백상희에 대한 것도 터뜨릴 거야. 증거 영상을 확보했거든."

"영상이라면……."

"아주 끔찍한 영상이야."

"저런."

중대한 사태라는 걸 실감한 지수가 허리를 세웠다.

"그런데 그 부분에 대해서는 안심해도 돼. 그 증거 영상, 사람을 시켜서 싹 지웠으니까."

"아…… 그래요? 다행이네요. 대표님이 그래도 제대로 하는 게 있긴 하네요."

지수의 영혼 없는 칭찬에 창현이 또 피식 웃었다.

바람이 부는 듯, 공허한 미소였다.

"자, 이제 정 팀장은 어쩔 거야? 이 정보를 가지고 민애리한테 찾아갈 거야?"

처음엔 무슨 뜻인지 모르겠다는 듯 미간을 좁혔던 지수가, 뒤늦게 그 뜻을 깨닫고는 벌떡 일어났다.

"대표님!"

창현은 고개를 들어 지수를 응시했다.

"나는 아무도 안 믿어. 아니, 아무도 안 믿는다고 생각해 왔어. 그런데 믿고 있더군. 나도 인간인가 봐."

"그럼 본인이 뭐 외계인이라도 되는 줄 알았어요? 그거, 중2병이에요."

"중2병, 그런가?"

창현이 씁쓸하게 웃었다.

"나는 아무것도 아니야. 민 회장님의 친아들도 아니고, 현재 두엔의 대표도 아니지."

"……"

"그런데도 정 팀장은 왜 여기에 있는 거지? 난 정 팀장의 의도를 모르겠어."

창현의 힘없는 모습이, 지수의 가슴을 울컥하게 만들었다.

지수는 다시 소파에 앉았다.

"예전에 외할아버지를 따라 파티에 갔다가 대표님을 본 적이 있어요. 그때 대표님이 아마 스무 살 때였나? 그랬을 거예요. 한눈에 알아봤어요. 민 회장님이 입양한 아이가 잠깐 한국에 들어왔다는 얘기를 들었거든요."

"……"

"화장실 갔다가 연회장으로 돌아가는데, 복도에 대표님이랑 명현이가 있었어요. 명현이가 대표님한테 뭐라고 하다가, 뒤통수를 퍽 때리고 들어가 버리더라고요."

"그런 일이 있었나?"

"있었어요. 그다음에 대표님은 복도에 있는 의자에 앉았고, 고개를 푹 숙이고 있더군요. 그 모습이 참…… 불쌍해 보였어요."

"불쌍했어?"

"그래요. 동정했어요. 너무 불쌍하더라고요. 그래서 생각했죠. 언젠가 내가 얘 좀 도와줄 수 있는 날이 왔으면 좋겠다, 하고. 게다가 난 민명현, 그 자식을 진짜 싫어하거든요. 재수 없어서."

창현이 또 웃었다.

이번 웃음은 아까보다 나아 보였다.

"기회가 없었죠. 사실 돕긴 뭘 어떻게 도와. 외할아버지야 국회의원이라고 해도, 우리 아빠랑 엄마는 평범한 회사원이고, 나도 그냥 평범하게 대학 나와서 취업할 생각밖에 없었는데. 그러다가 두엔에 입사했고, 민애리가 말아먹은 두엔을 대표님이 인수한다고 할 때, 잘 됐다 싶었어요. 내가 도와줄 수 있겠구나."

지수가 창현과 눈을 맞췄다.

"대표님. 날 믿으라고는 안 할게요. 믿는다는 게 강요로 되는 건 아니니까. 하지만 그건 알아야 돼요. 우리 집안은 평범해요. 민애리 손을 잡는다고 나한테도, 우리 가족한테도 득 될 게 없어요. 그런데요. 그렇다고 해서 민애리가 우리 집안에 함부로 손을 댈 수도 없어요. 날 믿기 싫으면 믿지 마요. 하지만 그렇다고 의심하지도 말아요."

창현이 뭐라 답하기도 전에, 지수가 일어났다.

"난 지금 그저 이번 드라마를 어떻게 성공시킬지, 그 생각밖에 없으니까."

                    *   *   *

　창현에게는 그렇게 말했지만, 사실 지수는 이 일을 아예 모르는
척할 생각이 없었다.

　창현이 믿어 주길 바라는 건 아니었다.

　물론 조금 서운하긴 하지만, 창현의 입장에선 그럴 만도 했다.

　창현이 지수를 알게 된 건, 이 회사에 들어와서였다.

　회사를 인수하면서 지수에 대해 알게 되었을 뿐, 그 전에 본 적이
있다는 건 몰랐다.

　'하긴. 생각해 보면 본 건 나뿐이지. 그때 대표님은 날 보지도 않
았어.'

　고개를 푹 숙이고 노래를 흥얼거리던 창현의 모습이 뇌리에 깊이
남아 있었다.

　'무슨 노래였더라……? 아, 개구리 소년이었지. 진짜 안 어울린다
니까. 다 큰 청년이 만화 주제가라니.'

　피식 웃으며 휴대폰을 꺼냈다.

　자세한 사정을 듣지 못해, 나서서 도와줄 수는 없지만 대비책 정
도는 마련해 줄 생각이었다.

　민 회장의 자식들에 대해서는 잘 알고 있었다.

　　─ 거기 장녀랑 장남은 못 써.

　외할아버지는 그렇게 말했다.

―두드림도 지금 회장 대에서 끝이야. 그 욕심 많고 머리 나쁜 두 놈이 두드림을 잇게 되면, 순식간에 끝날 게다.

욕심 많고 머리 나쁜 민애리가 자기가 원하는 대로 되지 않았을 때 할 짓은 뻔했다.

지수는 이 직업이 좋았다.

내 노력에 의해 한 작품이, 한 연예인이 이슈가 되는 걸 지켜보는 것도 즐거웠다.

애리가 두엔을 맡았을 땐, 그게 불가능했다.

하지만 창현은 지수가 마음껏 자신의 실력을 발휘할 수 있게 해주었다.

'그리고…….'

지수는 민창현이란 인물을 인간적으로 좋아했다.

민 회장의 핏줄도 아닌데, 혼자의 힘으로 두엔을 인수할 준비를 하면서 직원에게도 공평한 창현의 실력에 기대를 걸고 있었다.

이대로 두엔이 애리의 손에 머무는 건 원하지 않았다.

창현이 두엔을 넘겨받지 못한다면, 두엔은 곧 애리의 손안에서 끝이 날 것이다.

고지식한 외할아버지에게 도움을 청하는 건 내키지 않았지만, 어쩔 수 없었다.

'손녀니까 이 정도 도움을 청하는 건 애교로 봐주시겠지.'

　　　　　*　　　　　*　　　　　*

　무시무시한 기세로 걸어오는 태윤을 가장 먼저 발견한 사람은, 연기를 하고 있던 승훈이었다.

　승훈의 시선이 마침 태윤이 걸어오는 방향을 향해 있었기 때문에, 촬영 중임에도 눈에 들어올 수밖에 없었다.

　편의점을 배경으로 찍고 있어서, 주위에 구경꾼이 많았는데 그 사이에서도 태윤의 모습은 유독 눈에 띄었다.

　등 뒤에서 검은 오라가 일렁일렁거리는 것 같았기 때문이었다.

　뭔가 사달이 나도 나겠구나, 싶었다.

　'촬영 중인데 어쩌나.'라며 승훈이 망설이고 있는데, 태윤이 스태프들 사이에 서 있는 슬희의 손목을 잡아 자기 쪽으로 돌려세웠다.

　무슨 일인가 싶어 돌아보는 슬희의 뺨에, 예리한 불꽃이 튀었다.

　짜악 ─ !

　아픔이 먼저, 그다음이 소리였다.

　슬희는 눈을 휘둥그레 뜨고 자기를 때린 사람을 쳐다봤다.

　'이게 뭔 일이야? 왜? 뭐지? 뭐야, 이게?'

　이유는 나중에 생각하자.

　슬희는 손을 올려 자신이 맞은 것보다 더 세게 태윤의 뺨을 갈겼다.

　짜악 ─ !

　눈에는 눈, 이에는 이.

　슬희는 뺨을 맞았는데 눈물을 줄줄 흘리며 왜 이러세요, 이러지 마세요, 하고 우는소리를 할 생각은 없었다.

슬희가 자기 뺨을 때릴 줄은 몰랐는지, 태윤이 맞은 곳에 손을 얹고 슬희를 쳐다봤다.

승훈은 두 여자의 싸움을 구경하는 게 말도 못 하게 재미있었지만, 슬희가 더 맞게 놔둘 수는 없었다.

촬영은 나중의 일이다.

아니, 어차피 갑작스레 시작된 싸움 때문에, 다른 배우들도 전부 슬희 쪽에 정신이 팔려 있었다.

승훈은 슬희를 향해 곧장 달려갔고, 다행히 또다시 치켜든 태윤의 손목을 붙잡을 수가 있었다.

"이거 놔요!"

태윤이 손을 빼내려 했다.

"안 때리면요."

승훈의 말에 태윤이 콧등에 주름을 잡았지만, 곧 수긍했다.

"안 때려요. 놔요."

승훈은 태윤을 놔주었다.

촬영을 구경하던 일반인들까지도, 이제는 흥미로운 싸움 구경을 하고 있었다.

태윤은 흥분한 적 없다는 듯 자세를 바로 하고 슬희를 노려봤다.

슬희도 지지 않고 태윤의 시선을 받아 냈다.

"비서님, 대체 이게 뭐 하는 짓이죠?"

슬희가 먼저 물었다.

"몰라서 물어요?"

"네, 모르겠네요. 다짜고짜 뺨을 때리다니…… 할 얘기가 있으면……."

"전 남친이랑도 돈 때문에 헤어졌다면서요?"

여기서 저 소리가 왜 나오는 거지?

느닷없이 튀어나온 '전 남친' 이야기에, 슬희는 말문이 턱 막혔다.

나는 분명 이 상황의 당사자인 것 같은데, 어떻게 돌아가는 상황인지 조금도 알 수 없었다.

태윤과 사이가 좋지 않은 건 사실이지만, 그조차도 승훈의 매니저를 하면서 마주칠 일이 없어 태윤에 대해 아예 잊고 있었다.

그런데 갑자기 나타나서 뺨을 때리질 않나, 전 남친 이야기를 꺼내질 않나.

'이건 꿈인가?'

하지만 뺨의 얼얼한 통증이 현실이라고 알려 주었다.

"전 남친한테도 어지간히 뜯어먹은 것 같던데. 창현이 만나면서 뜯어먹을 게 더 많아져서 아주 좋았겠어요? 신나서 잠도 안 왔겠네."

"잠깐만요, 비서님. 지금 그게 무슨……?"

"모르는 척하지 마요, 이슬희 씨. 동창들이 다 알던데요. 오래 사귄 남자한테 꽃뱀 짓도 어지간히 했다고. 결혼 준비하면서 남자한테 집이고, 결혼 비용이고 다 준비하라고, 친정에는 명품 백에 정장, 또 뭐라더라? 아, 모피. 그런 것 하나씩 다 돌리자고. 그러지 않으면 결혼 안 하겠다고, 그랬다면서요? 소문이 다 났던데."

쏟아져 나오는 말에 슬희는 정신을 차릴 수가 없었다.

이러면 안 돼. 정신을 똑바로 차려야 돼. 그러지 않으면 내가 다 덤터기를 쓰게 될 거야.

"그만 좀 하죠?"

그때, 승훈이 슬희의 앞을 가로막으며 말했다.

"비켜요. 나는 이슬희 씨가 우리 대표님 꼬셔서 꽃뱀 짓을 하려고 한 부분에 대해 할 이야기가 아주 많으니까."

"아니, 그만해야 할 것 같은데."

승훈이 빙그레 미소를 지으며 말했다.

태윤은 눈을 똑바로 뜨고 승훈을 올려다봤다.

"조승훈 씨는 빠지시죠. 이건 조승훈 씨가 끼어들 문제 아니에요."

"아뇨. 내가 끼어들 문제 맞아요. 내 매니저 문제는 곧 나의 문제거든."

"아, 이슬희 씨가 조승훈 씨도 단단히 꼬셨나 보네요. 뭐 사 달라는 말은 안 하던가요? 그러고 보니, 집 한 채 장만해 주셨다면서요? 남자들은 참 웃겨. 자기가 꽃뱀한테 걸린 줄도 모르고, 다 사랑 때문이라고 생각한다니까."

태윤이 비릿하게 웃으며 말했다.

태윤의 말에 주위에서 몇몇 사람들이 "맞아.", "저 여자 진짜 꽃뱀인가 봐."라고 속삭이는 소리가 들려왔다.

이대로는 안 되겠다고, 승훈은 생각했다.

무슨 일이 벌어진 건지 모르지, 우선은 잘 달래서 사람 없는 곳에 데리고 가 대화를 할 생각이었다.

하지만 생각이 바뀌었다.

이대로 놔뒀다가는 다들 슬희를 꽃뱀으로 여길 것이다.

등 뒤에서 태윤이 쏟아 내는 악의 어린 말들을 듣고 있을 슬희가 신경 쓰였다.

승훈은 허리를 굽혔다.

"정태윤 씨. 지금 날 꽃뱀한테 걸린 멍청이 취급한 겁니까? 조승훈을?"

승훈의 목소리는 낮지만 단호했고, 이성을 잃은 태윤의 청각을 자극하기에 충분했다.

그제야 태윤은 자신이 상대하고 있는 사람이 누군지 깨닫고 입을 꽉 다물었다.

승훈의 숨결이 귓불에 닿았고, 그 부분에서부터 찬 냉기가 척추를 타고 내려가 전신으로 번졌다.

저도 모르게 튀어나오려는 비명을 삼키며 주먹을 꽉 쥐는 태윤의 귀에 승훈의 서늘한 음성이 들려왔다.

"정태윤 씨 아버님은 잘 지내고 계십니까?"

그 의미는 깊이 생각해 볼 것도 없었다.

여기서 더 하면 네 가족도 무사하지 못하리란 경고였다.

태윤은 조승훈이 어떤 위치에 있는지 파악할 정도의 주변머리는 있었다.

아무리 애리가 태윤의 편을 들어 준다고 해도 조승훈까지 막아 줄 수는 없었다.

게다가 애리가 자신의 편을 들어 줄지도 의문이었다.

태윤은 조승훈이 슬희 앞에 있는 이상 자신이 할 수 있는 게 없다는 걸 깨달았다.

그래도 휙 돌아서서 나오는 자신의 모습이 도망치는 것처럼 보일까 봐 태윤은 걱정이 되었다.

최대한 턱을 꼿꼿이 들고, 아무 일 없다는 듯 걸었다.

사람들이 수군거리는 소리가 전부 자신을 향한 비난인 듯 들려왔다.

저 여자 좀 봐.

꼬리 내린 개 같아.

진짜 우습다.

저게 뭐 하는 거야?

눈물이 날 것 같지만 꾹 참았다.

하지만 차에 타는 순간, 참고 있던 눈물이 터져 나왔다.

태윤은 핸들에 엎으려 통곡했다.

이해할 수가 없었다.

왜 다들 이슬희 편을 드는 걸까?

그 여자가 뭐라고?

이슬희는 그저 평범 수준에도 못 미치는 집안에서 태어나, 그렇고 그런 대학을 나와, 그렇고 그런 돈을 버는 여자일 뿐이었다.

그런데 왜 다들 슬희 편인 걸까?

왜 모두가 슬희를 위해 나서 주는 걸까?

나와 슬희가 뭐가 다르기에.

내 무엇이 그리도 부족하기에.

흐느낌을 참을 수가 없었다.

어릴 때부터 쟁쟁한 집안의 자제들과 어울렸다.

그 집안 자제들에 비해 자신은 별 볼 일 없다는 걸 알고 있었다.

그러다가 창현을 알게 되었다.

창현이 좋았다.

더 좋은 이유는 창현의 사정이 태윤보다 나을 것 없었기 때문이었다.

창현은 민 회장의 혈육이 아니었다.

후처가 데리고 온 자식.

아무리 민 회장이 호적에 올렸다 해도, 그 신분은 변하지 않았다.

창현 앞에서, 태윤은 우쭐해질 수 있었다.

나는 창현보다 나은 상황이다.

이런 내가 창현을 사랑한다.

나는 그런 태생의 창현을 사랑할 만큼 마음이 넓고, 성숙한 정신 세계를 갖췄다.

돈만 알고 집안 배경만 아는 너희들에 비해, 나는 무척이나 고고한 정신의 소유자이다.

창현 역시 결국 나를 사랑하게 될 것이다.

자기보다 나은 내가 자신을 사랑해 주고 있으니까, 당연히 내게 끌릴 수밖에 없다.

내 사랑을, 내 마음을 감사하게 여길 것이다.

창현을 떠맡은 민 회장도, 창현을 데리고 가려는 나에게 고마워할 게 분명하다.

그런 생각을 품고 있었다.

하지만 승훈마저도 슬희의 편을 들어 주는 순간, 자신의 생각이 잘못되었음을 깨달았다.

아무도 내게 고마워하지 않고, 아무도 나를 고고한 정신의 소유자라 생각해 주지 않았다.

그럼 난 지금까지 뭘 해 온 거지?

뭘 위해 창현의 곁에 있었던 거지?

태윤은 핸들을 두 손으로 꽉 붙잡았다.

'민창현, 넌 날 배신했어. 넌 나한테 그러면 안 됐어. 난 너도, 이슬희도 용서 못 해.'

*　　　*　　　*

"내 매니저가 그런 짓을 할 리 없지. 내가 매니저 과거도 모르고 데리고 있을 것 같아요?"

승훈이 여기저기 해명을 하고 다닌 덕에, 슬희를 향한 오해는 금방 풀렸다.

'진짜 풀렸는지는 모르겠지만, 뭐. 그걸로 내 앞에서 떠들어 대진 않겠지.'

그 정도면 충분했다.

어차피 이곳 스태프들과는 드라마 촬영이 끝나고 나면 더 이상 볼일도 없었다.

'대학 동기들도 그 소문을 믿고 나를 등졌는데, 나에 대해 잘 모르는 이 사람들이 날 욕하는 게 대수겠어?'

한번 겪어 본 일이라 그런지, 그 부분에 대해서는 크게 걱정이 되지 않았다.

그저 태윤의 돌발 행동이 아직까지도 믿기지 않을 뿐이었다.

'대체 무슨 일이 있었던 거지? 갑자기 왜 저러는 거야? 약이라도 했나?'

그런 의심이 들 정도의 변화였다.

태윤은 적어도 남들 앞에선 자기 성격을 드러내지 않기 위해 노력하는 듯 보였다.

'창현이한테 물어보고 싶은데…… 일할 텐데 괜히 걱정 끼치기는 싫고. 나중에 만나면 얘기해야겠다.'

태윤에게 맞은 뺨이 여전히 얼얼했다.

슬희는 승훈이 사다 준 아이스팩을 볼에 대고 있었다.

자기가 나오는 신 촬영을 끝낸 상희가 다가와 슬희의 옆에 앉았다.

승훈의 매니저를 하면서도 상희와는 따로 대화를 해 본 적이 없기에, 상희가 먼저 말을 걸어올 줄은 몰랐다.

"난 그 여자 원래 마음에 안 들었어요."

"네? 저한테 말씀하신 거예요?"

"네, 여기 그쪽밖에 없잖아요. 혹시 저보다 언니? 몇 살이에요?"

"서른 살이요."

"웬일, 그렇게 안 보이는데. 주름 하나 없는 것 봐. 피부 관리받아요?"

"아뇨, 그렇지 않은데."

"하긴. 피부는 타고나는 거라더라. 난 매일 피부 관리받는 데도 불안해요. 우리 집안사람들이 주름이 좀 많거든요."

"아아."

슬희는 갑작스레 친근한 척하는 상희를 어떻게 대해야 좋을지 알 수 없었다.

첫 만남 때의 기억이 아직 남아 있었기 때문이었다.

"정 비서 말이에요. 내가 계약 때문에 처음 미팅했을 때부터, 진짜 재수 없게 굴었었어요. 자기가 대표님의 뭐라도 되는 것처럼 딱 달라붙어서는, 나 아니면 대표님은 아무것도 못 해, 라고 말하는 것처럼 행동하더라고요. 왕재수."

이 정도로 뒷담화를 하니 호쾌한 느낌마저 들었다.

"그렇군요."

"에이, 언니. 뭘 그렇게 존댓말을 써요. 우리 사이에."

우리 사이라고 해 봐야, 첫 만남 때 상희가 슬희에게 성질을 냈던 기억밖에 없었다.

하지만 상희는 그 일을 깨끗이 잊은 듯했고, 슬희도 다시 그 일을 꺼내 어색해지고 싶지 않았다.

"그래, 우리 사이에."

그랬더니 상희가 슬희를 돌아보며 생긋 웃었다.

얼굴 하나는 기가 막히게 예뻤다.

이 정도 얼굴이면 주름이 몇 개 있더라도 예쁠 것이다.

"승훈 오빠가 언니 꽃뱀 아니라고 해명하지 않았더라도, 다들 안 믿었을 거예요. 여기서 일하는 사람들, 남의 연기 보면서 일하는 게 몇 년인데."

"그럴까?"

"네. 그러니까 너무 마음 쓰지 마요."

상희에게서 이런 위로를 받을 줄은 몰랐다.

문득 정우가 상희 사인을 받아 달라고 했던 일이 떠올랐다.

지금, 사인받아도 될까?

"누명 쓰고, 오해받고. 그런 게 얼마나 무서운 건지 다들 알면서. 그게 남의 일이 되면 또 쉽게 오해하고 그러나 봐요. 진짜 무서운 세상이야."

상희가 왜 이런 말을 하는지 알 것 같았다.

"언니는 대표님 애인, 맞죠?"

"응, 맞아."

"대표님한테 저에 대해 들은 거 없어요?"

상희가 목소리를 작게 줄이고 물었다.

"응, 없어."

실제로 창현은 상희와의 면담 이후, 그 내용에 대해 슬희에게 말해 주지 않았다.

슬희도 더는 묻지 않았다.

"걱정되는 일이 있어?"

슬희의 질문에 상희가 두 손으로 얼굴을 가렸다가 얼른 떼어 냈다.

"아, 화장 지워질 뻔했네. 응, 있어요. 대표님한테 말해 두긴 했는데…… 그게 잘 해결될지 모르겠어요. 최영빈도 그 일 이후에 아예 방송 출연 못 하잖아요. 최영빈, 걔 진짜 스케줄 빡빡했거든요. 요샌 어디 갔는지 소식도 안 들려요. 우리 일이 이렇게 무서워요. 언제 사장될지 몰라."

상희의 목소리가 가늘게 떨렸다.

"내 문제가 터지면 더할 텐데…… 요새 잠도 못 자겠어요, 진짜. 무서워."

슬희는 상희가 안쓰러웠다.

생각해 보면 상희는 이제 고작 스물네 살이었다.

상희를 위해 적당한 말을 해 주고 싶지만, 어떤 말을 해야 위로가 될지 알 수 없었다.

슬희는 작게 한숨 쉬는 상희를 지켜보다가 말했다.

"걱정되면 걱정 많이 해. 소리 지르고 싶으면 남들 안 듣는 데서 가끔 소리도 지르고. 울고 싶으면 울어. 그렇게 하루를 보내고, 또 하루를 보내고. 그러다 보면 어느새 걱정은 줄어들고, 어느새 다 끝나 있더라."

상희가 고개를 돌려 슬희와 눈을 맞췄다.

"만약 그 끝이 엉망진창이면요?"

"대표님한테 말했다면서?"

상희가 고개를 끄덕였다.

"그럼 그렇게 엉망으로 끝나진 않을 거야. 창현이는 아주 잘 자랐으니까, 이 문제도 아주 잘 해결할 거야."

*　　　*　　　*

태윤의 차가 커다란 주택 앞에서 멈췄다.

태윤은 차에서 내려 주택을 응시했다.

애리의 집이었다.

사실, 애리와 연관되는 게 조금은 버거웠다.

그리고 아주 잠깐 애리와 손을 잡은 걸 후회하기도 했다.

하지만 이제 아니다.

더는 잃을 게 없다.

창현은 날 쫓아냈고, 이슬희는 내 힘으로 어찌할 도리가 없었다.

그렇다면.

태윤은 마음을 다잡고 애리의 집 초인종을 눌렀다.

"술 한잔할래?"

애리는 태윤의 대답을 듣지도 않고 이미 술과 잔을 꺼내 왔다.

태윤은 가만히 앉아 애리가 앉기를 기다렸다.

"왜 그렇게 무서운 표정이야? 창현이한테 제대로 차이기라도 한 것처럼."

"언니. 드라마가 벌써 2화 촬영을 하고 있어요. 인터넷은 조승훈 이 드디어 활동 재개한다는 사실만으로도 떠들썩하고요. 여기저기 서 신작 기대된다는 얘기들만 들려와요. 이제 슬슬 우리도 움직여 야 하지 않아요?"

태윤의 질문에 애리가 피식 웃었다.

"드디어 '우리'라고 말하게 됐네. 나한테 다 떠넘기려고 하더니."

"그런 적 없어요, 언니."

"그래, 그렇겠지. 그래도 지금 네 모습 마음에 든다. 그전에는 좀 맹탕 같았거든."

"……."

"그렇게 노려보지 마. 난 나한테 기어오르는 걸 보면 짓밟고 싶어지니까."

순간 태윤은 아차 싶었다.

가슴속에 가득한 분노 때문에 애리의 성격이 어떤지 잊고 있었다.

"죄송해요. 하지만 걱정이 돼서요. 시기를 놓치면 드라마, 정말로 성공할 거예요."

"걱정 마. 다음에 터뜨릴 건 이미 준비해 뒀어. 다만 그 시기를 잘 정하려고. 최영빈을 너무 일찍 터뜨렸더니, 민창현 그 버러지 같은 게 대안을 찾아냈잖아."

"그건 그렇죠."

"이번엔 어떻게 막을 방법도 없을 시기에 터뜨릴 거야. 우왕좌왕하다가 다 망하겠지."

"창현이한테 애인 있는 건 아시죠?"

"당연히 알지. 그런 것도 파악 못 했겠니?"

"그쪽도 조사해 보셨어요? 그 여자……."

"태윤아. 천천히 가자, 천천히."

애리가 한쪽 입꼬리를 올리며 검지를 들었다.

"급히 마시는 물에 체하고 싶지는 않아. 우리 천천히 움직이자. 고통을 주는 건 아주 천천히 해야 돼. 그래야 더 아프거든."

*　　*　　*

창현의 회사에 가서 다 터뜨리고 왔지만, 주희의 마음은 여전히 술렁이고 있었다.

슬희의 부모님만 생각하면 가슴이 찢어질 듯 아팠다.

주희는 잠든 아들의 머리를 쓰다듬었다.

만약 내가 돈이 없어 이 애의 삶이 불행해진다면, 이 애가 아무리 괜찮다 해도 내 마음은 괜찮지 않을 것이다.

만약 내가 돈이 없어 이 애가 수모를 당한다면, 나는 그 아픔에 잠도 못 이룰 것이다.

슬희의 부모님도 그러리라.

자식을 낳아 보니 그분들이 느낄 아픔을 더 생생하게 느낄 수 있었다.

'나쁜 년.'

그 와중에도 자기 변명만 해 대던 태윤이 떠올라 속이 부글부글 끓었다.

'뺨이라도 한 대 갈겼어야 했는데.'

하지만 슬희를 위해 참았다.

괜히 그 여자가 빌미를 삼을 만한 걸 던져 주고 싶지 않았다.

'언제 슬희 네 집에 한 번 찾아가야겠다. 정우는 괜찮으려나?'

슬희의 동생답게 정우도 아주 어른스러웠다.

바르게 자란 그 아이가 오죽했으면 주희에게 전화를 걸었을까 싶었다.

'진짜 나쁜 년.'

주희는 냉수를 한 잔 떠온 후, TV를 켰다.

TV에서는 마침 두엔에서 전폭적으로 지원한 드라마 〈애완견의 법칙〉의 광고가 나오고 있었다.

조승훈이 백상희를 뒤에서 끌어안는 영상이 나온 후, 드라마 소개가 잠깐 나왔다.

'그나저나 슬희가 조승훈 매니저라니. 진짜 부럽네. 저런 남자 얼굴을 매일 볼 거 아냐?'

슬희가 승훈의 낚시 사랑에 휘말려, 매니저가 된 걸 후회한다는 걸 꿈에도 모르는 주희는 그저 조승훈을 직접 볼 수 있는 슬희가 부럽기만 했다.

조승훈이 누구인가.

2년이나 활동을 중단했는데도 여전히 회자되는 섹시남 아닌가.

'실제로 보면 더 잘생겼겠지? 원래 TV는 실제 외모를 전부 담지 못한다잖아. 정말 눈이 부시지 않을까? 난 제대로 쳐다보지도 못할 거야.'

주희는 잠든 영훈의 머리를 쓰다듬었다.

"영훈아. 엄마 육아 휴직 끝나면 요리사 복귀하지 말고, 두엔에 입사나……."

중얼거리는데, 퍼뜩 떠오르는 얼굴 하나가 있었다.

주희는 비명이 나올 뻔했다.

황급히 두 손으로 입을 막았다.

"헉!"

하지만 경악의 숨소리가 손가락 사이로 새어 나왔다.

주희의 눈은 유령이라도 본 것처럼 크게 뜨여 있었다.

'헐…… 나, 지금 뭘 생각하는 거야? 지금 나, 제대로 생각한 거 맞는 거야?'

아까 대표실에서 나오며, 창현의 얼굴을 어디선가 봤다는 생각을 했었다.

그땐 그냥 착각이겠거니 하고 넘어갔는데, 방금 그 얼굴을 어디서 봤는지 떠올랐다.

아주 오래전에 본 얼굴이었다.

정말로 오래전에.

그때, 민창현은 지금의 이름을 사용하지 않고 있었다.

'아냐, 아니겠지.'

하지만.

'웬일이야…….'

슬희는 창현에 대해 이야기할 때, 뭔가 숨기는 게 있는 것 같았다.

그게 만약 민창현의 과거라면?

말할 수 없는 그 사정이라면?

'웬일이야…….'

　　　　＊　　　＊　　　＊

일을 하면서도 몇 번씩, 슬희의 자리로 시선이 돌아갔다.

슬희의 자리는 비어 있었다.

그럼에도 거기에 앉아 일하던 슬희의 뒷모습이 생생했다.

우현은 슬희가 그리웠다.

이젠 이런 생각을 하면 안 된다는 걸 알고 있었다.

'어쩌면 내가 정태윤한테 손을 잡자고 해서, 정태윤이 더 폭주한 걸지도 몰라.'

슬희는 우현의 인생에서 처음으로 욕심이 난 여자였다.

처음으로 사랑했고, 그래서 갖고 싶었다.

반드시 손에 넣고 싶었다.

하지만 처음이라 서툴렀다.

어떻게 해야 좋을지 알 수 없어서, 하지 말아야 할 짓을 하고 말았다.

만약 태윤의 폭주에 자신의 책임이 있다면, 창현을 어떤 얼굴을 봐야 할지 알 수 없었다.

후회가 됐다.

차라리 처음에 태윤에게 슬희를 사랑하게 됐지만 형도 슬희를 사랑하기에 포기하기로 했다고, 누나도 그러는 게 좋겠다고, 우리 두 사람의 행복을 지켜봐 주자고, 그게 옳은 거라고.

그렇게 말했더라면 어땠을까?

과연 태윤이 회사에서 볼썽사납게 쫓겨나는, 이런 지경까지 왔을까?

'어쩌지? 이걸 창현이 형한테 고백해야 하나?'

창현의 눈빛이 자신에 의해 변하는 걸 보고 싶지 않았다.

원래 창현은 우현을 믿지 않았다.

이 일을 고백하면 더욱더 우현을 믿지 않을 것이다.

아무리 혈육이라도 도통 안 맞는 경우가 있다.

우현이 그랬다.

피가 통해도 악랄한 자신의 형과 누나보다, 창현이 더 좋았다.

우현이 잘해 줄 때마다 난처한 듯 미소 짓던, 창현이 좋았다.

혹여 자신의 이모에게 폐가 될까 싶어 움츠리는 창현에게, 편히 있을 곳이 생기면 좋겠다고 간절히 바랐다.

'내가 왜 그런 짓을 한 걸까?'

그래놓고선 창현이 가장 소중하게 여기는 것을 빼앗으려고 했다.

최악이다.

'창현이 형이 날 못 믿어도 별수 없어, 진짜. 내가 그 모양으로 행동했으니까.'

그래도.

우현의 시선은 다시 슬희의 자리로 향했다.

그녀가 그립다.

어떻게 해야 이 마음을 멈출 수 있을까?

언제가 되어야 이 마음이 사라질까?

슬희를 오롯이 내 형의 여자로, 나의 형수님으로 보고 싶었다.

우현이야말로 간절히 그걸 원했다.

— 시간이 약이야.

어젯밤 만난 친구 재후는, 우현에게 그렇게 말해 주었다.

— 되게 별거 아닌 말 같지? 식상하지? 그런데 그렇게 된 데는
이유가 있어. 그 말이 진리거든. 시간이 약이야, 민우현. 버텨.

하루, 하루를 버티라고 했다.

그립고 애틋한 마음을 억지로 접을 필요는 없다고 했다.

그저 드러내지만 않는다면, 품고 있는 걸로 뭐라 할 사람은 없다
고 했다.

그렇게 혼자 사랑하며, 하루를, 이틀을, 한 달을, 일 년을 흘려보
내라 했다.

그러다 보면 어느 틈에 생각하는 시간이 줄어들고, 다른 여자가
눈에 들어오기 시작할 거라고 했다.

과연 그럴까?

믿을 수가 없었다.

이 바보 같은 심장이 슬희 아닌 다른 여자를 향해 뛰는 걸, 상상
조차 할 수가 없었다.

창현에게 미안한 와중에도, 창현을 부러워하는 자신을 경멸했
다.

창현이 부럽다.

단 한 번만이라도 슬희의 손을 마음껏 잡을 수 있다면 좋을 텐데.

안고 싶은 만큼 안고, 키스하고 싶은 만큼 키스하고.

단 한 번이라도 그럴 수 있다면 소원이 없을 텐데.

'아, 나 진짜 찌질하네.'

우현은 한숨을 삼켰다.

슬희의 자리를 엿보다 보니, 어느새 퇴근 시간이 한참 지나 있었다.

그러나 사무실 안에는 아직도 많은 사람이 남아 있었다.

새로 시작하는 드라마 때문에 바쁘기 때문이었다.

하지만 우현은 오늘따라 마음이 너무 힘들어, 더 이상 회사에 있고 싶지 않았다.

'한강이라도 갈까? 가서 세계 최고로 찌질한 남자처럼 혼자 소주 마시고 진상이나 부릴까?'

그런 생각을 하며 우현은 천천히 일어났다.

"먼저 퇴근하겠습니다."

"들어가요."

"수고했어."

"내일 봐요."

직원들의 인사를 듣다 보니 조금 죄책감이 들었다.

나만 힘든 건 아닐 텐데. 다들 문제를 한두 개는 갖고 있을 텐데.

'내일은 열심히 해야지.'

마음을 다지고 회사를 나왔을 때였다.

그 남자가 우현의 눈에 들어왔다.

그 남자는 회사를 끝내고 온 듯 정장을 입은 채, 회사 주위를 두리번거리고 있었다.

그 남자를 보자 왈칵 화가 치밀었다.

안 그래도 기분이 우울했는데.

'괜찮겠지?'

순간 슬희가 떠올라 망설였다.

이건 슬희의 문제인데 자신이 끼어들어도 될지 걱정됐다.

'하지만…… 저대로 놔둘 수는 없잖아. 슬희 누나는 형한테 말할 생각도 없는 것 같고.'

그렇다면 슬희를 위해, 내가 나서 주는 것도 나쁘지 않겠다.

우현은 결심을 굳혔다.

*   *   *

민석이 쭉 회사 앞에서 죽치고 있었던 건 아니었다.

그동안은 슬희의 집 근처에서 서성거렸다.

그러다가 그저께 정우와 마주쳤는데, 정우는 민석의 이야기를 들어 볼 생각도 하지 않고 휴대폰을 꺼내 들더니 말했다.

— 아, 경찰 불러야겠다.

슬희와 오랫동안 사귀면서 정우도 몇 번 만난 적이 있었다.

정우는 순해 보이지만, 단호한 성격이었다.

경찰을 부르는 걸 망설이지 않을 것이다.

경찰에 알려지면 큰일이기에, 그 이튿날부터는 슬희의 회사로 찾아온 것이다.

슬희는 남에게 폐 끼치기 싫어하는 성격이기에, 쉽게 경찰을 부르지는 않으리라는 생각에서였다.

슬희와 사귈 때 언젠가 슬희가 심하게 아픈 적이 있었다.

구급차를 부르려는데, 슬희는 폐가 된다며 택시를 타고 가자고 아픈 몸으로 대로까지 걸어 나갔다.

'그래, 슬희는 정말 좋은 여자야. 그에 비해 영하는 진짜……'

영하는 현재 애인이었다.

슬희를 다시 만나게 된 후, 자꾸 영하와 슬희를 비교하게 되었다.

'영하는 결혼 상대론 별로야. 집에 빚이 없긴 해도, 영하 자체가 돈을 잘 버는 건 아니고…… 슬희 때문에 내가 눈을 낮춰도 너무 낮췄어. 집안에 빚 없는 여자만 찾다니. 현재 능력이랑 성격도 중요한데.'

집안에 빚이 없으면서도 얼굴은 어느 정도 예쁘고, 자기 직업도 있고, 순한 여자.

그런 여자를 만나기 위해 소개팅도 많이 하고, 선도 많이 봤다.

영하가 딱이라고 생각했다.

하지만 아니다.

영하는 성격이 그리 순하지도 않고, 종종 개념 없을 때가 많다.

한번은 영화관에서 팝콘을 다 쏟아 버리고 나오기에, 왜 그러냐 했더니

"청소부 아줌마들도 일할 게 있어야지."라고 말한 적이 있었다.

그때 알아챘어야 했다.

그에 비해 슬희는…….

'성격 하나는 정말 좋았지. 징징거리지도 않고, 쓸데없이 짜증 내는 일도 없고, 많은 걸 바라지도 않고. 정말 집에 빚만 없었어도 좋았는데.'

하지만 이쯤 되니 집안의 빚은 그리 문제가 안 될지도 모른단 생각이 들었다.

'어차피 부모님 빚이니까 슬희가 책임질 필요는 없잖아. 내가 결혼해 준다고 잘 설득하면 빚 갚는 건 관두지 않을까? 용돈 30만 원정도 드리고 자주 들여다보자고 하면 되겠지. 슬희 부모님 돌아가시면 상속 포기하면 되는 거고.'

그런 생각을 하다 보니, 어쩐지 슬희가 아직도 내 연인이고 지금 결혼 준비를 진행하는 것 같은 기분이 들었다.

'뭐, 집은 일단 전세로 들어가면 되고. 내가 돈을 더 많이 쓰게 될테니까, 우리 부모님 댁 근처로 집 얻자고 하면 되겠지. 우리 엄마가 여러 가지로 도와줄 수도 있고. 나중에 애 낳으면 엄마한테 봐달라고 하면 되고.'

두엔은 연봉이 높기로 유명했다.

아마 슬희가 민석보다 많이 벌고 있을 텐데, 육아 휴직을 길게 하게 할 수는 없었다.

'몸조리는 잘해 주고, 몸매 관리하게 헬스 같은 거 끊어 주면 좋아하겠지?'

우현이 민석의 앞을 막아선 것은, 민석의 머릿속에서 망상이 자라고 자라 슬희와의 첫 아이가 돌이 되었을 때였다.

우현의 얼굴을 보자마자 누군지 알아봤다.

항상 슬희와 함께 있던, 아이돌 같은 외모의 남자였다.

"누구⋯⋯?"

"그건 내가 묻고 싶은데?"

아무리 봐도 한참 어려 보이는 놈인데 말이 짧다.

건방진 놈.

"너, 뭐야?"

그렇다면 나도 반말을 해 주지.

"그건 내가 묻고 싶다고. 너, 뭐야?"

우현이 험악하게 물었다.

"나, 슬희 애인."

민석의 대답에 우현의 입술에 비릿한 미소가 떠올랐다.

"그래? 내가 알기로 슬희 누나 애인은 다른 사람인데."

"뭐, 뭐야. 네가 슬희 애인이라도 돼?"

"아니. 나보다 더 대단한 사람이 슬희 누나 애인이지. 나는, 뭐랄까. 보디가드 정도?"

"뭐? 이 새끼가. 지금 장난하는 줄 아나? 어린놈이 어디서 어른들 일에 끼어들어?"

"당신이 생각하는 것만큼 어리지는 않은데. 당신, 슬희 누나랑 헤어진 거 아냐? 왜 인제 와서 슬희 누나 주위를 맴돌아? 할 일 없어?"

"할 일이 없어 보이냐? 일하고 오는 길이다, 이 자식아. 뭔 미친놈이 남의 일에 끼어들어? 너랑 할 얘기 없어. 꺼져."

민석도 협박하듯 말했다.

안 꺼지면 한 대 치겠다는 듯 주먹도 슬쩍 들어 보였다.

우현은 민석보다 키가 컸지만 살이 하나도 없어서 비리비리해 보이는 것이, 주먹 한 방이면 날아가 쓰러질 것 같았다.

"어? 우현 씨? 거기서 뭐 해요?"

마침 퇴근하던 사람이 우현에게 아는 체를 했다.

우현은 여기가 회사 앞이라는 걸 잠시 잊고 있었다.

"아, 잠깐 아는 사람을 만나서요. 들어가세요."

우현은 싱긋 웃으며 인사를 해 준 후, 민석의 손목을 세게 잡았다.

"딴 데 가서 얘기하지."

"왜? 난 여기서 얘기해도 되는데? 누가 보면 곤란한가 보지? 신입사원인가?"

민석이 피식피식 웃으며 놀리듯 말했다.

"그래? 그럼 여기서 얘기하지. 잘 들어 둬, 한 번만 말할 거니까. 첫 번째. 슬희 누나 근처에 얼쩡거리지 마. 두 번째. 얼쩡거린다는 소리 들려오면 나한테 죽어. 세 번째. 설령 그게 슬희 누나의 거짓말이더라도 넌 나한테 죽어. 네 번째. 내가 말한 죽는다는 표현은 그냥 육체를 죽이겠다는 게 아냐. 이 대한민국에서 널 살 수 없게 만들어 주겠다는 거지."

우현의 경고에, 민석이 웃음을 터뜨렸다.

"뭐야? 중2병 걸렸어? 자기가 무슨 히어로라도 되는 것 같아?"

우현은 대답 없이 민석을 노려봤다.

"왜? 자기가 생각해도 자기 말이 진짜 쪽팔리고 유치한 거 알겠지? 뭐? 죽어? 대한민국에서 못 살게 해? 푸하하하. 아니, 네가 무슨 어디 재벌집 아들이라도 돼?"

"응."

우현이 빙그레 웃더니 주먹을 꽉 쥐었다.

그 주먹은 민석이 대비하기도 전에, 민석의 턱에 꽂혔다.

"돼."

*   *   *

늦은 밤, 경찰서에서 나오며 민석은 이를 갈았다.

진짜 재벌집 아들이었다.

우현이 두드림 회장의 아들일 줄은 꿈에도 몰랐다.

그런 사람이 슬희 주위에 있다니.

믿을 수가 없었다.

민석은 우현에게 맞자마자 경찰에 신고를 했고, 우현은 도망치지도 않고 경찰을 기다렸다.

경찰서에 도착하자마자 정장을 입은, 인텔리한 분위기의 남자가 들어오더니 경찰들을 향해 뭐라 말했다.

경찰들은 갑자기 일어나서 우현에게 인사를 했고, 우현은 그대로 정장 입은 남자와 함께 경찰서를 나갔다.

경찰들은 한참 동안 민석을 보내 주지 않았다.

민석이 이게 뭐야, 뭐 하는 짓이냐 몇 번이고 소리를 치고 나서야 우현이 두드림 민 회장의 아들이라는 걸 알려 줬다.

— 몸 사려요. 함부로 건드려도 되는 사람 아니니까. 민우현 씨가 그러는데, 자기가 말한 것만 지키면 이 일은 문제 삼지 않겠다고 했습니다. 그만 돌아가 봐요.

이 일을 문제 삼지 않겠다니.

'내가 맞았다고!'

우현에게 맞은 턱이 아직도 아팠다.

턱에 금이 간 건 아닐까?

'대체 왜 그런 남자가 슬희 옆에 있는 거지? 슬희가 두엔에 다녀서? 슬희가 그 남자를 꼬셨나?'

하지만 우현은 자기가 슬희 애인은 아니라고 했다.

'그냥 동료라서 도와주는 건가? 부자들의 여흥이겠지.'

그나저나 자신이 우현을 때리지 않아서 다행이었다.

우현을 때렸으면 어떤 일이 벌어졌을지 상상하는 것만으로도 등골이 오싹해졌다.

'제길! 빌어먹을 세상! 왜 이렇게 불공평해?'

맞은 건 난데.

우현이 조용히 넘어가 주는 걸 감사해야 하다니.

민석은 주먹을 꽉 쥐었다.

우현이 말한 대로라면 더 이상 슬희에게 접근하지 말아야 했다.

하지만 왜일까.

우현 같은 남자가 슬희를 보호해 준다고 생각하자, 슬희를 더 갖고 싶어졌다.

슬희가 내 것이 된다면, 우현은 어떤 표정을 지을까?

울상을 할까, 아니면 날 부럽다는 듯 쳐다볼까.

어찌 되었든 오늘의 일을 후회하기는 할 것이다.

예전에도 그랬다.

대학에서 제일 예쁜 슬희와 사귀게 되었을 때, 모든 남자가 민석에게 부러움과 질투의 시선을 던졌다.

슬희를 옆에 데리고 다니는 것만으로도, 자신이 세상에서 가장 강한 남자가 된 기분이 들었다.

'슬희는 내 거야. 내 여자야.'

슬희를 포기할 마음은 생기지 않았다.

오히려 불타올랐다.

그때, 휴대폰이 진동했다.

영하에게 온 전화였다.

순간 짜증이 확 났지만, 아직은 영하를 버릴 때가 아니었다.

적어도 슬희를 온전히 얻기 전까지는 영하를 곁에 두어야 했다.

혹시나 하는 상황이 생길 수도 있으니까.

"응, 영하야."

[오빠, 어디야? 집?]

"이제 퇴근하고 집 가는 길이야."

[그래? 잘 됐다. 나 오빠 네 회사 근처인데, 잠깐 보자. 배고파.]

영하의 말에 민석의 손에 힘이 들어갔다.

민석의 회사까지는 거리가 좀 있었다.

시간에 못 맞출 것이다.

"어, 그래? 그런데 어쩌지? 나 외근 나갔다가 바로 집으로 퇴근하는 거라, 회사가 아닌데."

[응? 오빠, 외근 없는 거 아니었어?]

"아주 없진 않지. 가끔 할 때도 있어."

[그래? 그럼 아까 말해 주지. 그럼 오늘 못 봐? 내가 오빠 있는 근처로 갈게.]

영하는 자기가 원하는 게 있으면 반드시 하고 마는 성격이었다.

여기서 더 거부한다면, 영하는 화를 낼 것이다.

민석은 속으로 한숨을 삼켰다.

'슬희는 이런 적 없었는데.'라고 생각하며, 대답했다.

"그래, 그러면 종로에서 보자. 종로가 딱 중간이야."

*   *   *

안 그래도 제대로 못 자서 피곤한데, 태윤의 일까지 겹쳐져 슬희는 완전히 녹초가 되었다.

그나마 차에서 잠깐 눈을 붙인 덕분에, 승훈의 집 앞에 도착했을 땐 아주 약간이나마 기운을 회복했다.

"오늘은 밤낚시를 하기에 딱 좋은 날이네."

승훈이 청명한 밤하늘을 올려다보며 중얼거렸다.

슬희는 순간 심장이 덜컥 내려앉았다.

이 남자가 진짜!

"오빠. 내일 새벽부터 촬영 있는 거 아시죠? 시간 못 맞춰요."

"슬희야. 내가 누구야?"

"낚시에 미친 또라이요."

슬희의 담담한 대꾸에, 승훈이 자신의 가슴을 움켜쥐었다.

"크흑. 그런 신선한 평가는 처음이야. 손바닥에 내 사인을 받고 볼을 붉히던 사랑스러운 여자는 어디로 간 거야? 그 이슬희를 돌려줘."

"지난번 배낚시를 할 때 저 깊은 바닷속으로 가라앉았어요. 아마 그 이슬희는 깊고 어두운 심연의 바다를 떠돌다가 사라지겠죠."

슬희가 밤하늘을 향해 공허한 눈빛을 던지며 말했다.

승훈이 피식 웃으며 슬희의 머리를 쓰다듬었다.

"알겠어. 심연을 떠도는 이슬희를 위해, 오늘은 참지. 고생했어."

"오빠도요. 정말 고생하셨어요."

승훈의 체력은 정말이지 적응하기가 힘들었다.

혹시 승훈은 배터리 충전 가능 시스템을 몸에 지니고 있는 게 아닐까? 일하다가 방전이 되면 몰래 충전기를 꽂고 에너지를 충전하는 걸지도 몰라…….

이젠 바보 같은 생각까지 들었다.

승훈의 집에서 슬희의 집까지는 5분도 걸리지 않았다.

처음에는 가로등이 별로 없는 길을 걷는 게 무서웠는데, 매일 지친 상태로 이 길을 걷다 보니 두려움도 사라졌다.

어둠 따위 알 게 뭐야? 얼른 씻고 잠이나 잘 수 있으면 좋겠다.

'오늘은 그냥 잘까? 내일 좀 일찍 일어나서 씻으면 되는데.'

오늘 할 일을 내일로 미룰지, 말지 고민하며 걷고 있을 때였다.

대문 옆의 어둠 속에서 커다란 형체 하나가 꿈틀, 움직였다.

너무 놀라면 비명도 나오지 않는다.

슬희는 걸음을 멈추고 얼어붙은 채, 커다란 형체를 노려봤다.

잔뜩 긴장했다.

어느 지역에서 혼자 걷던 여자가 살해를 당했네, 20대 여성이 실종됐네, 길을 걷던 남자를 뒤에서 습격했네, 따위의 기사들이 머릿속에 떠올랐다가 사라졌다.

돌아서서 도망쳐야 하는데, 발에 뿌리가 내린 것처럼 꼼짝도 할 수가 없었다.

희미한 달빛에 상대의 정체가 드러날 때까지, 슬희는 온몸을 긴장시키고 있었다.

"하아! 뭐야, 민창현!"

창현이었다.

"진짜 깜짝 놀랐잖아."

긴장이 확 풀리며 다리에서 힘이 빠졌다.

오늘 종일 피곤했던 것까지 겹쳐져 더 힘이 빠진 것 같았다.

넘어질 뻔한 슬희를, 창현이 얼른 부축했다.

"미안해, 놀라게 생각 없었는데."

창현이 사과했다.

"아냐, 너무 어두워서 긴장하고 있었어. 오늘 너무 힘들기도 했고. 언제부터 기다렸어?"

"얼마 안 됐어."

그의 품에서는 이 주위에 있는 나무와 흙의 냄새가 묻어 있었다.

창현의 말과는 달리, 기다린 지 얼마 안 된 것 같진 않았다.

"안에 들어가서 기다리지 그랬어. 비밀번호도 알면서."

"그래도 주인 없는 집에 함부로 들어갈 순 없지."

"연락이라도 하지."

"일하는 데 방해하고 싶지 않았어."

"네가 연락하는 건 방해 아니야."

대문을 열고 안으로 들어가, 현관문 비밀번호를 눌렀다.

현관문 안으로 들어가자마자 센서가 반응해, 신발장 부근의 불이 켜졌다.

주위가 밝아진 후에야, 창현이 들고 있는 꽃다발이 눈에 들어왔다.

여러 가지 꽃들로 만든 커다란 꽃다발이었다.

"우와, 그게 뭐야? 나 주려고 사 온 거야?"

"응."

슬희는 창현이 내민 꽃다발을 받아 들고 꽃에 얼굴을 묻었다.

갖가지 향기가 후각을 자극했다.

하루의 피로가 싹 풀리는 기분이었다.

지금껏 꽃다발 선물을 받으면, '차라리 돈으로 주지.'라는 생각이 들었지만, 지금은 그렇지 않았다.

꽃 선물을 받는 것도 참 좋은 일이구나.

"오늘 무슨 날인가?"

"아니, 그런 건 아닌데……."

"그럼 뭔데?"

슬희가 거실의 불을 켜며 창현을 올려다봤다.

기분 탓일까?

창현의 표정이 무척 어두웠다.

슬희는 창현에게 다가가, 그의 가슴 위에 살며시 손을 얹었다.

"창현아, 무슨 일 있어?"

창현은 말하기 곤란한 듯 미간을 좁히고 시선을 옆으로 피했다.

슬희는 덜컥 겁이 났다.

그의 표정을 보아하니, 뭔 일이 생겨도 단단히 생긴 것 같다.

"무슨 일이야, 창현아?"

"너한테 사과할 게 있어."

"사과?"

불현듯 오늘 촬영장으로 찾아온 태윤이 떠올랐다.

창현의 귀에도 그 일이 들어간 걸까?

"혹시…… 정 비서님 일?"

"아, 너도 들었어?"

"응? 듣다니? 뭘? 정 비서님이 오늘 촬영장에 찾아왔었는데."

아무래도 그 일이 아닌 모양이다.

창현은 처음 듣는 일인 듯 눈을 크게 뜨고 있었다.

그의 검은 눈동자 안에 혼란스러움과 미안함, 죄책감이 가득했다.

"창현아?"

"어젯밤에 정 비서가 너희 집에 찾아갔었대."

"어? 그게 무슨……?"

창현이 한 말의 의미를 곧장 이해할 수가 없었다.

정 비서가 우리 집에 찾아왔다.

"어제 여기 아무도 안 왔는데."

"아니."

창현의 미간에 깊은 주름이 새겨졌다.

"너희 부모님 댁에."

"아……!"

숨이 턱 막혀 왔다.

"왜……?"

겨우 쥐어 짜내듯 물었다.

듣지 않아도 대략 알 것 같았다.

듣고 싶지 않지만 들어야만 했다.

창현도 말하기 힘든 듯 한참을 머뭇거리다가, 오늘 주희가 회사에 찾아왔던 일과 어제 태윤이 슬희의 집에 찾아갔던 일에 대해 이야기했다.

창현은 말하면서도 힘들어 보였다.

마치 자신의 부모님이 그런 일을 당하기라도 한 듯 괴로워 보이는 창현의 모습에, 오히려 슬희 쪽이 차분해졌다.

"그런 일이 있었구나…… 전혀 몰랐어."

"정말 미안하다. 내가 사람을 잘못 봤어. 정 비서 탓으로 돌릴 생각 없어. 이건 내가 제대로 관리를 하지 못한 탓이야."

창현은 변명하지 않았다.

그는 슬희의 용서를 받을 수 있다면 무릎이라도 꿇을 기세였다.

하지만 창현에게는 잘못이 없었다.

슬희는 꽃다발을 내려다보며 말했다.

"이래서 내 탓, 저래서 내 탓. 그렇게 자기가 하지 않은 일까지 다 자신의 탓으로 여기면, 세상에 자기 잘못이 아닌 게 하나도 없을걸."

"아니, 이건 내 잘못이 맞아. 내가 사람을 제대로 보지 못해서, 아닌 사람을 곁에 둬서, 아무 죄 없는 분들이 몹쓸 짓을 당하셨어. 내 탓이야."

"우리 부모님은 그렇게 생각하지 않을걸."

"부모님께 직접 사과드리고 싶어."

창현이 간절하게 말했다.

어쩌면 그것도 좋을지 모른다.

하지만 창현을 보여 주면, 가족들은 창현과 슬희가 언젠가 결혼할지도 모른다고 생각할 것이다.

그래서는 안 된다.

가족들에게도, 내게도, 괜한 기대감을 안기고 싶지 않았다.

"아냐, 괜찮아. 내가 잘 얘기할게."

"하지만……."

"정말 괜찮아. 그나저나…… 사과를 할 때 이렇게 꽃을 줘야 한다는 건, 어디서 배웠어?"

분위기를 전환하기 위해, 슬희가 애써 웃으며 물었다.

창현은 참담한 기분으로 슬희를 내려다봤다.

슬희는 웃을 기분이 아닐 것이다.

그럼에도 웃으려고 노력하는 슬희의 모습에, 가슴이 미어졌다.

'너한테.'

대답하고 싶었다.

'너한테 배웠어, 슬희야. 타인과 대화를 하는 법도, 웃는 법도, 그리고 사과할 때 꽃을 들고 가야 한다는 것도. 전부 너한테 배웠어.'

슬희가 엄마와 싸웠다고 말하며 자신을 찾아왔던 날.

슬희는 집에 돌아가기 전, 창현에게 꽃 찾는 걸 도와 달라고 했다.

— 예쁜 건 사람을 기분 좋게 해 주거든. 그래서 사과할 땐 꽃을 주면서 하는 거야.

슬희는 모르겠지.

지금 내가 이곳에 있을 수 있는 건, 슬희 덕분이라는 걸.

그 어느 것 하나 빼놓지 않고, 전부 다 슬희 덕분이라는 걸.

슬희는 내게 그리도 많은 걸 해 주었는데, 나는 슬희를 위해 해 줄 수 있는 게 없다.

무언가를 해 주기는커녕, 잘못된 사람을 곁에 두는 바람에 그녀의 가족에게 깊은 상처를 입혔다.

그 미안함을 어떻게 표현해야 좋을지, 창현은 알 수 없었다.

그저 저 꽃이 슬희의 기분을 조금이나마 달래 주길 바랄 뿐이었다.

"고마워, 꽃. 정말 예쁘다."

슬희가 말했다.

"오랜만에 네 얼굴을 봐서 조금 더 같이 있고 싶은데, 오늘은 너무 피곤해."

말을 하는 동안, 슬희의 입가에는 미소가 있었다.

그러나 창현은 그 미소가 진짜가 아니라는 걸 알고 있었다.

슬희는 아마도 가슴속을 채운 오만 가지 감정을 드러내지 않기 위해, 미소로 포장을 한 것이리라.

자신의 앞에서 눈물을 흘리면, 그가 더 미안해할 테니 꾹꾹 참고 있는 것이리라.

그렇다면 난 어떻게 해야 할까?

고집스레 남아서 슬희에게 울어도 된다고, 마음껏 울라고 말해 줘야 하는 걸까?

아니면 이대로 슬희만 놔두고 돌아가야 하는 걸까?

창현은 고민하다가 대답했다.

"응, 그래. 푹 쉬어."

"나중에 연락할게."

창현이 떠났다.

그가 떠난 후, 슬희는 꽃다발에 얼굴을 묻은 채 한참을 있었다.

창현이 충분히 멀어질 때까지, 그가 대문 밖으로 나갈 때까지.

치밀어 오르는 감정을 꾹꾹 억눌렀다.

창현이 더 버티지 않고 돌아가 줘서 고마웠다.

이제부터의 모습은 누구에게도, 내 가족들에게도 보이고 싶지 않은 모습이었다.

소리 없이 흐르던 눈물이 흐느낌이 섞였다.

흐느낌이 어느새 오열로 바뀌었다.

"왜!"

슬희는 절규했다.

"우리 아빠 엄마가 왜!"

얼마나 열심히 사셨는지, 슬희가 가장 잘 알았다.

쉬는 날도 없이 매일, 매일. 그 흔한 여행 한 번 제대로 가 보지 못하고.

부모님은 그렇게 아등바등 살았다.

"우리 아빠 엄마가 왜! 왜! 왜!"

정태윤이 뭐라고!

제까짓 게 뭐라고!

가슴이 찢겨 나가는 것 같았다.

울어도, 울어도, 소리를 질러도, 또 질러도, 가슴을 꽉 채운 응어리가 떨어져 나가질 않았다.

"왜! 왜! 왜!"

정말로 열심히 살았는데.

가족들 모두 힘을 합쳐서 정말 열심히 살았는데.

네가 뭔데, 정태윤!

네가 뭔데!

＊　　＊　　＊

민석의 여자 친구인 영하는 맞은편에서 열심히 고기를 굽는 민석을 빤히 응시했다.

'외근이라고?'

아무리 생각해도 이해가 되질 않았다.

민석과 사귀는 동안, 그가 외근을 한 적은 단 한 번도 없었다.

—야근을 좀 하긴 해도 외근이 없는 직업이라 다행이야. 다른 회사 사람들 만나서 샤바샤바 하는 거, 정말 질색이거든.

그렇게 말한 적도 있었다.

그런데 외근이라니.

'요새 좀 이상해.'

최근 들어 민석의 태도가 영 수상했다.

딱히 짚이는 건 없지만 여자의 감이라고 할까.

괜히 찝찝한 기분이 들었다.

'결혼을 앞둬서 그런가?'

여자들이 메리지 블루를 겪는 것처럼, 남자도 결혼 전에는 우울감을 느낀다고 한다.

결혼을 앞두고 여러 가지로 생각이 많아진 걸까?

'아냐, 그런 것 같진 않은데…… 바람피우나?'

한번 의심이 생기니 쉽게 접을 수가 없었다.

불안감이 스멀스멀 기어 올라왔다.

"나, 화장실 좀."

그때, 민석이 자리를 비웠다.

휴대폰은 테이블 위에 엎어 놓은 상태였다.

영하는 민석이 화장실에 들어가는 걸 확인한 후 얼른 휴대폰을 집어 들었다.

휴대폰은 잠겨 있었지만, 영하는 민석이 패턴 그리는 걸 본 적이 있었다.

다행히 패턴은 그대로였다.

들어가자마자 통화 내역을 검색했다.

광고로 보이는 번호 몇 개, 영하도 아는 민석 친구의 이름, 영하의 번호 외에는 통화 내역이 따로 없었다.

이번에는 문자함에 들어가 봤다.

광고 문자, 카드 사용 문자, 그리고…….

'슬희?'

문자 내역으로 들어가 봤다.

민석이 보낸 메시지만 남아 있었다.

　[슬희야, 뭐 해?]

　[날씨가 많이 선선해졌다. 잘 지내지?]

　[저녁은 잘 챙겨 먹고 있어? 난 오늘 감자탕 먹었는데, 여기 진짜 맛있다. 다음에 같이 가자.]

심장이 쿵 내려앉았다가 불쾌하게 빠른 속도로 뛰기 시작했다.

계속 문자를 보고 싶지만 그럴 시간이 없었다.

영하는 얼른 '슬희'의 휴대폰 번호를 자신의 휴대폰에 저장시켜 두고, 민석의 휴대폰을 제자리로 돌려놨다.

'슬희? 누구지? 어디서 들어 본 이름인데?'

*   *   *

맥주 한잔 마시며 대본을 읽고 있던 승훈은 초인종 소리에 깜짝 놀랐다.

'이런 시간에 누구지?'

슬희가 찾아왔나 싶어 인터폰을 확인했더니, 웬일인지 창현의 얼굴이 모니터에 비쳤다.

승훈은 문을 열어 줬다.

안에 들어온 창현은 괴로운 표정이었다.

장난칠 기분이 아닌 것 같기에 소파로 안내한 후, 맥주 한 캔을 따서 건넸다.

"차 가지고 와서 안 됩니다."

"자고 가."

"하아."

평소라면 거절할 텐데, 창현은 더 이상 거부하지 않고 맥주를 받아 들었다.

맥주를 마시며 창현의 얼굴을 찬찬히 관찰했다.

'아, 오늘 정태윤 일 때문에 그런가?'

오늘 태윤은 그야말로 미치광이 같았다.

태윤에 대해서는 자세히 알지 못했다.

그저 어릴 때부터 창현을 좋아해 온, 열등감 많은 여자 정도로만 기억하고 있었다.

오늘 슬희를 향한 태윤의 분노가 그리 놀랍지 않았던 이유는, 태윤의 성숙한 태도가 항상 연기처럼 느껴졌기 때문이었다.

태윤은 자신의 열등감을 감추기 위해, 성숙하고 아름다운 여성으로 자신을 포장하는 것처럼 보였다.

"오늘 정 비서가 촬영장에 찾아갔습니까?"

창현이 물었다.

"응, 그랬어. 아주 재미있는 짓을 하고 돌아갔지."

승훈이 오늘 있었던 일을 설명하자, 창현의 표정이 더 어두워졌다.

창현의 눈동자는 끝을 알 수 없는 어둠에 싸여 있었다.

승훈이 창현을 처음 봤을 때와 같았다.

그때도 창현은 '어떻게 어린애가 저런 눈빛을 할 수 있지?' 하고 의아할 정도로, 어두운 눈빛이었다.

유학을 다녀오고 두엔을 맡은 창현을 다시 만나게 되었을 땐, 눈빛에서 어둠이 많이 가신 듯했지만, 여전했다. 그러나 슬희와 창현이 사귄 후에는 창현에게서 어둠을 찾아볼 수가 없었다.

마치 슬희가 밝은 태양이라 창현의 그림자조차 거둬 갈 정도로 빛을 내리쬐는 듯, 창현은 밝아져 있었다.

그런데 창현의 눈빛이 다시 옛날처럼 돌아갔다.

단지 태윤이 오늘 촬영장에서 벌인 일 때문은 아닌 것 같았다.

"무슨 일이야?"

"정 비서가 슬희 네 부모님을 찾아가서 몹쓸 소리를 하고 돌아갔답니다."

"아⋯⋯."

승훈은 말문이 막혔다.

"정태윤이 그런 저차원적인 짓을 했다고?"

"네, 했다고 하더군요. 오늘 슬희 친구가 회사로 찾아와서 얘기하고 갔습니다."

"그래. 그렇군."

하지만 그렇다고 해도 창현의 저 눈빛을 설명할 수는 없었다.

창현과 슬희가 결혼을 약속한 것도 아니고, 승훈이 알기엔 창현이 슬희의 부모님을 만나 본 적도 없었다.

그런데 왜 자기 부모님이 수모를 겪은 것 같은 표정을 짓고 있는 걸까?

'역시 슬희랑 창현이 사이엔, 내가 모르는 뭔가가 있어.'

승훈은 확신했지만, 굳이 그 부분에 대해 지적하진 않았다.

그럴 만한 상황이 아니기도 했고, 그런 건 아무래도 좋기 때문이기도 했다.

둘 사이에 뭐가 있든, 두 사람이 서로를 사랑하고 아끼는 건 명백했다.

연인에게 그 이상 뭐가 필요하랴.

"방금 슬희를 찾아가서 얘기하고 사과했어요."

"그래."

"슬희는 괜찮다고 하면서 웃었지만, 울고 싶은 것 같았죠. 피곤하다고 저한테 돌아가라고 해서, 나오긴 했는데. 그게 옳은 판단이었는지 모르겠습니다."

"그래서 날 찾아왔고? 내가 답을 주면 다시 슬희한테 돌아가려고?"

"네."

승훈은 빙그레 웃었다.

"넌 잘했어. 슬희가 괜찮다고 했다며."

"하지만 괜찮지 않을 겁니다. 자기 자신이 뭔가를 당하는 것보다 가족들이 뭔가를 당하는 게 더 싫은 법이잖아요."

창현의 말에, 승훈은 좀 놀랐다.

창현이 그걸 어떻게 알까?

궁금증은 곧장 승훈의 입 밖으로 흘러나왔다.

"어떻게 알아?"

"네?"

"가족들이 수모를 당하면 더 화가 난다는 거, 네가 어떻게 알아? 네가 네 가족들한테 그 정도의 애정이 있을지는 몰랐는데."

창현이 살짝 미간을 좁혔다.

"저도 그 정도는 압니다. 어머니한테는 애정이 있으니까요. 게다가…… 슬희 부모님은……."

거기까지 말하고 창현은 입을 다물었다.

승훈은 그다음에 이어질 말을 예상해 봤다.

'내 부모님과 마찬가지니까? 사랑하는 여자의 부모님이니까?'

하지만 창현은 뒷말을 잇는 대신 다른 걸 물었다.

"돌아가 보지 않아도 될까요? 슬희랑 같이 있어 줘야 했던 거 아닐까요?"

승훈은 슬희 부모님이 창현에게 어떤 의미인지 몹시 궁금했지만, 더 이상 캐묻지 않고 창현의 질문에 대답했다.

"슬희가 괜찮다고 했으니, 됐어. 네 말대로 슬희는 괜찮지 않을 거야. 하지만 그 모습을 누구에게도 보이고 싶지 않겠지. 그러니까 넌 잘한 거야."

"미안해서."

창현이 두 손으로 얼굴을 가렸다.

"미안해서 어떻게 해야 할지 모르겠습니다."

"정말로 미안하면 앞으로 슬희한테 이 일로 계속 미안하다는 말 하지 마. 그냥 옆에서 잘 해 주고, 예뻐해 주고 그래. 계속 미안해해 봐야, 슬희 자존심만 상할 뿐이야."

"그래도 될까요?"

"그래. 슬희는 혼자서 잘 극복할 거야. 만약 나중에 슬희가 도저히 극복 못 하겠다고 화를 내면, 그때 다시 사과하면 돼."

*   *   *

아침이 올 때까지 울었다.

목은 쉬었고, 눈은 퉁퉁 부어 있었다.

동이 틀 무렵에는 더 이상 눈물도 나오지 않았다.

거울에 자신의 모습을 비춰 본 슬희는 깜짝 놀랐다.

'내 얼굴…… 미안해.'

몰골은 형편없지만, 실컷 울었더니 기분은 좀 나아졌다.

'내 기분만 나아지면 뭐해? 엄마 아빠가 괜찮아야지.'

슬희는 엄마 아빠를 떠올리자, 또다시 눈물이 나오려고 했다.

'아, 큰일이네. 하필이면 오늘 일찍부터 촬영이 있어서.'

슬희는 차가운 물과 뜨거운 물을 반복해서 틀어 가며 세수를 해 봤지만, 퉁퉁 부은 눈은 조금도 가라앉지 않았다.

'모자 쓰고 나가야겠다. 아, 나 모자 갖고 왔던가?'

결국, 물 찜질로 붓기를 가라앉히는 걸 포기하고 거실에 나온 슬희는, 휴대폰이 울리고 있는 걸 발견하고 얼른 전화를 받았다.

승훈에게 온 전화였다.

[슬희야. 오늘은 나 혼자 촬영 갈 거야.]

"왜요? 안 돼요."

[돼. 오늘 만날 사람이 있어서. 그러니까 오늘은 집에서 쉬어. 아, 나가 봐야겠다. 맛있는 거 시켜 먹고 쉬어.]

슬희가 뭐라 말하기도 전에 승훈이 전화를 끊었다.

슬희는 얼떨떨한 기분으로 휴대폰을 내려다봤다.

오늘 같은 날 승훈이 쉬라고 하다니.

시기가 너무 좋다.

'설마 창현이한테 들었나?'

그럴지도 모르겠다.

어쩌면 슬희가 밤새 울었을 걸 예상하고 휴가를 내준 걸지도 모른다.

눈치가 빠른 사람이니까.

슬희는 피식 웃었다.

'그렇게까지 신경 쓰지 않아도 되는데.'

그래도 고마웠다.

슬희는 여전히 술렁거리는 감정을 갈무리하기 위해 노력했다.

'그래, 날 생각해 주는 사람들이 이렇게 많아. 내가 울 일 아냐. 울려면 우리 부모님이 울 일이지.'

부모님이 보고 싶었다.

오랜만에 집에 가 볼까 하다가, 자신의 몰골을 떠올리곤 포기했다.

이런 얼굴을 보이면 부모님은 더 마음 아파하실 것이다.

슬희와 정우가 아등바등 살아가야 하는 이유가 본인들 때문이라고 생각하시는 분들이니까.

슬희는 소파에 누워 있다가 엄마가 일어날 시간쯤에 전화를 걸었다.

엄마는 언제나처럼 밝은 목소리로 전화를 받았다.

[딸!]

엄마 목소리를 듣자마자 목이 메었다.

아무 일 없다는 듯, 밝게 통화를 할 생각이었는데.

"엄마……."

[딸, 왜 그래? 무슨 일 있어?]

엄마는 엄마였다.

엄마라고 불렀을 뿐인데, 슬희가 울고 있다는 걸 눈치챘다.

"엄마, 미안해."

슬희는 휴대폰을 꽉 쥐고 사과했다.

잠깐 침묵이 흐르다가 엄마가 말했다.

[우리 딸이 미안할 게 뭐가 있어? 이렇게 예쁘고 착하게 자랐는데. 엄마는 우리 딸한테 고맙기만 해. 엄마가 미안하지.]

"아냐, 엄마. 미안해. 미안해."

슬희는 울었고, 아마 엄마도 우는 것 같았다.

한참 그렇게 울다가, 슬희가 말했다.

"나는 엄마랑 아빠 딸인 게 행복해. 다시 태어나도 나는 엄마랑 아빠 딸로 태어나고 싶어. 꼭 그러고 싶어."

슬희 엄마는 끊긴 휴대폰을 내려다보며 눈물을 닦았다.

참으로 힘겹게 살아온 인생이었다.

착한 남편은 모든 사람이 자기처럼 착한 줄로만 알았다.

친구를 믿었고 배신당했다.

그러기를 여러 번.

미안하다, 미안하다…… 매일 사과하는 남편을 미워할 수 없었다.

그저 자식들에게 미안할 뿐이었다.

남들이 해 주는 거 하나 제대로 해 줄 수 없어서 미안했다.

슬희의 피아노 학원을 더 이상 못 보내게 되었을 때의 일이 여전히 생생했다.

그때 슬희가 지었던 표정 또한 사진처럼 머릿속에 남아 있었다.

그럼에도 자식들은 둘 다 착하게 자라 주었다.

반항도 하지 않고, 엇나가지도 않고.

슬희는 알까?

자신의 자식으로 또 태어나고 싶다는 그 말이 얼마나 위로가 되는지.

힘들고 지치는 삶에서, 그 한마디가 얼마나 큰 용기를 주는지.

슬희 엄마는 미소 지었다.

"정말 나는 세상을 다 얻은 것 같아, 슬희야."

*　　*　　*

갑자기 주어진 휴가를 어떻게 사용해야 할까?

엄마와 통화를 하고 났더니 마음이 많이 편해졌다.

자, 이제 힘을 내자.

계속 우울해 봐야 정태윤만 신날 뿐이다.

'내가 질 것 같아? 이 정도로는 안 져.'

슬희는 우선 자기로 했다.

잠이 부족하면 우울해진다.

자자.

다행히 침대에 눕자마자 잠이 들었다.

꿈도 안 꾸고 여섯 시간을 넘게 잤다.

깨어났을 땐 점심시간을 한참 지나 있었다.

'이런 와중에도 배는 고프네. 내 위장, 참으로 성실하도다.'

집이 외진 곳에 있어서 음식이 배달되는 가게가 없었다.

거의 잠만 자는 곳이라서 냉장고에 요리를 할 재료도 없었다.

'이럴 줄 알았으면 어제 들어오기 전에 뭐라도 사 올걸.'

휴대폰으로 검색을 해 봤지만, 제일 가까운 편의점이 2.6km나 떨어져 있었다.

'버스 타고 나갔다가 올까?'

그런 고민을 하고 있을 때, 주희에게 전화가 걸려 왔다.

[슬희, 뭐 해? 일하는 중이야?]

"아니, 오늘은 휴가야."

[그래? 잘 됐다. 신랑이 영훈이랑 시댁에 가서 할 일이 없어. 만날래?]

"그럴까?"

[내가 거기로 갈게.]

"여기 멀어."

[차 있으니까 괜찮아. 주소 좀 불러 줘.]

"그럼 올 때 먹을 것 좀 사다 줘. 배가 너무 고파."

[가서 맛있는 거 해 줄게.]

다행이다.

굳이 밖에 나갈 필요가 없어졌다.

사실 슬희는 이런 모습으로는 어디도 가고 싶지 않았다.

주희는 슬희가 이런 모습을 보여 줄 수 있는 몇 안 되는 사람 중 한 명이었다.

'이 얼굴을 보면 창현이도 질릴 거야.'

슬희는 고개를 절레절레 지었다.

'그나저나 주희는 어쩐 일로 오는 거지? 어제 창현이 찾아갔던 일 얘기하려고 그러나?'

그럼 또 울지도 모르겠다.

'티슈라도 준비해 둬야겠네.'

치울 건 없지만 청소도 하고 티슈도 거실에 꺼내 놓으면서 슬희는 손님 맞을 준비를 했다.

두 시간 정도 기다린 끝에 주희가 도착했다.

"우와, 집 진짜 좋다."

대문을 지나 집에 들어선 주희가 밝은 목소리로 말했다.

"그치?"

"마당도 넓은데? 이런 집에 살면 정말 좋겠네."

"응. 그런데도 승훈 오빠는 마당이 넓지 않아서 미안하다고 하더라."

"역시 돈 많은 사람들은."

"그러게 말이야."

둘은 깔깔 웃으며 안으로 들어갔다.

주희는 잠깐 내부를 둘러보며 감탄한 후에, 곧바로 주방에서 요리를 시작했다.

요리사인 주희는 여러 가지 음식을 빠르게 차려 냈다.

식탁 위에 하나둘 늘어나는 갖가지 음식을, 슬희는 마술을 구경하는 꼬마의 마음으로 기분으로 지켜봤다.

"역시 넌 굉장해. 명성이가 부러워. 나도 너랑 결혼할걸."

"그러게 재빨리 움직이지 그랬어? 나 같은 여자 만나기 쉽지 않을 텐데."

"맞아. 얼굴도 예쁘지, 몸매도 좋지, 요리도 잘하지. 대체 못 하는 게 뭐야?"

"빨래랑 청소?"

"그래, 그건 정말 못하더라."

봉골레 스파게티와 소고기 스튜가 메인 요리였고, 신선한 샐러드와 감자 그라탱이 부메뉴였다.

슬희는 감사한 마음으로 주희가 만들어 준 음식을 먹었다.

잘 자고 맛있는 걸 먹었더니, 기분이 차츰 좋아졌다.

역시 먹고 자는 게 최고다.

"어제 창현이 찾아갔었다며?"

슬희는 어제의 일에 대해 아무렇지도 않게 꺼낼 수 있을 정도로 회복했다.

"응, 들었어?"

"어제 창현이가 꽃 들고 와서 사과했어. 너무 미안해하더라. 자기 잘못도 아닌데."

"왜 자기 잘못이 아니니? 걔가 여자 관리 제대로 못 해서 그런 일이 벌어진 거잖아."

"정태윤이 창현이 여자도 아닌데, 뭐."

"그야 그렇지만……."

"그렇게 따지면 나도 남자 관리 못 하는 거지."

"넌 또 왜?"

"한민석한테 자꾸 연락 오니까."

"그 새끼는 아직도 연락해?"

"이틀에 한 번씩은 문자가 와. 계속 무시하는데도 아주 끈질겨."

"그냥 차단해."

"차단했다가 무슨 짓을 할 줄 알고. 만약 한민석이 너희 회사 찾아갈 거야, 너희 집 앞에서 보자, 뭐 그런 문자를 보낼 수도 있잖아."

"그거 아주 미친놈이네."

주희는 거침이 없었다.

주희의 시원스러운 욕설에 슬희도 덩달아 속이 뚫리는 기분이었다.

"그런 놈인 줄 몰랐는데. 사귀는 동안에는 진짜 멀쩡했잖아."

"맞아. 정말 그럴 줄은 몰랐어."

"사람 오래 사귀어 봐도 본성 알아채기가 힘들다니까. 결혼하고 나서 본성을 드러내는 사람들도 많잖아. 얼마 전에 내 친구가 파혼을 했는데, 개도 한 6년을 사귀었거든. 그런데 결혼 준비하다 보니 본성이 나오더래."

이런저런 얘기를 하다 보니, 꽤 많았던 음식을 다 먹은 후였다.

둘은 커피를 타서 거실 소파로 자리를 옮겼다.

나란히 앉아 커피를 마시며 잠시 배부른 위장을 달랬다.

"그런데 나, 너한테 심각하게 묻고 싶은 게 있어."

주희가 본론을 꺼냈다.

슬희는 긴장했다.

저녁을 먹으면서 주희가 어제의 일 때문에 찾아온 게 아니라는 걸 조금씩 느꼈던 것이다.

"응, 뭔데?"

"너, 민창현에 대해서 나한테 해 줄 말 없어?"

"창현이에 대해서?"

슬희가 주희를 돌아봤다.

주희는 아주 심각한 눈으로 슬희를 보고 있었다.

"없는데…… 뭐에 대해 말하는 거지?"

"정말 없어? 하나도?"

"응, 없는데."

주희가 뭘 묻는 건지 감도 잡히지 않았다.

"그럼 너…… 민창현이 누군지 알아?"

"응?"

"민창현이 누군지 아냐고."

슬희의 심장이 덜컥 내려앉았다.

설마…….

"누구라니. 두엔 대표잖아. 두드림 민 회장님 아들이고."

슬희가 어색하게 웃으며 말했다.

"아니, 그거 말고. 너, 진짜로 민창현이 누군지 몰라?"

주희가 슬희와 눈을 맞추고 고집스럽게 물었다.

설마가 확신으로 바뀌었다.

주희가 눈치챘다.

민창현이 민창현이 아니라는 걸.

민창현이 사실은 다른 이름을 갖고 있었다는 걸.

하지만 어떻게?

초등학교 때 주희는 창현과 같은 학교가 아니었다.

'아냐, 내가 잘못 생각하는 걸 거야. 주희가 알 리 없어.'

"네가 무슨 말을 하는지 모르겠어."

"정말 몰라? 진심으로? 너 나한테 거짓말하는 거 아니지?"

"……."

주희가 슬희의 손을 꽉 잡았다.

"너, 민창현이 원래 다른 이름이었다는 거, 정말로 몰라?"

슬희는 눈을 질끈 감았다.

주희는 알고 있다.

더는 거짓말을 할 수가 없었다.

"아니, 알아."

"그럴 줄 알았어."

주희가 슬희의 손을 놔주었다.

"그래, 처음부터 이상했어. 네가 민창현 얘기할 때, 이제 막 만난 사람을 말하는 것처럼 들리지가 않았거든. 되게 오랫동안 알고 지낸 사람 얘기를 하는 것 같던 적이 몇 번 있었어. 그래, 그래서였어, 역시."

주희가 중얼거렸다.

슬희는 눈을 뜨고 주희를 응시했다.

걱정이 되었다.

주희가 창현의 과거를 안다면, 그런 과거를 지닌 창현을 안 좋게 말하지 않을까?

하지만 주희는 그런 기색이 없었다.

그저 지금껏 의아했던 문제를 해결한 데 대한 시원함만 느끼는 것 같았다.

혹시 다른 사람으로 착각하는 건가?

그런 의문이 생기려는데, 주희가 말했다.

"그래, 민창현 걔. 역시 윤해성 맞지?"

착각하는 게 아니었다.

슬희는 살며시 주먹을 쥐었다.

주희는 정확히 알고 있었다.

"응, 그런데 네가 윤해성을 어떻게 알아? 넌 우리 학교도 아니었 잖아."

"왜 몰라? 우리 같은 동네였잖아. 윤해성은 우리 동네에서 유명했고."

"아아, 그랬지."

같은 초등학교 동창들만 윤해성이란 아이를 알고 있을 거라 생각한 게 오판이었다.

"몇 번 본 적 있어. 사람들이 걔 싫어했잖아. 기억에 남는 게, 하나 있는데…… 그때 우리 동네에 구멍가게 하나 있던 거 기억나? 불량식품이랑 그런 거 파는 거."

"응, 기억나. 되게 억세 보이는 아줌마가 주인이었잖아."

"응, 거기. 내가 거기서 애들이랑 고무줄이랑 딱지 사고 있었거든. 그때 거기에 윤해성이 왔어. 뭐 사러 온 것 같은데, 아마 학교 준비물이었겠지? 그거 사려고 하는데 애들이 내 옆구리를 쿡쿡 찌르면서 쟤 좀 보라고, 쟤가 걔라고 소곤거리더라고."

그 광경이 눈앞에 생생하게 그려졌다.

"윤해성은 고개 푹 숙이고 스케치북이었나, 연습장이었나? 그런 걸 골랐는데, 거기 주인아줌마가 버럭 소리를 치는 거야. 살인자 새끼한테 팔 물건 없어! 꺼져!"

"……."

슬희는 저도 모르게 한 손으로 입을 막았다.

"난 윤해성이 화라도 낼 줄 알았는데…… 죄송합니다, 그러고는 내려놓고 나가더라. 나중에 나이가 들고 나서도 가끔 그게 생각이 났거든. 그래서 민창현 봤을 때, 어디서 많이 본 얼굴이라는 생각이 들더라고."

주희가 이제야 답을 알았다는 듯 개운하게 말했다.

"와, 진짜 상상도 못 했네. 윤해성이 두엔 대표라니. 진짜 상상도 못 했어."

슬희는 자신의 두 손을 꼭 잡았다.

"너는 어때?"

"뭐가?"

"너는."

슬희는 어렵게 주희와 눈을 맞췄다.

"너는 윤해성 안 싫어했어?"

"싫어해? 왜?"

주희가 의아한 듯 고개를 옆으로 기울였다.

"다들 싫어했잖아."

"뭐, 그렇긴 했지. 그런데 난 그때 어려서, 글쎄. 어땠는지 기억이 안 나네. 그냥 그 구멍가게에선 불쌍하다는 생각만 했었어."

"그럼 지금은?"

"지금?"

"지금은 어때? 민창현이 윤해성이라는 거, 싫어?"

슬희로서는 절박한 질문이었다.

내 소중한 친구가, 내 사랑하는 이를 싫어한다면 가슴이 아플 것이다.

"왜 싫어? 아, 물론 정 비서라는 여자를 제대로 관리하지 못한 건 싫어. 그 부분은 아주 싫어. 하지만…… 아, 그래. 너 지금 걔가 살인자의 자식이라는 거 때문에 동네 사람들이 멀리했던 것 때문에 그러는 거야? 내가 걔 싫어할까 봐?"

슬희가 고개를 끄덕이자 주희가 웃음을 터뜨렸다.

"야, 야. 그게 언제 적 일인데. 우린 이제 어른들 말만 듣고 사람을 좋아하고 싫어할 만큼 어린애가 아니잖아. 부모님이 죄가 있으면 자식도 죄가 있다고 생각할 만큼 생각이 짧을 나이도 아니고. 연좌제가 사라진 지 언젠데 그걸 가지고 윤해성을 싫어하겠어?"

주희의 호쾌한 말에, 슬희는 진심으로 안도의 한숨을 내쉬었다.

그 모습을 보고 주희가 어이없다는 듯 말했다.

"뭐야, 너. 내가 진짜 그런 거로 윤해성 싫어할까 봐 말 못 한 거야?"

"그런 이유도 있고……."

"그리고?"

"창현이는 몰라. 내가 그 애가 윤해성이라는 사실을 안다는 걸."

"아, 말 안 했어?"

"안 했지, 당연히."

"그게 왜 당연해?"

"당연하잖아. 해성이는 좋은 집안에 입양이 됐고, 이름도 바꿨어. 고통스러웠던 자기 과거는 잊고 싶을 거야. 잊고 싶은 게 당연해."

"그럴 수 있지."

"자기 과거를 아는 사람을 곁에 두는 것도, 해성이는 싫을 거야. 끔찍하지 않을까? 내가 감추고 싶은 과거를 아는 사람이 옆에 있다는 거."

주희는 잠시 입을 다물고 고민하다가 고개를 끄덕였다.

"그래, 그럴 수도 있겠다."

"응, 그래서야."

슬희는 고개를 숙였다.

주희까지 수긍하니, 진짜로 확인 사살을 당한 기분이었다.

"그래도 너희 둘은 사귀는 사이잖아. 네가 감추는 게 있으면 언젠가는 윤해성도 그걸 느끼게 될걸."

"그래, 언젠가는 그렇겠지. 하지만…… 난 말 못 해. 도저히 못 하겠어. 만약 걔가 윤해성이라는 걸 안다고 말하고 나서 더 이상은 걔 곁에 있을 수 없게 되면 어떡해?"

"……."

"해성이가 싫은 내색을 하면, 날 불편해하는 게 눈에 보이면, 난 어떡하지? 그게 너무 무서워."

쉽게 볼 수 없는 슬희의 약한 모습에, 주희는 곧바로 위로할 말을 찾을 수가 없었다.

답을 찾기 힘든, 어려운 문제였다.

슬희의 말대로 이름까지 바꾸고 살아가는 창현에게, 윤해성일 때의 과거는 아예 없었던 나날로 치부하고 싶은 일일 터였다.

그런 와중에 과거를 아는 사람이 나타났다. 그 사람이 하필이면 내 연인이다.

쉽게 헤어지잔 말은 하지 못한 채, 불편한 마음으로 어찌해야 하나 고민하며 슬희를 대하게 될지도 모른다.

슬희가 무서워하는 게 이해됐다.

"평생 얘기 안 하게? 헤어지게 될 때까지?"

이윽고 주희가 조심스레 물었다.

"응, 안 하려고. 아무것도 모르는 척 그 애 옆에 있다가, 조용히 떠나려고. 걔의 과거를 아는 사람이 가까운 곳에 있을 수도 있다는 거, 해성이가 몰랐으면 좋겠어."

각오하듯 말하는 슬희를, 주희는 말없이 응시하다가 곧 애틋한 미소를 지었다.

"너도 참…… 네 사랑 한번 기구하다."

슬희가 웃었다.

그리 밝지 않은 미소였다.

"그러게. 정말 그러네."

*　　*　　*

주희는 자고 갈 거라고 했다.

남편과 아들도 시댁에서 자고 온단다.

"우리 이렇게 나란히 누워서 같이 자는 거 되게 오랜만이다."

침대에 주희와 나란히 누워 슬희가 말했다.

"응. 학교 다닐 때는 자주 이랬는데."

"맞아. 특히 중학교 땐 너희 집에서 진짜 자주 잤었지. 너희 부모님이 날 둘째 딸이라고 하셨잖아."

"지금도 그렇게 부르셔. 우리 둘째 딸은 잘 지내냐, 하고."

"오랜만에 어머님, 아버님도 보고 싶다."

"다음에 한번 같이 가자."

"응."

"그런데 말이야. 넌 윤해성을 한 번에 알아본 거야?"

"딱 첫눈에 알아본 건 아닌데…… 만난 날 알아보긴 했어. 갑자기 확 떠오르더라고."

"그래."

"사실은 나, 어릴 때 윤해성이랑 친하게 지냈거든. 윤해성은 어떻게 생각할지 모르겠지만."

슬희는 아무에게도 할 수 없었던, 본인인 창현에게조차 하지 못했던 기억들을 주희에게 이야기했다.

학교에 가면 거기에 해성이 웅크리고 앉아 있었던 것, 처음에는 대화도 잘할 수 없었던 것, 어느 날엔가 웃는 얼굴을 봤는데 참 예뻤던 것.

"윤해성이 그렇게 잘생긴 줄 알았더라면, 반 애들도 그렇게까지 해성이를 괴롭히지 않았을걸."

"맞아. 생긴 건 진짜 끝내주더라. 본인이 연예인을 해야겠던데."

"응. 정말 잘생겼어. 어디를 봐도 잘생겼어."

창현을 떠올리는지 미소 지으며 중얼거리는 슬희를, 주희는 착잡한 심정으로 응시했다.

슬희는 언젠가 자신과 창현이 이별하게 되리라는 걸 확신하고 있었다.

이별을 생각하면서 사랑하는 건 어떤 기분일까?

주희는 짐작조차 할 수 없었다.

'윤해성도 슬희를 알아본 거였다면 좋겠다.'

슬희가 창현의 정체를 아는데도 두 사람이 헤어지지 않을 수 있는 방법은 하나뿐이었다.

창현이 이미 슬희가 어린 시절의 친구라는 걸 눈치챘다면, 그럼에도 불구하고 슬희를 사랑하게 된 거라면.

슬희가 창현의 정체를 안다는 게 문제가 되지 않았다.

'그랬으면 좋겠는데…… 그럴 리는 없겠지. 슬희를 알았다면 이미 말했겠지. 걔 입장에선 슬희를 안다는 걸 감출 이유가 없으니까.'

슬희가 잠에서 깨어났을 때, 주희는 아직 자고 있었다.

슬희는 조용히 침대에서 내려왔다.

휴가는 어제 하루로 끝났다.

안 그래도 승훈에게 폐를 끼쳤는데, 또 쉴 수는 없었다.

오늘부터는 다시 씩씩하게 일상으로 돌아가야 한다.

'고마워, 주희야.'

잠든 주희를 내려다보며, 슬희는 속으로 말했다.

'네가 있어서 기분이 많이 좋아졌어.'

주희가 어제 찾아와 주지 않았더라면, 이렇게까지 기분을 회복하지는 못했을 것이다.

주희가 자기 일인 것처럼 태윤을 욕해 준 덕분에, 일상으로 돌아갈 힘이 생겼다.

'가진 게 없어도, 매일이 힘든 날이어도, 너 같은 친구가 있어서 정말 다행이야. 정말 고마워.'

슬희는 주희의 머리를 살며시 쓸어 넘겨주고는, 하루를 시작하기 위해 밖으로 나갔다.

*　　*　　*

슬희의 얼굴이 공중파를 탄 것은 드라마 첫방을 이틀 앞두었을 때였다.

공중파를 탔다고 하기에는 아주 짧은 시간의 등장이기는 했다.

그저 '낚시를 끌려다니느라 고생하는 조승훈 씨 매니저'로 잠깐 얼굴이 나왔을 뿐이었다.

그런데도 유명한 예능인 데다가 대스타 조승훈 출연 때문에 많이들 봤는지, 지인들에게 쉴 새 없이 연락이 와, 슬희의 휴대폰은 불이 날 지경이었다.

견디다 못한 슬희가 휴대폰 전원을 끄고 있을 때, 민석도 예능에 나온 슬희의 얼굴을 보고는 놀라고 있었다.

"우와, 쟤가 저길 나왔네."

민석은 주말을 맞아, 영하의 집에서 저녁을 먹고 TV를 보는 중이었다.

"아는 사람?"

"응, 저기 조승훈 매니저라고 나온 애. 봐 봐."

영하도 TV로 슬희의 얼굴을 확인했다.

"응, 예쁘게 생겼네."

질투심이 다분히 담긴 말투였지만, 슬희가 TV에 나온 데다가 조승훈 매니저를 한다는 놀라운 사실 때문에, 민석은 그걸 깨닫지 못했다.

"대학 다닐 때도 유명했어. 예쁘기로."

"같은 대학 나왔어?"

"응, 후배야. 후배. 대단하네, 조승훈 매니저라니. 그냥 두엔에서 일한다고만 들었는데."

"흐음."

영하는 눈을 가늘게 뜨고 민석을 쳐다봤다.

민석은 영하의 시선을 느끼지도 못할 정도로 TV에 나오는 여자를 보느라 정신이 없었다.

대학 다닐 때 유명할 수밖에 없을 정도로 예쁜 얼굴이기는 했다.

하얗고 자그마한 얼굴에 강아지 같은 느낌을 주는 동그랗고 큰 눈, 오뚝한 코와 새빨갛고 작은 입술, 대충 묶은 머리가 오히려 청초해 보이는 여자.

아는 얼굴이 TV에 나오면 반가울 수 있다.

다름 아닌 조승훈의 매니저라면 더더욱 신기할 수밖에 없다.

하지만 영하는 유독 신기해하는 민석의 모습에서 불길함을 느꼈다.

'대학 후배가 나온 건데 뭘 이렇게까지 반응하지?'

영하는 민석의 반짝이는 눈을 노려보다가 조심스레 물었다.

"저 여자, 이름이 뭔데?"

"이슬희."

"이슬희?"

저번에 민석의 휴대폰을 몰래 확인했을 때 본 이름이었다.

"친했어?"

"아니, 그냥. 같은 과 선후배니까 가끔 인사하고 다 같이 밥 먹는 정도?"

"그래? 그런데 쟤가 연예인도 아닌데 왜 그렇게까지 신나 해? 일반인이 TV에 나오는 게 그렇게 대단한 일도 아닌데."

"뭘 신나 해? 그냥 신기하니까 그렇지."

민석이 조금 짜증 섞인 목소리로 말했다.

그러고 보니, 요새 민석의 짜증이 늘었다.

그동안은 뭘 해 달라고 해도 웃는 낮으로 들어줬는데, 요새는 대놓고 인상을 찌푸리거나 크게 한숨을 내쉬기도 한다.

'결혼 준비하다 보니까, 이제 잡은 물고기인가 싶어서 그런가? 이제 소홀하게 해도 내가 떠나지 못할 거라고……'

거기까지 생각하다가 퍼뜩 떠올랐다.

이슬희라는 이름을 어디서 들었는지.

민석과 사귀고 얼마 지나지 않았을 때였다.

민석의 친구들을 소개받는 자리가 있었다.

저녁을 먹고 술을 마셨다.

술자리가 무르익었고, 술에 잔뜩 취한 한 친구가 말실수를 했다.

― 슬희가 진짜 예쁘긴 예뻤는데.

그 말을 하자마자 민석은 술이 확 깬 듯, 그 자리에서 친구에게 화를 냈고, 다른 친구들도 그 친구를 나무랐다.

슬희가 누군데요?

굳이 그런 질문을 하지 않아도, 분위기상 알 수 있었다.

민석의 전 연인일 것이다.

소개팅으로 민석을 만나 둘 사이에 묘한 기류가 흐르기 시작할 무렵, 민석은 자신의 전 애인에 대한 이야기를 몇 번이나 했었다.

　　— 걘 말이야. 얼굴은 예쁜데 성격이 영 아니었어. 완전 꽃뱀이
었거든. 그것 때문에 상처를 많이 받았지.
　　— 만나면서 돈 한번 쓰는 걸 못 봤어. 너는 안 그래서 좋아.
　　— 결혼이라는 게 한쪽만 희생할 수는 없는 거잖아. 그래도 내
쪽에서 어느 정도 맞춰 주려고는 했는데, 너무 과하더라고. 그래서
헤어졌어.

전 애인 이야기를 하도 많이 해서, 그녀를 아직 잊지 못한 줄 알
았다.
　꽤 마음에 드는 남자였기에 아쉬웠지만 정리하려고 할 때, 고백
을 받았다.

　　— 좋아해. 우리 사귀자.

사귄 후로는 전 애인의 이야기를 꺼내지 않았고, 딱히 그녀와 연
락을 하거나 그녀의 흔적을 찾아보려는 낌새도 없었다.
　술자리에서 친구의 실수 역시 잠깐 기분이 나빴을 뿐, 금방 잊혔
다.
　그런데 지금 민석의 입에서 '슬희'라는 이름이 나왔다.
　민석은 슬희를 그저 자기 후배라고만 말하고 있다.
　그냥 후배가 아니었을 텐데.

영하는 아랫입술을 깨물고 민석의 옆모습을 노려봤다.

이제 슬희의 얼굴은 TV에 나오지 않는데도, 민석은 또 나오기를 기다리는 듯 TV에서 눈을 떼지 못하고 있었다.

'설마…… 아니지? 오빠. 내가 생각하는 그런 거 아니지?'

그럴 리 없다.

민석은 전 애인이 꽃뱀이라고, 당한 게 많다고, 많이 힘들었다고 했다.

그런 여자는 두 번 다시 만나고 싶지 않다고도 말했다.

그런데 지금 전 애인을 보며 설레는 듯한 태도를 보이고 있는 걸 믿기 힘들었다.

'아닐 거야. 그냥 아는 사람 나와서 신기해서 그런 거겠지.'

하지만 그 문자는 뭘까?

'그 여자가 연락한 게 아닐까? 돈이 필요하다고 연락해 온 거 아닐까? 내가 보면 화낼까 봐 수신 내역만 지우고, 발신 내역을 미처 못 지운 게 아닐까?'

그럴 리가 없겠지만, 영하는 결혼을 앞둔 자신의 연인이 다른 여자에게 눈을 돌리고 있다는 사실을 받아들이고 싶지 않았다.

그래서 말도 안 되는 이유를 붙여, 민석의 행동을 포장하려고 노력했다.

그렇게 생각하다 보니, 정말 그럴 법도 하다는 확신이 생겼다.

꽃뱀 짓을 하던 여자는 자기한테 호구처럼 맞춰 주던 남자를 잊지 못한다.

헤어졌지만 돈이 필요해지자 한때 자기가 뜯어먹던 남자가 생각나서 연락했을 가능성이 높았다.

그렇다면 그냥 내버려 둘 수가 없다.

'내 남자야. 너 따위는 감히 내 남자한테 손을 대면 안 돼.'

*　　　*　　　*

이제 완연한 가을이었다.

땅바닥에 날계란을 떨어뜨리면 금방 익을 것 같았던 무더운 날씨가 순식간에 시원해졌다.

유독 높고 청명한 하늘과 바람에 실려 오는 냄새가 계절의 변화를 알려 주었다.

오늘은 기다리던 〈애완견의 법칙〉 첫 화가 방영하는 날이었다.

두드림 엔터테인먼트의 기획홍보팀은 그동안 홍보의 성과가 어느 정도일지 기대하며, 드라마가 방영하는 늦은 시간까지 회사에 남아 있었다.

창현 역시 대표실에서 인터넷과 TV를 동시에 보며 모니터링을 하고 있었다.

민 회장의 자택에서는 오랜만에 일찍 귀가한 민 회장과 최 여사가 소파에 나란히 앉아 〈애완견의 법칙〉 첫 방송을 시청했다.

유쾌하게 시작되는 도입부를 보는 민 회장 부처의 입가에는 옅은 미소가 떠올라 있었다.

하지만 그렇게 좋은 분위기가 아닌 집도 존재했다.

애리의 집이 그랬다.

애리는 태윤과 함께 드라마를 보고 있었다.

애리는 생각보다 훨씬 재미있는 내용에 빠져들다가, 퍼뜩 정신을 차리고 "연기를 못 하네.", "스토리가 왜 이래?", "별로야." 따위의 비난을 하다가, 다시 또 드라마에 푹 빠져들기를 반복하고 있었다.

태윤은 애리의 옆에서 드라마의 실시간 반응을 검색하고 있었다.

인터넷으로 드라마를 검색하면, 드라마 정보 아래에 시청자들이 실시간으로 글을 올릴 수 있는 공간이 있었다.

1초에 몇십 개의 글이 올라왔다.

> [대박. 조승훈 대박. 조승훈을 드라마에서 보다니!]
> [오빠, 날 가져요.]
> [조승훈 눈빛 어쩔 거야?]
> [백상희 왜 이렇게 예쁨? 여신미 폭발이네.]
> [저게 어딜 봐서 가난한 여자야? 개고급진데.]
> [가난해도 좋으니 백상희 얼굴로 살아 봤으면 좋겠다.]
> [조승훈 연기 미쳤네.]
> [1화부터 재밌다.]
> [끝나가는 게 아쉽.]

대부분이 좋은 반응이었다.

이슈가 될 수밖에 없는 조승훈의 출연, 로코퀸 백상희의 연기력, 흡입력 있는 유쾌한 스토리까지, 시청자들이 싫어할 요소가 없었다.

애리가 사람을 써서 악플을 달게 했다고 했지만, 효과가 거의 없었다.

정작 애리 본인도 저렇게 푹 빠져서 드라마를 보고 있는데, 몇 개의 악플이 얼마나 힘이 되겠는가.

애리 같은 표정으로 드라마를 보다가 선플을 다는 사람이 수백, 수천 명은 될 것이다.

그중에 악플 한두 개는 작은 타격도 주지 못한다.

이런 와중에도 드라마에 빠진 애리의 모습이 어이가 없었다.

태윤이 인터넷 반응을 보며 초조해하고 있을 때, 슬희도 승훈과 함께 집에서 드라마를 보는 중이었다.

"대단하네. 대단한 연기력이야."

승훈이 중얼거렸다.

"자기 연기를 보면서 부끄러워하지 않고 감탄하는 것도 오빠의 재능이라면 재능이겠네요."

"물론! 부끄러워할 이유가 없지. 난 최선을 다했거든."

"낚시할 때만큼요?"

"낚시와는 비교하면 안 돼. 그거랑 이건 다르지."

"네, 네."

하지만 슬희도 승훈의 감탄에 공감할 수밖에 없었다.

단 첫 화에서 이렇게 사람을 잡아끄는 연기를 할 수 있는 배우는, 한국에서 몇 명 되지 않을 것이다.

승훈은 무뚝뚝하면서도 애정이 어린 연기를 완벽하게 해냈고, 카리스마 있는 눈빛으로 시청자를 사로잡았다.

슬희는 브라운관 안의 저 남자가 지금 자신의 옆에서 아삭아삭 감자 과자를 먹고 있는 낚시 미치광이와 동일인물이 맞는지 의심스러울 정도였다.

도를 지나치지 않는 백상희의 연기도, 조연 배우들의 맛깔나는 연기도 전부 좋았다.

"이번 드라마는 성공하겠어요."

"응, 그럴 거야. 스토리도 좋고, 배우도 좋으니까."

"오빠는 자화자찬을 진짜 자연스럽게 잘하시네요."

"그래서 싫어?"

"싫겠어요? 매력에 아주 푹 빠지겠습니다요."

"어, 방금 그 말 다시 해 봐. 녹음해서 창현이 들려주게."

"오빠 정말 창현이 놀리는 거 좋아하시네요."

"당연하지. 걘 놀림 받을 때가 진짜 귀엽단 말이야."

"그래요?"

슬희는 창현의 얼굴을 떠올려다 봤다.

금욕적으로 보일 만큼 깨끗하고 단정한 얼굴이 떠올랐다.

그 모습에서 귀여움을 찾을 수 있는 사람은 나뿐인 줄 알았는데, 승훈도 창현의 귀여움을 안다고 생각하니 동질감이 느껴졌다.

"그건 그래요. 진짜 귀엽죠."

본격적으로 창현의 귀여움에 대해 설명을 하려고 할 때, 소파에 올려 둔 슬희의 휴대폰이 진동했다.

슬희는 휴대폰을 집어 들고 액정을 확인했다.

모르는 번호였다.

며칠 전 예능에 얼굴이 잠깐 나간 후로, 이렇게 번호가 등록되지 않은 사람들에게서도 전화가 걸려 오곤 했다.

대학 동기들이나 중고등학교 때 동창들이었다.

어떻게 번호를 알고 전화했는지 의아할 따름이었다.

그들이 전화한 이유는 뻔했다.

승훈의 매니저인 슬희를 통해 승훈을 한번 만나 보거나 주위 연예인들을 보고 싶은 것뿐이다.

그걸 알기에 슬희도 대충 대꾸만 해 주다가 전화를 끊곤 했다.

이번에도 그런 전화일까?

"여보세요?"

슬희는 망설이다가 전화를 받았다.

[이슬희 씨 휴대폰인가요?]

여자의 목소리였다.

"네, 그런데요. 누구신가요."

[저는 주영하라고 하는데요.]

주영하?

처음 듣는 이름이었다.

"네, 그런데…… 누구시죠?"

[저, 누군지 모르시나요?]

"음."

다시 떠올려 봤지만 생각나는 게 없었다.

초등학교나 중학교 때 다른 반이었던 아이 중 한 명일까?

"잘 모르겠는데요."

슬희는 솔직하게 말했다.

[저, 민석 오빠랑 결혼할 사람이에요.]

들려오는 대답을 듣는 순간, 슬희는 휴대폰을 놓칠 뻔했다.

상상해 본 적도 없는 사람이었기 때문이었다.

결혼할 사람이라면, 약혼녀가 아닌가?

약혼녀가 있었던 걸까?

그렇다면 왜 나를 찾아오고 다시 시작하자는 말을 한 거지?

아니, 아니. 그런 건 아무래도 좋아.

대체 왜 나에게 전화를 한 거지?

슬희는 혼란에 빠졌다.

머릿속이 뒤죽박죽이었다.

[여보세요, 이슬희 씨?]

슬희의 대답이 들어오지 않자, 영하가 채근하듯 슬희를 불렀다.

슬희는 얼떨떨한 기분으로 대답했다.

"네. 말씀하세요."

[민석 오빠 문제로 잠깐 만나고 싶은데요. 시간, 언제 괜찮아요?]

"지금 말씀하시는 게 한민석 씨 말하는 건가요?"

[네, 그런데요.]

"그렇다면 왜 저한테 전화를 걸었는지도 모르겠고, 왜 그 문제로 절 만나려고 하는지도 모르겠네요."

[정말 모르세요? 아실 것 같은데요.]

"아뇨, 정말 모르겠어요. 전 그쪽이랑 할 얘기도 없고, 만날 이유도 없습니다."

[난 있어요. 당신이 자꾸 우리 오빠한테 연락해서 귀찮게 하잖아요.]

내가 연락을 한다고?

어째서 얘기가 그렇게 된 거지?

슬희는 더 어리둥절해졌다.

민석에게 연락이 오긴 했지만 단 한 번도 답을 해 준 적이 없었다.

'한민석. 그 인간이 또 거짓말을 했나?'

그렇게 생각할 수밖에 없었다.

그렇다면 더더욱 영하를 만나고 싶지 않았다.

이건 민석과 영하가 해결해야 할 문제였다.

"뭘 어떻게 들었는지 모르겠지만 그런 적 없어요."

[없긴 뭐가 없어! 우리 오빠 등쳐 먹었던 것도 모자라서, 이제 또 벗겨 먹으려고 연락하는 거야? 돈 떨어졌나 보지? 나이 드니까 만나 주는 남자가 없어? 그랬더니 우리 오빠가 생각났어?]

영하가 빽 소리를 질렀다.

슬희는 더 들어 볼 것도 없다고 판단하고 그대로 전화를 끊었다.

또다시 휴대폰이 울렸지만 받지 않았다.

드라마를 보면서도 슬희 쪽으로 귀를 기울이고 있던 승훈이 물었다.

"무슨 일이야?"

"별일 아니에요."

"별일 아닌 게 아닌 것 같은데. 무슨 일이야? 이 오빠한테 다 말해 봐."

"말하면 해결해 주시나요?"

"그럼. 이 오빠가 못 하는 게 뭐가 있겠어?"

"낚시를 관두는 거요."

"이야. 우리 슬희가 아주 매몰차졌는걸."

승훈이 웃었고, 슬희도 마주 보며 웃었다.

승훈의 매니저 생활을 하느라 매일 붙어 지낸 지도 벌써 한 달이 지났다.

이제는 이렇게 한집에서 단둘이 있어도 어색하지 않을 정도로 편해졌다.

무엇보다도 승훈이 창현을 좋아한다는 점이 좋았다.

"전에 사귀던 남자 친구가 있는데요. 그 남자가 요새 자꾸 찾아왔어요. 집 앞에도 찾아오고, 회사 앞으로도 찾아오고."

슬희는 그동안 있었던 일을 이야기했다.

민석과 이별 후, 그가 얼마나 많은 헛소문을 퍼뜨렸는지도 말했다.

"그런 남자인 줄 몰랐어요. 사귈 땐 정말 잘해 줬거든요. 그래서 헤어진 후에 그런 식으로 행동할 줄 몰랐어요. 그런 남자인 줄 알았으면 사귀지 않았을 텐데."

"에이, 그런 식으로 생각하지 마."

승훈이 부드럽게 끼어들었다.

"과거의 사랑과 연애에, 상대가 어떤 놈이었는지는 그리 중요하지 않아. 적어도 넌 그 시간을 즐겼고, 상대방에서 충실했잖아. 딱 그것만 생각해야 하는 거야."

"그럴까요?"

"응. 상대가 얼마나 못된 놈인지 생각하다 보면, 네 좋았던 시간들마저도 시간 낭비처럼 느껴지잖아. 그건 너한테 손해야. 넌 잘 사귀었고, 잘 헤어졌고, 더불어 그런 놈을 만나면 안 된다는 좋은 교훈까지 얻었어. 그렇지 않아?"

"듣고 보니 그러네요."

슬희는 빙그레 웃었다.

"아무튼, 그놈 애인이 네가 그놈한테 연락을 하는 줄 안다는 거지?"

"네. 아마 또 거짓말을 했겠죠. 자기가 불리해질 것 같으면 거짓말을 하는 사람이니까."

"흐응."

승훈의 눈이 가늘어졌다.

가늘어진 눈 안에 갇힌 눈동자가 장난스럽게 빛나는 걸, 슬희는 미처 보지 못했다.

"그럼 만나자고 해."

"네?"

슬희가 눈을 동그랗게 뜨고 승훈을 돌아봤다.

승훈이 검지로 슬희의 코를 콕 찍었다.

"만나자고 해. 그편이 저 드라마를 보는 것보다 더 재미있겠다. 지금 당장 만나자고 해. 진짜 재미있겠다."

"오빠…… 이거 장난치는 거 아니거든요."

"응, 나도 장난 아니야."

승훈은 이제 속마음을 감추지 않고 싱글싱글 웃고 있었다.

남들의 치정 싸움이 재미있어 죽겠다는 표정이었다.

"만나자고 해. 장소는 내가 정할게. 홍대에 아는 사람 바가 있거든. 거기 비워 두라고 말하면 돼. 지금 출발하면 한 시간 정도 걸릴 테니까, 한 시간 후에 보자고 하면 되겠다."

승훈이 이미 이 일에 대해 알고 있기라도 했던 사람처럼 술술 말했다.

슬희가 고개를 저었다.

"싫어요. 그 여자를 내가 만날 이유가 없잖아요. 내가 뭐라고 변명해도 안 통할걸요."

"아니, 그럴 필요 없어."

승훈은 이미 엉덩이를 들썩이고 있었다.

당장이라도 일어나서 홍대를 향해 달려갈 자세였다.

"오빠한테 말하면 오빠가 다 알아서 해결해 주겠다고 했잖아."

"……."

"내 말대로 해. 그 여자한테 한 시간 후에 홍대의 그 바로 오라고 해. 그리고 한민석한테 따로 전화를 걸어서, 한 시간 30분 후에 만나자고 해. 애인한테서 연락받았다는 말은 하지 말고. 그놈은 널 만나고 싶어 하니까 두말하지 않고 나오겠지."

"둘 다 만나라고요? 안 돼요. 그 둘이 작당하고 뭐라 할 줄 알고……."

당황해서 고개를 젓는 슬희의 양쪽 어깨에, 승훈이 손을 얹었다.

승훈은 슬희를 지그시 응시하며 말했다.

"걱정 마, 슬희야. 넌 어느 때라도 혼자가 아닐 거야."

*　　*　　*

친구의 바라고 해서 작은 바인 줄 알았는데 생각보다 넓고 분위기가 좋은 가게였다.

손님이 많을 시간인데 아무도 없는 건, 승훈이 미리 말해서 가게를 비워 뒀기 때문일 것이다.

슬희는 가게에 앉아 영하를 기다리며 한숨을 내쉬었다.

— 이대로 놔두면 그놈은 계속 너한테 연락할 거고, 널 찾아오기도 할 거야. 그건 싫잖아. 이 오빠한테 맡겨. 싹 해결해 줄 테니까.

승훈은 그렇게 말했다.

그렇다면 승훈을 한번 믿어 보자.

어차피 이대로 놔둬 봐야 슬희에게도 곤란할 뿐이었다.

이번 기회를 통해, 민석을 아예 이 인생에서 끊어 내는 편이 나았다.

기다린 지 얼마 지나지 않아, 쫙 빼입은 영하가 나타났다.

슬희를 의식해서인지, 그녀는 유독 몸매가 드러나는 원피스에 풀메이크업을 하고, 헤어 스타일도 제대로 세팅을 하고 왔다.

들고 있는 백은 누구나 아는 명품 백이었고, 굉장히 높은 힐을 신고 있었다.

전투에라도 나가는 듯 완벽하게 준비를 한 차림새였다.

그에 비해 슬희는 승훈의 집에서 과자를 와삭와삭 먹던 실내복 차림 그대로였다.

가게를 쭉 둘러보다가 슬희를 발견하고 다가온 영하는, 자리에 앉기 전 슬희를 위아래로 쭉 훑어보더니 훗, 하고 웃음을 흘렸다.

슬희의 기를 죽이려는 게 분명한 태도였지만, 태윤을 경험해 본 슬희에게는 딱히 기분 나쁘게 느껴지지도 않았다.

"이슬희 씨?"

"네, 주영하 씨?"

"맞아요."

영하가 맞은편에 앉더니 다리를 꼬았다.

턱을 아래로 당기고 눈을 살짝 치켜뜨며 도도한 표정을 지은 영하가 곧장 본론으로 들어갔다.

"우리 오빠랑 사귄 적이 있죠?"

"그래요. 그런데⋯⋯."

"집이 많이 가난하다고 들었어요."

또 이 소리인가?

슬희는 한숨을 삼켰다.

정태윤도 그렇고 이 여자도 그렇고. 집이 가난한 게 왜 남의 약점이라도 되는 것처럼 물고 늘어지는 걸까?

가난한 게 어때서?

가난한 게 죄는 아니잖아!

"돈이 많이 부족했나 봐요. 사귀는 남자한테 돈 한 푼 안 쓰고 받아먹기만 했던 걸 보면."

"한민석 씨한테 어떤 말을……."

"뭐, 그래요. 사귈 땐 그럴 수 있어요. 사귄다는 이유로 배려받고 싶어 하는 여자들 많잖아요. 나도 같은 여자니까, 그런 마음 이해해요. 애인한테는 선물 받아도 될 것 같고, 그렇겠죠. 결혼 준비하면서도 애인이 다 해 줬으면 하는 마음이 드는 것도 이해해요."

"저기요."

슬희가 살짝 인상을 찌푸리고 입을 열었지만, 영하는 무시했다.

"하지만 이슬희 씨. 헤어진 지 한참 된 남자한테 돈 때문에 연락하는 건, 좀 그렇지 않나요?"

"주영하 씨."

"그것도 애인 있는 사람한테 그렇게 연락하고 매달리고 그러면 안 되죠."

슬희는 기가 막혀 살짝 입술을 벌리고 짧은 숨을 토해 냈다.

슬희의 말을 무시하며 자기 하고 싶은 말을 다 쏟아 낸 영하는 잠시 말을 멈췄다.

"대체 뭘 어떻게 들었는지 모르겠는데, 난 그쪽 애인한테 연락한 적 없어요."

영하가 끼어들 틈을 주지 않기에, 슬희는 영하가 숨을 고르는 사이에 재빠르게 말했다.

"뭘 어떻게 듣고 나한테 이러는지 모르겠는데, 이쪽은 피해자예요. 한민석 씨가 회사로 찾아오고, 집으로도 찾아오고 그래서 오히려 제가 곤란하다고요."

"우린 지금 결혼 준비를 하고 있어요. 상견례도 끝냈고, 같이 살 집도 계약했어요. 요새는 같이 웨딩홀 보러 다니는 중이고요. 민석 오빠가 날 많이 배려해 줘요."

슬희의 말에도 불구하고 영하는 자기 할 말만 했다.

그제야 슬희는 영하가 진실을 알고 싶어 하지 않는다는 걸 깨달았다.

영하는 아마 진실을 알면서도, 그걸 부정하고 싶은 것이리라.

이 모든 일을 슬희 잘못으로 돌리면, 자신과 민석의 관계에는 아무 문제가 없을 거라고 여기고 있을 것이다.

상견례까지 끝낸 자신의 애인이 다른 여자에게 눈을 돌린다는 현실을 받아들이고 싶지 않을 뿐이다.

이런 상황에서는 슬희가 무슨 말을 하든 소용이 없었다.

슬희는 머리가 아팠다.

사랑에 빠진 사람들은 왜 이토록 어리석어질까?

사랑은 왜 그토록 잔인하게 사람의 눈을 멀게 만들까?

태윤도 그렇고, 영하도 그렇고, 한 발자국만 뒤로 물러서서 상황을 바라보고, 자신의 모습을 살펴보면 잘못되었다는 걸 알 수 있을 텐데.

어찌하여 사랑은 그걸 하는 자의 눈을 가려 버리는 걸까?

그때, 가게 문이 열리고 민석이 안으로 들어왔다.

슬희는 일부러 문을 정면에 두고 앉아 있어서, 그 모습을 볼 수 있었다.

슬희를 발견하고 반가운 듯 미소 지으며 걸어오던 민석이 뒤늦게 맞은편에 앉아 있는 영하를 발견했다.

뒷모습만 보고서도 영하라는 걸 깨달은 듯 우뚝 멈춰 섰다.

순간 민석의 얼굴에 도망쳐야 할까, 라는 갈등이 스치고 지나갔다.

이대로 놔두면 도망칠 것 같아서, 슬희는 손을 들었다.

"한민석 씨. 여기예요."

그 말에, 영하가 고개를 돌렸다.

민석을 발견한 영하의 눈이 커졌다.

민석은 어색하게 웃으며 걸어와 자연스럽게 영하의 옆에 앉았다.

"오빠가 여긴 왜 왔어?"

"어? 아…… 슬희한테 만나자고 연락이 와서."

그 말에 영하가 표독스럽게 슬희를 노려봤다.

"저기요, 이슬희 씨. 이슬희 씨가 뭔데 내 남편 될 사람한테 연락을 해서 만나자 해요?"

"아무래도 오해가 있는 것 같고, 그 오해를 풀려면 그걸 만든 당사자가 있는 편이 나을 것 같아서요."

슬희는 덤덤히 대꾸하며 민석을 응시했다.

"한민석 씨. 애인분께서 여러 가지로 많은 오해를 하고 있는 것같은데, 그쪽이 해명을 좀 해 주시죠."

민석은 무척 당황한 듯 눈동자를 이리저리 굴렸지만 곧 정신을 가다듬고 말했다.

"오해라니? 무슨 오해를 말하는 거야?"

"애인분이 제가 한민석 씨한테 먼저 연락을 했다고 생각하더라고요."

"아, 그거."

민석이 피식 웃었다.

슬희가 먼저 만남의 목적을 언급해 줘서 다행이었다.

이런 이야기라면 어떻게든 원하는 방향으로 이끌어 갈 자신이 있었다.

"맞잖아."

"네?"

"네가 먼저 나한테 연락했잖아."

"그게 무슨……."

슬희가 황당함에 눈을 크게 뜨고 물었다.

"그렇지, 오빠? 그런 거지? 오빠가 먼저 저 여자한테 연락하고 만나러 가고, 그런 거 아니지?"

영하가 얼른 끼어들었다.

민석이 고개를 끄덕이며 영하의 손을 잡았다.

"당연하지. 영하야, 내가 딴 여자한테 눈 돌리는 거 봤어? 나, 회사 여직원이랑도 개인적으로 연락 안 해. 그런데 대체 왜 쟤한테 먼저 연락을 했겠어?"

"그렇지? 그런 거지?"

"난 너밖에 없어."

"나도 오빠. 나도 오빠밖에 없어."

아주 영화들을 찍고 앉았다.

슬희는 입술을 살짝 벌린 채로 이 기가 막힌 광경을 지켜봤다.

이 두 사람으로 드라마를 찍었어도 아주 볼 만했겠다.

"슬희야."

민석이 슬희를 돌아봤다.

"항상 얘기했지만, 난 바람 같은 거 안 피워. 나한테는 영하밖에 없고, 곧 영하랑 결혼도 해. 네 마음 알긴 하지만, 우린 예전에 끝난 사이잖아. 이러면 곤란해."

슬희는 아예 할 말을 잃었다.

하지만 말문이 막힌 슬희의 표정이 오히려 민석에게는 힘을 실어 주는지, 그는 막힘없이 말했다.

"네가 이러면 영하한테도 미안하고. 너랑은 그냥 좋은 추억으로 남고 싶은데, 이젠 그러기도 좀 힘들겠다."

영하가 민석의 손을 꼭 잡고 이것 보라는 듯 슬희를 보며 승리자의 미소를 지었다.

슬희는 웃기는 한편, 참담했다.

승훈은 과거의 사랑을 그저 좋은 시간으로 여기라 했지만, 민석의 모습을 보니 그럴 수가 없었다.

이런 남자랑 한때 사랑을 했었다니.

최악이다.

시간을 돌릴 수 있다면 수능을 본 직후로 돌아가고 싶다.

그러면 한민석과 같은 대학이 아닌 다른 대학에 지원하리라.

민석과는 대학 선후배로도 남고 싶지 않았다.

"이슬희 씨. 앞으로 우리 오빠한테 연락하지 말아 줘요. 우리 곧 결혼하는데 이슬희 씨 때문에 마음고생 하고 싶지 않으니까."

그때였다.

가게 문이 열리고 승훈이 들어온 것은.

마치 마지막의 마지막 순간을 기다렸다가 등장하는 히어로 액션물의 주인공처럼, 승훈은 정장을 완벽하게 갖춰 입고 등장했다.

슬희를 택시에 태워 보내기에 왜 그러나 싶었는데, 저렇게 꾸밀 시간이 필요했던 모양이다.

슬희는 눈앞에 앉아 있는 진상 커플 두 명보다, 때를 기다린 듯 등장한 승훈의 모습에 더 어이가 없었다.

승훈은 황당하게 쳐다보는 슬희를 향해 싱긋 미소를 지어 보이더니, 당당하게 걸어와 테이블 옆에 섰다.

그제야 승훈을 본 민석과 영하의 눈이 접시만큼 커졌다.

"우리 슬희, 여기서 뭐 해?"

다른 사람이 했더라면 참으로 느끼하게 들렸을 말을, 승훈은 담백하고 근사하게 흘려보냈다.

"뭐 하는 것 같아요?"

슬희가 승훈을 보며 톡 쏘듯 말했다.

"나 빼고 재미있는 시간을 보내는 것 같은데. 나 버리고 이런 데 혼자 오면 상처받아."

승훈이 슬희를 억지로 옆으로 보내고 슬희의 옆자리에 앉았다.

민석과 영하는 여전히 눈을 크게 뜨고 승훈을 쳐다보고 있었다.

믿기지 않을 만도 할 것이다.

다른 사람도 아니고, 그 조승훈이 눈앞에 있으니까.

"아…… 아…… 아, 팬이에요!"

간신히 정신을 차린 영하가 말했다.

"아, 그래요."

승훈이 영하를 향해 빙그레 미소를 지었고, 영하는 거의 까무러칠 것 같은 표정이었다.

무슨 일로 이곳에 왔는지도 잊은 것 같았다.

"그런데…… 왜 여기에……?"

민석은 이 자리의 주제를 잊지 않은 듯, 승훈을 향해 조심스럽게 물었다.

"왜긴요. 매니저가 있는 곳엔 항상 내가 있어야죠. 난 우리 매니저 껌딱지거든요. 그렇지, 슬희야?"

승훈이 슬희의 볼을 가볍게 꼬집으며 물었다.

"아, 예."

슬희가 건성으로 대꾸했다.

대스타를 귀찮은 오빠라도 되는 것처럼 대하는 슬희의 모습에, 민석과 영하는 당황한 듯했다.

"그런데 두 분이야말로 왜 이런 곳에 계시는 거죠?"

승훈이 민석과 영하에게 물었다.

영하가 얼른 대답했다.

"저 여자, 아니, 이슬희 씨가 우리 오빠한테 자꾸 연락을 해서요."

"우리 슬희가요?"

"네. 우린 곧 결혼하는데…… 이슬희 씨가 우리 오빠한테 자꾸 연락을 해요. 돈이 필요하다고."

"돈이요? 우리 슬희가요? 그럴 리가 없는데."

"아뇨. 정말이에요. 예전에 우리 오빠랑 사귄 적이 있었는데, 그때도 우리 오빠한테 돈을 많이 뜯어냈대요. 꽃뱀이라는 소문도 쫙 퍼졌어요."

영하는 좋은 기회라는 듯, 선생님한테 일러바치는 어린아이처럼 말했다.

영하 입장에선, 싫은 여자가 대스타 조승훈의 매니저라는 게 마음에 들지 않을 것이다.

슬희가 얼마나 몹쓸 사람인지 알리고 승훈이 슬희에게서 정을 뗐으면 좋겠다는 생각이었다.

"에이, 그럴 리가요. 우리 슬희가 돈 때문에 그럴 리가 없죠."

승훈이 웃으며 슬희의 어깨에 손을 얹었다.

그 모습을 본 민석이 조심스럽게 물었다.

"저기, 혹시…… 슬희랑 무슨 관계이신지……?"

"아, 난 우리 슬희 보호자고."

승훈의 시선이 민석의 어깨너머로 향했다.

"저쪽에서 들어오는 잘생긴 친구가 우리 슬희 애인이에요."

그 말에 민석과 영하가 뒤를 돌아봤다.

승훈 못지않게 근사한 남자가 바를 가로질러 걸어오고 있었다.

큰 키에 자그마한 얼굴, 단정하면서도 선이 짙은 얼굴이 인상적인 남자였다.

두 사람은 이 남자도 연예인인가, 라는 생각을 했다.

테이블 옆에 멈춰 선 남자는 준비한 듯 명함을 꺼내 둘에게 내밀었다.

남자는 싸늘함이 느껴질 정도로 오만한 눈빛으로 두 사람을 내려다보며 말했다.

"처음 뵙습니다. 두드림 엔터테인먼트 대표 민창현입니다."

두엔의 대표라고?

둘은 멍하니 명함을 내려다봤다.

명함에는 진짜로 두드림 엔터테인먼트 대표 민창현이라고 쓰여 있었다.

민석과 영하는 믿을 수 없다는 듯 슬희를 돌아봤다.

두엔의 대표가 슬희의 연인이라니.

민석은 지난번 회사 앞에서 만난 우현이 했던 말을 떠올렸다.

슬희의 애인이냐고 물었더니, 우현은 슬희 연인은 더 대단한 사람이라고 했다.

그 말이 진짜였을 줄이야.

민석은 벌어진 입을 다물 수가 없었다.

"형님, 비키세요. 거긴 제 자립니다."

창현이 승훈에게 말했다.

"치사하게. 내가 먼저 왔거든?"

"먼저 오든 늦게 오든, 슬희 옆자리는 제 자리입니다."

"치사하다, 치사해. 민 대표, 아주 치사해."

승훈이 투덜거리면서도 자리를 비켜 줬다.

창현이 승훈을 대하는 태도를 보니, 두엔의 대표라는 게 거짓말은 아닌 것 같았다.

승훈이 두드림 소속 연예인이라는 건, 알 만한 사람은 다 아는 사실이었다.

민석은 눈앞에서 벌어지는 모든 일이 현실처럼 느껴지지 않았다.

무엇보다…….

슬희는 나만을 사랑해야 했다.

나와 헤어졌어도 다른 남자를 만나서는 안 됐다.

슬희의 집안 사정으로는 나보다 나은 남자를 만날 수가 없었다.

그런데 이게 뭔가.

다른 곳도 아니고 두드림 엔터테인먼트의 대표가, 민 씨인 걸로 보아 두드림 민 회장의 아들로 보이는 창현이, 슬희의 옆자리에 앉지 못해 안달을 내고 있지 않은가.

창현은 민석이 열 명 있어도 이기지 못할 상대였다.

뻣뻣하게 굳어 있는 민석을, 슬희의 옆자리를 차지한 창현이 천천히 쳐다봤다.

"그런데…… 무슨 이야기들을 하고 계셨습니까?"

"저 두 분이 그러는데, 슬희가 저 남자한테 돈 때문에 연락을 했다더라."

굳어 버린 민석 대신 승훈이 설명했다.

창현이 피식 웃었다.

등골이 서늘해질 정도로 차가운 미소였다.

"우리 슬희가 그쪽한테 돈을 요구했다고요?"

민석은 어째야 하나 고민했다.

진퇴양난이었다.

'밀고 나가야 돼. 어차피 저 남자도 슬희에 대해 잘 모를 거야. 지금까지 한 것처럼 결백을 주장하면 돼. 그러면 이 위기를 벗어날 수 있어.'

여기서 밀리면 슬희도 잃고, 영하도 잃는다.

그럴 수는 없었다.

"그랬습니다."

민석이 단호하게 말했다.

"예전부터 그랬어요. 한때 잠시 사귀었는데, 그때도 항상 돈을 요구했죠. 아시는지 모르겠는데 슬희네 집안 사정이 많이 안 좋아서……."

창현이 헛기침으로 민석의 말을 막았다.

"그래서 우리 슬희가, 날 놔두고 당신한테 돈을 요구했다고요?"

"……그쪽한테는 자기 집안 사정을 말하지 못했나 보죠. 아마 끝까지 감추고 그쪽이랑 결혼까지 할 생각이었을 겁니다."

"그거 아십니까? 지금 그 말, 명예 훼손에 걸린다는 거."

"전 그쪽이 걱정돼서 하는 말입니다. 슬희는 옛날부터……."

"그래서요? 지금 한민석 씨는 내 여자가 어려울 때 그걸 감싸 줄 정도의 능력도 없다, 그 말씀을 하고 싶으신 겁니까?"

새로운 해석이었다.

민석은 말문이 막혔다.

"슬희와 한민석 씨의 과거가 어땠든, 두 사람이 서로에게 어떤 행동을 했든, 그건 그리 중요한 문제가 아닙니다. 하지만 한때 자기가 사랑했던 여자의 집안 사정을 약점으로 삼아서 나불거리는 건, 그리 근사한 모습은 아니네요."

"……."

"돈이라는 게 참 신기하죠. 그걸 약점 삼고 놀림거리 삼아서 타인을 짓뭉갤 수도 있고, 그걸 무기 삼아서 상대의 목줄을 움켜쥘 수도 있어요."

창현의 검은 눈동자가 어둡게 빛났다.

민석은 마른침을 삼켰다.

그런 민석을 똑바로 응시하며, 창현이 낮은 음성으로 말했다.

"한민석 씨는 그걸 약점 삼아서 타인을 신나게 짓뭉갰으니, 이젠 나한테 목줄 좀 잡혀 봐야겠습니다."

민석은 창현의 경고를 못 알아들을 정도로 바보는 아니었다.

결국, 민석은 영하의 앞에서 모든 것을 고해바쳤다.

민석의 고백을 들으며 영하는 울었고, 슬희에게 미안하다고 사과했다.

민석도 슬희의 앞에서 고개를 숙였다.

슬희는 두 사람에게 아무 감정도 느껴지지 않았다.

이 상황이 통쾌하다는 생각마저 들지 않았다.

그저 이 모든 걸 창현에게 들켜서 창피하고, 바쁜 창현이 신경 쓰게 만들어 미안할 뿐이었다.

민석과 영하가 도망치듯 떠난 후, 슬희는 두 손으로 얼굴을 가렸다.

"아, 진짜 창피해."

"뭐가 창피해? 이런 일이 있으면 진작 말하지 그랬어?"

"어떻게 말해? 넌 다른 걸 신경 쓸 것도 많잖아."

"아무리 다른 일들이 있어도 네가 제일 중요해. 넌 네가 나한테 얼마나 소중한 존재인지를 알아야 돼."

창현이 슬희를 응시하며 진지하게 말했다.

그의 심각한 표정에 슬희는 그만 웃음을 터뜨렸다.

"아, 뭐야. 쑥스럽게."

"쑥스럽긴."

창현이 슬희의 이마에 가볍게 입을 맞췄다.

역시 창현은 슬희의 위로였다.

그를 보니 꽉 막힌 듯한 기분이 깨끗하게 회복되었다.

슬희는 창현의 볼을 살며시 쓰다듬었다.

"너야말로 나한테 정말 소중한 존재야."

"슬희야."

"창현아."

둘의 얼굴이 서서히 가까워질 때……

"저기요."

옆에 앉아서 둘의 모습을 구경하던 승훈이 손을 흔들었다.

"나 아직 여기에 있거든요?"

"아, 오빠."

슬희는 얼굴을 붉혔고.

"아직 안 가셨습니까?"

창현은 감정을 숨기지 않고 투덜거렸다.

"민창현, 네가 나한테 그러면 안 되지. 일부러 멋진 장면을 연출할 수 있게 데리고 와 줬더니."

"네, 그 부분은 감사합니다."

"그래, 당연히 감사해야지."

승훈이 흡족한 듯 웃으며 슬희를 돌아봤다.

"어때? 오빠 믿기를 잘했지?"

"그러게요. '오빠, 믿지'라는 말만큼 믿을 수 없는 말은 없다고 생각했는데, 믿어 보는 것도 나쁘지 않네요."

"그것 봐라. 이 오빠가 다 해결해 준다고 했잖아."

"네, 진짜 히어로 물의 영웅같이 등장하셨어요. 정장도 싹 빼입고."

"그 어느 누구보다도 멋지게 등장해서 기를 팍 죽여 놔야지."

"오빠는 추리닝 입고 있어도 그 어느 누구보다 멋져서 기가 팍 죽었을걸요."

슬희의 말에 창현이 미간을 좁혔다.

"나보다 승훈이 형이 더 멋지다는 거야?"

창현의 질투에 슬희가 눈을 가늘게 뜨고 웃었다.

"에이, 말이 그렇다는 거지."

"그래, 민창현. 일일이 질투하지 마라. 너무 질투 많은 남자는 매력 없어."

"그래도 오빠보단 창현이가 매력 있죠. 질투 좀 해도 돼. 내 눈엔 네가 최고니까."

슬희가 창현의 편을 들자, 승훈이 가슴을 움켜쥐었다.

"아, 나보다 다른 남자를 매력 있다 하는 여자는 네가 처음이야. 원래 이럴 땐 남자 쪽에서 여자한테 사랑을 느껴야 하는데…… 날 노려보는 창현이의 눈빛이 너무 무시무시하니까 사랑에 빠지는 건 관두고."

승훈이 슬희와 창현을 한 번씩 돌아보며 말을 이었다.

"충고 하나 할게. 너희는 서로를 너무 배려해. 너무 배려해서 중요한 문제를 서로한테 얘기하질 않는 것 같아."

승훈의 말에 슬희는 핵심을 찔린 기분을 느꼈다.

눈치 빠른 승훈이 거기까지 간파하고 있을 줄은 몰랐다.

슬희는 슬그머니 시선을 돌려 창현의 표정을 살펴봤다.

창현은 저 얘기에 어떤 생각을 할지 궁금했지만, 그의 얼굴엔 아무것도 드러나지 않았다.

"너무 비밀을 많이 갖지는 마. 그러다가 오해가 생기고, 오해가 쌓이면 다툼이 생기거든. 잦은 다툼은 끝은 결국 이별이야."

*　　*　　*

창현이 운전을 해서 승훈과 슬희를 데려다주었다.

승훈이 그의 집으로 돌아간 후, 슬희가 말했다.

"창현아. 오늘 서울에 올라가야 돼?"

혼자 있고 싶지 않았다.

바에서 승훈에게 들은 말이 마음에 걸렸다.

승훈은 두 사람이 서로 비밀을 갖고 있다는 듯 말했다.

그 때문에 오해가 생기고, 다툼이 생기고, 잦은 다툼의 끝은 이별이라고 했다.

언젠가 창현과 헤어지게 되겠지만, 서로의 가슴에 상처를 남기고 헤어지기는 싫었다.

"내가 있는 게 좋겠어?"

창현이 물었다.

"응, 그랬으면 좋겠어."

"그래, 그럼 자고 갈게."

슬희와 창현은 함께 집으로 들어갔다.

창현이 이 집에 마지막으로 들어온 게, 지난번 장미꽃을 사 들고 와서 사과를 할 때였다.

그때의 일이 굉장히 먼 옛날의 일처럼 까마득하게 느껴졌다.

"배고프진 않아? 뭘 좀 만들어 줄까?"

지난번 주희가 사 들고 온 식재료가 아직 냉장고에 남아 있었다.

"요리도 할 줄 알아?"

"간단한 건."

"배가 안 고파도 네가 해 주는 건 먹고 싶어."

"어쩜 내 남친은 말도 저렇게 예쁘게 할까."

슬희는 노래를 부르는 듯 중얼거리며 부엌으로 향했다.

창현은 강아지처럼 슬희의 뒤를 졸졸 따라가 식탁에 앉았다.

슬희는 앞치마를 입고 냉장고를 열었다.

주희가 남기고 간 재료로 볶음밥과 고추장국 정도는 만들 수 있을 것 같았다.

슬희가 채소를 씻어 칼로 통통통 써는 동안, 창현은 손바닥에 턱을 괴고 그녀가 요리하는 모습을 감상했다.

사랑하는 여자가 날 위해 요리를 준비해 주는 모습을 지켜보는 건, 그 어떤 영화나 드라마보다도 재미있었다.

슬희가 날 위해 요리를 하는 게 믿어지지 않았다.

'그러고 보니 누군가가 날 위해 요리를 해 주는 게 진짜 오랜만이네.'

어머니가 돌아가신 후, 이모인 최 여사가 창현을 맡았다.

그 당시 최 여사는 직업이 있었기에, 대부분의 음식은 사 먹거나 배달을 시켜서 먹었다.

그러던 어느 날 창현이 많이 아팠을 때, 최 여사는 회사에 휴가를 내고 와서 창현을 위해 죽을 끓여 주었다.

요리를 잘 못하는 최 여사가 만든 죽은 너무 짜고 물이 많았지만, 그래도 창현은 참 맛있게 먹었었다.

어머니와 살 때는 어머니의 요리를 먹어 본 기억이 없었다.

어머니는 늘 지쳐 있었다.

창현이 학교에 갈 때 어머니는 자고 있었고, 창현이 돌아오면 어머니는 일을 나가고 없었다.

함께 식사를 할 시간조차 없이, 가족이지만 가족이 아닌 채 살았었다.

맛있는 냄새가 창현의 후각을 간질였다.

창현은 음식의 맛을 그리 중요하게 여기지 않았다.

음식은 배를 채우면 그만이었고, 고급 요리는 필요한 자리에서

격식에 맞게 먹을 수 있으면 됐다고 생각해 왔다.

하지만 오늘따라 유독 코를 간질이는 고소한 냄새가 위장을 자극했다.

꼬로록—

자극받은 위장이 소리를 냈고, 슬희가 웃음을 터뜨렸다.

"배 많이 고팠구나."

슬희의 명랑한 웃음소리에 창현도 기분이 좋아졌다.

창현은 슬희가 환하게 웃는 모습을 보는 게 좋았다.

그래서 그녀가 웃을 수 있다면 뭐든 할 수 있었다.

저 미소를 보기 위해서라면.

"응, 그랬나 봐."

"요새 많이 바쁘지?"

"응. 그래도 곧 괜찮아질 거야. 너도 고생이다."

"아냐. 재미있어. 매니저라는 직업은 진짜 상상해 본 적도 없거든. 그래서 처음에는 걱정도 많이 되고 익숙하지 않아서 더 피곤하고 그랬는데, 요샌 좀 익숙해졌나 봐."

슬희는 예쁘게 담은 볶음밥을 창현의 앞에 놔 주었다.

국도 퍼서 볶음밥을 담은 접시 옆에 내려놨다.

"먹어."

"넌?"

"난 네가 먹는 것만 봐도 배불러."

"설마 다이어트 중인 건 아니겠지?"

창현이 지적했다.

슬희가 눈을 동그랗게 떴다.

"어떻게 알았어?"

"여자들이 밥 생각 없다고 할 때 보면 대부분 다이어트를 할 때더라고."

"으으…… 들켰다."

슬희는 두 손으로 얼굴을 가렸다.

"아니, 요새 바쁘고 피곤한데 이상하게 옷이 점점 꽉 끼는 거야. 그래서 왜 자꾸 살이 찌나 싶어서 되짚어 봤더니, 이건 다 승훈 오빠 때문이야."

"왜?"

"그 오빠가 자꾸 맛있는 걸 사서 먹이잖아!"

창현은 어떻게 된 일인지 짐작된다는 듯 웃었다.

"아니, 어디서 들도 보도 못한 요리가 나오는 음식점에 데리고 가. 그런데 그게 또 기가 막히게 맛있어. 피곤해서 입맛이 없다가도, 그 맛있는 걸 보면 먹게 되더라니까. 그런데 그거 알아? 맛있는 건 칼로리가 높아."

"그렇지."

"너무 쪘어."

"좀 더 쪄도 돼."

"안 돼. 살찌면 거기에 맞춰서 또 옷을 사야 하잖아. 낭비야, 낭비."

"그런 이유로 체중 관리하는 사람은 처음 봤네."

창현은 웃으며 숟가락을 들었다.

한 숟가락 크게 떠서 입에 넣은 창현이 우물우물 맛을 보더니 눈을 크게 떴다.

"우와, 진짜 맛있다."

"그래?"

"응. 진짜 이렇게 맛있는 건 처음이야."

"아니, 내가 요리를 그 정도로 잘하는 건 아닌데."

"아냐, 정말 맛있다. 이런 건 처음 먹어 봤어."

창현은 진심이 담긴 목소리로 말하며 정신없이 볶음밥을 먹기 시작했다.

슬희는 그저 의아하기만 했다.

슬희는 간단한 요리는 할 줄 알았지만, 요리를 그다지 잘하는 편은 아니었다.

그런데 저렇게 창현이 감탄사를 연발할 만큼 대단한 맛을 낼 줄은 몰랐다.

게다가 재료도 많지 않아서 있는 재료로 간신히 만든 볶음밥이었다.

'그게 맛있다고? 혹시 우연에 우연이 겹쳐져서 끝내주는 맛이 된 건가?'

슬희는 숟가락을 하나 가져와 볶음밥을 한 스푼 떠서 입에 넣었다.

우물우물 천천히 씹어 맛을 봤지만, 특별히 맛있지는 않았다.

'이런 걸 쟨 용케도 되게 맛있게 먹네. 승훈 오빠 못지않게 맛있는 거 많이 먹으러 다녔을 텐데.'

슬희는 의아했지만 자신이 만든 음식을 맛있게 먹어 주는데 굳이 그걸 지적할 필요는 없었다.

사랑하는 사람이 내가 만든 음식을 맛있게 먹는 모습을 보는 건 참으로 즐거운 일이었다.

말 그대로 보기만 해도 배가 불렀다.

'아니, 이건 거짓말이야. 배고파.'

창현이 너무 맛있게 먹어서 슬희도 허기를 느꼈다.

'안 돼. 참아야 돼.'

슬희는 간신히 먹을 것에 대한 생각을 떨쳐 내며 말했다.

"널 만나면서 내 삶이 풍성해진 느낌이야."

창현이 고개를 들어 슬희와 눈을 맞췄다.

"그래?"

"응. 난 그냥 돈을 벌기 위해서 회사를 다니고 퇴근을 한 다음에는 집에서 번역 일을 하고. 매일, 매일 같은 일과만 반복했거든. 그게 너무 바빠서 삶이 지루하다는 생각을 할 여유도 없었어."

매일매일이 똑같은 일상의 반복이라는 생각조차, 슬희에게는 사치였다.

"그런데 널 만나면서 새로운 걸 정말 많이 경험하게 돼. 조승훈 매니저라니. 정말 이게 말이 돼?"

"결론은 조승훈이군."

"뭐야, 또 질투해?"

"질투 아냐."

"그럼 뭔데?"

"이건 그냥······ 혼잣말이야."

고집스럽게 말하는 창현이 귀여웠다.

어느새 볶음밥과 국을 깨끗이 다 먹은 창현이 수저를 내려놨다.

창현은 신중한 눈으로 슬희를 바라보며 물었다.

"날 만난 걸 후회하지 않아?"

"왜 후회하겠어? 언제나 새로운데."

"나 때문에 겪지 말아야 할 일도 겪었잖아."

"그건 너 때문이 아니야. 단 한 번도 너 때문이라고 생각한 적 없어."

"하지만······."

"그 일은 이제 끝난 일이야. 우리 사이에서 그 얘기는 이제 하지 말자."

창현은 더 사과를 하고 싶은 듯했지만, 고개를 살짝 숙이며 말했다.

"그래, 알겠어. 아, 설거지는 내가 할게."

"괜찮은데."

"아냐, 밥값은 해야지."

창현이 식기를 싱크대로 옮겼다.

설거지하는 그의 뒷모습을, 슬희는 가만히 지켜봤다.

왜인지 그가 설거지하는 모습을 보는 게 가슴 아팠다.

아니, '왜?'가 아니다.

슬희는 가슴에 느껴지는 빽빽한 통증의 이유를 알고 있었다.

지금 두 사람은 마치 결혼한 부부처럼 한집에서 요리를 하고, 식사를 하고, 대화를 하고, 설거지를 하고 있었다.

설거지하는 그의 모습에서 '남편'을 본다.

그는 언젠가 남편이 될 것이다.

하지만 슬희의 남편은 아니었다.

바로 그게 이 행복한 광경을 슬픔으로 물들였다.

눈물이 흐를 것 같아서, 슬희는 괜히 눈을 깜빡거리다가 일어났다.

"창현아, 난 먼저 좀 씻고 나올게."

"응."

창현이 돌아보지 않고 대답했다.

슬희는 욕실에 가서 시간을 들여 천천히 몸을 씻었다.

슬픔으로 술렁이는 가슴이 가라앉을 때까지, 느릿하게 씻었다.

슬희가 나왔을 때, 창현은 소파에 기대어 앉아 잠들어 있었다.

슬희는 가만히 창현의 옆에 앉아, 잠든 그의 모습을 지켜봤다.

'사랑해, 창현아.'

한 번도 그에게 소리 내어 하지 못한 고백을, 슬희는 속으로 내뱉었다.

'사랑해, 해성아.'

*　　　*　　　*

〈애완견의 법칙〉은 5화 방영을 할 때까지도 열기가 식지 않았다.

드라마에서 백상희가 입고 나온 옷은 '애완견st'라는 이름이 붙은 옷으로 만들어져 불티나게 판매되었고, 백상희가 든 가방 역시 완판되었다.

조승훈을 검색하면 '조승훈 코트', '애완견의 법칙 조승훈 신발'이 떴다.

[요새 애완견의 법칙 진짜 재밌지 않아요?]
[그거 보려고 술도 안 마시고 집에 갑니다.]
[얼른 두 사람이 서로의 마음을 알았으면 좋겠어요.]
[쌍둥이 동생 계집애, 진짜 죽이고 싶다.]
[태령이도 행복해져야 할 텐데.]

각종 커뮤니티 드라마 게시판엔 〈애완견의 법칙〉 관련 내용으로 떠들썩했고, 드라마가 방영하는 날에는 관련 기사가 1위부터 5위까지 순위를 점령했다.

두엔 드라마 본부는 거의 축제 분위기였다.

하지만 창현은 긴장을 풀지 않았다.

동영상이 삭제된 이상, 애리가 백상희를 가지고 어떻게 해 볼 수는 없겠지만, 다른 무언가를 준비했을 수도 있었다.

'나도 슬슬 움직여야겠군.'

애리는 분명 다른 방법을 찾을 것이다.

그러기 전에 애리에게 공격을 하는 것도 나쁘지 않을 것 같았다.

슬희가 뭐라 했던가.

선빵 필승이라고 했다.

그 말이 옳았다.

창현에게는 항상 슬희의 말이 법이었다.

* * *

〈애완견의 법칙〉 재방송을 보며, 애리는 이제 슬슬 움직여야겠다고 생각했다.

드라마는 충분히 이슈가 되고 있었다.

바로 이 시점에서 백상희의 영상을 풀면, 그 불길이 걷잡을 수 없이 거세게 타오를 것이다.

이슈가 된 만큼 수습하기도 힘들어질 게 뻔했다.

드라마 방영 중이니 주연 배우를 교체할 수도 없고, 계속 데리고 진행하기엔 소란이 커서 창현도 골치 좀 썩으리라.

아마 백상희를 죽이거나 유학 보내고 여자 주연을 바꾸는 방법으로 갈지도 모르겠다.

하지만 그쯤 되면 드라마는 망할 수밖에 없다.

지금이야 〈애완견의 법칙〉하면 좋은 기사나 검색어만 뜨겠지만, 앞으로는 〈애완견의 법칙〉을 검색하면 '백상희 영상'이 연관 검색어로 뜨리라.

애리는 차게 웃으며 TV를 끄고 서재로 향했다.

서재에 있는 컴퓨터를 켰다.

백상희의 영상은 컴퓨터의 비밀 폴더에 보관해 두었다.

남편도 찾지 못할 곳이었다.

이제 그 영상을 다른 사람에게 보내 인터넷에 올리고, 기자들에게 정보 좀 흘리면 대대적으로 기사가 나갈 것이다.

드라마 하나 망하게 하기가 이렇게 쉽다.

애리는 회심의 미소를 지었다.

"어디 있지?"

그런데 이게 뭘까?

있어야 할 곳에 파일이 없었다.

비밀 폴더는 여전히 있는데, 그 안에 담긴 파일이 깨끗이 사라지고 없었다.

애리는 몇 번이나 컴퓨터를 껐다가 켜며 다시 찾아보았지만, 도저히 영상을 찾을 수가 없었다.

"이게 어떻게 된 일이야?"

슬슬 짜증이 나기 시작했다.

몇 번 더 시도를 해 보던 애리는 파일이 사라졌다는 걸 인정할 수밖에 없었다.

애리는 악귀처럼 얼굴을 찡그리고 마우스를 모니터에 집어 던졌다.

콰직 —

모니터가 부서졌다.

애리는 부들부들 떨며 조각난 모니터 속 화면을 노려봤다.

왜 사라진 걸까?

누가 사라지게 만든 거지?

창현일까?

'하지만 무슨 수로? 내가 가지고 있는지도 몰랐을 텐데. 아니, 안다고 해도 그놈이 어떻게 없애? 우리 집에 들어온 적도 없는데!'

지난번에 창현이 얘기 좀 하자면서 찾아온 일이 떠올랐다.

'그때 무슨 짓을 했나? 하지만 집 안으로 안 들였는데 어떻게? 아냐, 그놈이 한 짓은 아닐 거야. 컴퓨터에 문제가 생겨서 사라진 거겠지.'

당황할 필요는 없었다.

파일은 백상희의 전 소속사 사장에게 얻었다.

사장은 원본을 갖고 있을 터였다.

애리는 곧장 사장에게 전화를 걸었지만, 그쪽의 사정도 나을 것이 없었다.

[파일이 다 사라졌어요! 백상희뿐만 아니라 전부 다요! 혹시 대표님, 뭐 아시는 게 있는 거 아닙니까?]

"뭐? 내가 뭘 알아?"

[제 파일들, 지금껏 잘 보관하고 있었는데 대표님한테 백상희 걸 넘긴 후에 이런 일이 생겼잖아요. 대표님이 뭘 어떻게 하신 거 아닙니까? 다른 사람한테 얘기한 적 있어요?]

사장은 도리어 애리 탓을 했다.

휴대폰을 든 애리의 손이 부들부들 떨렸다.

어디서 감히.

"지금 내 탓이라는 거야? 너, 미쳤어?"

애리의 목소리가 날카로워지자, 사장은 아차 싶은 듯 목소리를 낮췄다.

[에이, 민 대표님. 그런 의미가 아닌 거 아시잖습니까. 저도 너무 당황스러워서 그래요. 여기 누가 접근한 적이 없을 텐데, 대체 어떻게 알아내서 삭제를 한 건지…… 저도 진짜 큰일입니다. 이거 들통 나면, 저 잡혀 들어가요. 대표님, 저 좀 살려 주세요.]

그에게 더 이상 얻을 게 없다고 생각한 애리는 그대로 전화를 끊었다.

최후의 보루로 남겨 두었던 방법을 사용할 수 없게 되자, 애리는 분노했다.

애리의 눈에 핏발이 섰다.

'대체 뭐가 어떻게 된 거지? 민창현, 뭘 어떻게 한 거야?'

창현이 한 짓이란 생각밖에 없었다.

불가능한 일이지만, 어째서인지 창현이 했을 것만 같았다.

누군가 애리에게 백상희 영상이 있다는 걸 창현에게 알렸고, 어떤 방법인지 모르겠지만 창현이 손을 써서 백상희의 영상을 삭제한 것이다.

그렇다면 짚이는 건 하나뿐이었다.

애리는 태윤에게 전화를 걸었다.

*   *   *

갑자기 애리에게 불려 온 태윤은, 집에 들어가자마자 날아온 재떨이에 맞을 뻔했다.

다행히 재떨이는 태윤을 스쳐 지나가 벽에 부딪혀 산산이 부서졌다.

산산조각 난 재떨이를 보자 덜컥 겁이 났다.

애리는 진짜로 태윤을 맞출 생각으로 저 재떨이를 던졌다.

저게 정확하게 머리에 맞았더라면, 자신은 죽었을지도 모른다.

그 정도로 애리는 다른 때보다 더 거침이 없었다.

"언니…… 왜 그러세요?"

태윤의 목소리가 떨렸다.

"네년이지?"

애리가 날카롭게 물었다.

"네?"

"네가 민창현 스파이지?"

"네?"

태윤은 당혹스러웠다.

애리가 갑자기 왜 이러는 걸까?

무슨 소리라도 들은 걸까?

하지만 어떤 말을 들었기에 이러는 거지?

짐작되는 게 하나도 없었다.

"언니, 대체 무슨……?"

"네가 민창현한테 내가 백상희 동영상 가지고 있는 걸 알린 거잖아!"

"백상희 영상이요? 언니, 그런 걸 갖고 계셨어요?"

"모르는 척하지 마!"

애리가 소리를 지르며, 또 던질 것을 찾는 듯 테이블 위를 눈으로 더듬었다.

태윤은 맞기 전에 얼른 애리를 향해 달려가 그녀의 옆에 섰다.

애리가 손을 이용해서 때릴 수도 있기에, 닿지 않을 거리는 유지했다.

"언니, 정말 왜 그러세요? 전 언니가 무슨 말씀하시는지도 모르겠어요. 백상희 영상이라뇨. 그런 건 들어 본 적도 없는데."

"모르는 척하지 마! 그래, 처음부터 수상했어. 민창현 좋다고 졸졸 쫓아다니던 년이 갑자기 민창현 무너뜨리자고 할 때부터 이상하다 싶었어. 내가 미쳤지, 너 같은 년을 믿다니. 내가 미쳤어!"

태윤의 예상대로 애리가 태윤을 때리려고 달려들었다.

태윤은 얼른 몸을 피하며 말했다.

"언니, 제발 진정하세요. 전 진짜로 몰라요. 그래요, 의심하시는 건 알겠어요. 이해해요. 그런데 언니, 생각해 보세요. 언니는 저한테 백상희 영상이 있다고 말해 주지도 않았어요. 그런데 제가 어떻게 그 사실을 알고 창현이한테 말해 주겠어요?"

"어떻게든 알아냈겠지!"

애리가 버럭 고함을 쳤다.

하지만 태윤의 말도 맞다 싶었는지, 아까보다는 기세가 죽어 있었다.

태윤은 기회를 놓치지 않고 말했다.

"언니, 전 진짜 아니에요. 창현이 걔, 그래 봬도 머리가 좋잖아요. 어떤 방법으로든 알아냈을 거예요. 절 의심하시면 안 돼요. 전 그 회사에서도 잘렸어요."

"작정하고 날 속이려고 잘린 척하는 거 아냐?"

"직원들한테 물어보세요. 저, 경비원한테 끌려 나가고 건물에서 쫓겨났어요."

"그것도 다 연기 아냐? 둘이 짜고 치는 고스톱인 것 같은데."

"그럴 리가 있어요, 언니? 잘 생각해 보세요. 제가 언니한테 두엔 얘기하지 않았으면, 언니는 그냥 두엔을 창현이한테 넘겼을 거예요. 안 그래요?"

"그, 그야 그렇지?"

"그런데 제가 왜 굳이 언니한테 두엔 넘기지 말라는 말을 해서 긁어 부스럼을 만들겠어요? 가만히 있어도 두엔은 창현이 것이 될 텐데."

"……."

"창현이랑 저랑 짜고 연기까지 하면서 그럴 필요는 없잖아요. 이런 짓을 해서 얻을 게 뭐가 있겠어요?"

애리의 눈동자가 흔들렸다.

태윤은 속으로 안도의 한숨을 내쉬었다.

다행이다.

"진짜 아니야?"

"진짜 아니에요, 언니."

"너, 정말로 스파이 짓을 하거나 그러는 거면, 가만 안 둬. 너뿐만 아니라 너희 가족도 이 땅에서 발붙이고 살기 힘들 거야."

애리의 경고에 태윤은 등골이 오싹해졌다.

"언니, 전 절대로 안 그래요. 전 진짜 언니 편이에요."

애리는 태윤을 믿기로 한 듯, 머리를 뒤로 쓸어넘겼다.

"그래, 그럼. 거기 앉아."

마치 아무 일도 없었다는 듯 턱으로 맞은편을 가리키는 애리의 모습에, 태윤은 속이 부글부글 끓었지만 미소를 지으며 맞은편에 앉았다.

'날 죽이려고 했어.'

아까 애리는 진짜로 태윤을 죽이려 했다.

만약 그 재떨이에 맞아 죽었더라도 애리는 눈썹 하나 깜빡하지 않았을 것이다.

그리고 태윤의 죽음은 다른 이유가 붙여져 조용히 처리되었으리라.

그걸 깨닫자 자신의 눈앞에 있는 애리가 무서워졌다.

그리고 자신의 처지가 새삼 불쌍하게 여겨졌다.

'내가 이렇게 된 건 다 이슬희 때문이야.'

슬희만 나타나지 않았더라도, 애리 같은 사람과 손을 잡는 일은 없었을 것이다.

애리는 가정부를 불러 차를 가져오게 시켰다.

애리가 차를 마시며 천천히 감정을 가라앉히는 걸 기다렸다가, 태윤이 입을 열었다.

"언니, 혹시 백상희 영상 풀려고 하셨던 거예요?"

"그래. 아주 죽여주는 영상이었거든. 오늘, 내일 중에 그거 풀면 민창현은 어떻게 수습할 방법을 못 찾았을 거야."

그랬을 것이다.

애리의 계획대로만 됐다면 다른 방법은 쓸 것도 없이, 드라마는 완전히 망했을 것이다.

"그게 없어진 거예요?"

"싹 없어졌어."

"원본은……?"

"그것도 없어졌대! 민창현, 그 자식이 뭔가 손을 쓴 거야."

애리는 그걸 떠올리니 다시 화가 난 듯 이를 아득아득 갈았다.

"언니, 그럼 다른 계획은……."

"없어! 그런 게 있겠어? 아, 그거 있구나. 민창현 여자. 그 계집애에 대해서 싹 조사를 했지. 가족이며, 지인이며. 싸그리 다."

"그럼 그걸……."

"이용할 가치도 없어. 뭣도 없는 년이던데, 뭘 이용해? 걜 어떻게 한다고 민창현이 눈썹 하나 움직이겠어?"

"움직여요, 언니."

태윤이 단호하게 말했다.

창현이 슬희를 위해 움직인다는 걸 인정하고 싶지 않지만 어쩔 수 없었다.

"그 여자를 건드리면, 민창현은 반드시 움직여요."

태윤의 눈동자가 번뜩 빛났다.

태윤의 확신 어린 말에 애리가 자세를 조금 고쳐 앉았다.

애리가 팔짱을 끼고 눈을 가늘게 떴다.

"그래? 확실해?"

"네, 언니. 제가 누구보다도 창현이 옆에 오래 있었잖아요. 걔가 그 여자를 어떻게 대하는지도 봤어요. 100프로예요. 그 여자 건드리면, 민창현은 움직여요."

"흐응."

애리가 다리를 꼬았다.

"그럼 그 년을 납치해서……."

"아뇨, 언니. 그건 최후의 수단으로 놔두시고요. 주위 사람들부터 건드리는 게 좋을 것 같아요."

태윤은 슬희에게 고통을 주고 싶었다.

내 모든 것인 창현을 빼앗아간 슬희에게도 비슷한 아픔을 주고 싶었다.

슬희가 소중히 여기는 사람들이 괴로움을 당하다가, 그게 슬희 때문이라는 걸 알고 그녀를 떠나게 만들고 싶었다.

소중한 사람을 잃는 괴로움을, 소중한 사람이 자신을 냉랭하게 응시하는 아픔을, 슬희도 알아야만 했다.

"이슬희를 흔들어요, 언니. 그러면 이슬희는 분노할 거고, 그 분노를 모든 원인인 창현이한테 풀겠죠. 아마 두엔을 포기해 달라고, 자기를 위해서 그렇게 해 달라고 조를 거예요."

"그런다고 민창현이 두엔을 포기하겠어? 고작 여자 하나 때문에?"

"여자 하나 때문에 나라를 말아먹은 왕들도 많은 거 아시잖아요. 창현이는 지금 이슬희한테 푹 빠져서 눈에 보이는 게 없어요. 분명 언니가 원하는 걸 손에 넣을 수 있을 거예요."

　　　　*　　　*　　　*

　애리의 남편인 경철에게 전화를 걸어 만나자 했더니, 경철은 무척 당황한 기색이었다.

　그가 느끼는 당혹감이 휴대폰 너머에서 전해져 왔다.

　하지만 그는 알겠다고 했고, 애리에게 말하지 말아 달라는 창현의 요청에도 그러마, 라고 답했다.

　창현은 약속 시간보다 일찍 약속 장소에 도착해 경철을 기다렸다.

　애리가 경철과 결혼하고 싶다고 했을 때의 소동을, 창현은 똑똑히 기억하고 있었다.

　　누나, 미쳤어? 그딴 남자랑 결혼을 하겠다고?

　가족 중에서도 명현이 가장 거친 반응을 보였다.

　경철은 그리 크지 않은 중소기업 사장의 아들이었고, 경철 본인은 평범한 공무원이었다.

　애리는 경철을 사랑한다고 했다.

　경철만 있으면 아무것도 필요 없다고, 결혼하게만 해 달라고 민 회장을 졸랐다.

　민 회장은 딱 하나만 물었다.

　　— 그 아이도 널 사랑한다느냐?

애리는 당연하다 했지만, 글쎄.

아무도 그 말을 믿지 않았다.

사랑에 눈이 먼 애리만 빼고, 다른 사람들은 모두 알고 있었다.

경철이 애리의 돈과 집안 때문에 그녀를 받아들인 것이라는 걸.

그렇다고 경철이 나쁜 사람이란 뜻은 아니었다.

그는 반듯한 사람이고 효자였다.

단지 상황이 안 좋은 아버지의 회사를 위해 뭐든 할 필요가 있었고, 자신을 좋다고 따라다니는 애리와의 결혼을 그 기회로 삼은 것 뿐이었다.

경철은 애리에게 받은 것이 많은 만큼, 애리의 다정한 남편이 되어 주었다.

애리도 경철 앞에서는 자신의 성격을 전부 다 드러내진 않았다.

민 회장은 하나뿐인 딸의 결혼 선물로 큰 집을 한 채 마련해 주고 월세를 받을 수 있는 상가 건물 하나, 그리고 꽤나 큰돈을 마련해 주었다.

애리가 받은 현금은 바로 경철 아버지의 사업 자금으로 들어갔다.

애리에게 남은 건 상가 건물과 집 한 채가 전부였는데, 그것만으로는 애리의 씀씀이를 감당하기가 힘들었다.

결국, 애리는 민 회장을 찾아와 자신도 사업을 해 보고 싶다고, 사업 하나만 하게 해 달라고 졸랐다.

제아무리 민 회장이라도 자식을 향한 아버지의 마음은 어쩔 수가 없었다.

그렇게 애리가 얻어 낸 것이 두엔이었다.

'두엔을 말아먹었지. 횡령한 돈도 꽤 되고. 그나마 하나 있는 상가 건물도 팔아 버렸으니, 매형이 벌어 오는 돈으로는 충분하지 않았을 거야. 그렇다고 시아버지의 사업이 생각처럼 잘 되는 것도 아니고.'

그럼에도 애리는 결혼 전의 씀씀이를 그대로 유지했다.

그러기 위해서는 많은 뒷 작업이 필요했을 것이다.

"처남. 오래 기다렸어요?"

옆에서 들려오는 목소리에 창현은 상념에서 벗어났다.

경철은 창현보다 나이가 한참 많은데도 언제나 창현에게 존댓말을 사용했다.

"오랜만입니다, 매형."

창현이 일어나 인사를 건넸다.

경철이 웃었다.

"그러게요. 처남이 워낙 바쁘니까…… 아, 애완견의 법칙은 잘 보고 있어요. 조승훈이 다 나오다니. 내가 조승훈 팬이거든요."

착실한 인상의 경철이 순수하게 미소 짓는 모습을 보니, 창현은 자신이 가지고 온 정보를 이야기할 생각에 마음이 무거워졌다.

하지만 이건 해야만 하는 일이었다.

단지 창현만이 아닌, 경철에게도 알아 두면 좋을 일이었다.

"매형. 이런 이야기는 하고 싶지 않았는데, 좀 심각한 얘기를 해야 할 것 같습니다."

창현의 말에 경철의 표정이 굳어졌다.

"그래요. 갑자기 보자고 해서 심각한 일일 것 같았어요. 무슨 일이에요?"

"회사 자금 내역을 정리하다 보니, 애리 누님이 두엔에서 많은 돈을 횡령한 사실이 드러났습니다."

"아……."

"이건 어차피 우리 회사의 일이니 인제 와서 애리 누님께 책임지란 말을 할 생각은 없습니다. 다만……."

창현은 준비해 온 서류를 내밀었다.

경철은 그걸 받아 들고 잠시 망설이다가 서류를 넘겨 내용을 확인했다.

시간이 지날수록 경철의 표정이 점점 어두워졌다.

경철은 자기가 보는 걸 믿을 수 없다는 듯 고개를 절레절레 짓다가 한숨을 내쉬다가, 결국 서류를 내려놓고 창현에게 물었다.

"이게 뭐죠?"

"조사하는 과정에서 드러난 겁니다. 애리 누님께서 매형 아버님의 회사에도 손을 댔더군요. 사장어른 회사의 대부분이 이미 사장어른 것이 아니게 됐습니다."

창현의 말에 경철이 고개를 저었다.

"아니요, 그럴 리가. 아버지는 그런 말씀이 없으셨는데."

"물론 사장어른께선 모르실 겁니다. 매형이 누님에 대해 얼마나 잘 아는지 모르겠지만…… 누님을 위해 그런 일을 처리해 줄 수 있는 사람들이 많이 있습니다."

창현이 설명했다.

경철의 얼굴이 참담하게 일그러졌다.

"그럴 리가……."

고통스러워 보이는 경철을 응시하며, 창현은 단호하게 말했다.

"매형. 이제 자산을 정리해 보셔야 할 겁니다. 아마 매형도 모르는 빚이 상당히 많을 것 같습니다."

*　　*　　*

어떻게 알았을까?

애리는 자신의 앞에서 큰소리를 치는 경철을 멍하니 응시했다.

경철을 알게 된 지 10년이 넘는 기간 동안, 경철이 애리에게 화를 내는 건 이번이 처음이었다.

지금껏 경철은 항상 애리에게 맞춰 주었고, 애리가 잘못을 해도 "사람이 잘못할 수도 있지. 다음부터 그러지 마."라고 말하며 좋게 넘어가곤 했다.

그런 경철이 오만상을 찌푸리고 악을 쓰는 모습을 보자, 애리는 심장이 떨어져 나갈 듯 놀랐다.

"여보, 잠깐만……."

"잠깐만이 아니야! 왜 이런 짓을 하고 다니는 거야? 돈이 부족하면 부족한 대로 지내야지! 거기에 맞춰서 살아야지! 어떻게 이런 짓을 할 수가 있어?"

"여보……."

"당신이 나한테 결혼하자고 할 때 말했잖아! 나는 당신 쌈짓이 감당할 자신이 없다고. 당신이 뭐라고 했어? 상관없다며, 맞춰서 살겠다며? 그런데 이게 뭐야? 이게 대체! 그 회사가 어떤 회사인데!"

이쯤 되니 애리도 슬슬 화가 나기 시작했다.

한때는 경철이 아니면 안 된다고 생각했던 때도 있었다.

이 남자야말로 나의 평생을 함께할 남자라고, 돈이 없어도 괜찮다고, 거기에 맞춰서 살면 된다고 생각했던 때도 있었다.

하지만 한집에서 함께 먹고 자고 한 지 몇 년이 지나자, 이 남자도 그냥 그렇고 그런 남자 중 한 명일 뿐이라는 걸 알게 되었다.

"그 회사가 어떤 회사긴! 우리 아빠 돈으로 일으켜 세운 회사잖아!"

애리의 외침에 경철의 눈동자가 흔들렸다.

"쥐뿔도 없는 걸 거둬서 돈 처들여 줬더니, 회사 운영 그지같이 해서 뭐 건질 것도 없더만! 별것도 아닌 것 가지고 뭘 이 야단이야! 내가 써 봐야 얼마나 썼다고!"

"없어도 된다고 결혼하자고 했던 게 당신이야! 난 분명 당신 씀씀이 감당 못 할 거라고 말했고!"

"말했으면 다야? 말했으면 다냐고? 남자 새끼가 자기 마누라, 자식 쓸 돈도 충분히 못 벌어 오면서 어디서 큰소리야!"

"민애리……."

"이 집도 내 거야! 네가 타고 다니는 차도 내 거고! 다 내가 산 거야. 안 그래? 당신이 쥐뿔도 못 벌어 오니까 내 돈으로 산 거라고! 그런데 그 돈 좀 가져다 쓴 게 그렇게 큰일이야?"

경철을 씩씩거리는 애리를 가만히 응시했다.

그러다가 고개를 젓고 돌아섰다.

"당신이랑은 말이 안 통하는군. 생각 좀 정리해. 차분해지면 그때 다시 얘기하자."

"다시 얘기할 것도 없어! 말이 안 통하는 게 아니라 할 말이 없는 거겠지!"

애리는 돌아서서 나가는 경철의 등을 향해 소리를 질렀다.

경철은 그대로 집을 나갔고, 애리는 소파에 허물어지듯 주저앉았다.

분노한 애리의 가슴이 위아래로 들썩거렸다.

"그깟 돈, 채워 넣으면 되잖아! 채워 넣으면!"

하지만 채워 놓을 방법이 없었다.

민 회장은 애리에게 두엔을 만들어 투자해 줄 때, 이게 마지막이라고 했다.

아무리 내 딸이라도 능력 없는 자식에게 자꾸 돈을 쏟아붓지는 않을 거라고, 결혼을 했으니 네 문제는 네가 알아서 해야 할 일이라고 말했다.

민 회장은 그런 부분에서는 정확한 사람이었다.

한번 꺼낸 말을 취소하지는 않을 것이다.

"엄마……."

그때, 방문이 열리고 딸이 울먹거리며 거실로 나왔다.

자고 있었을 텐데, 거실에서 들려오는 요란한 소리에 깬 모양이다.

애리는 표정을 바꿔 두 팔을 벌렸다.

이제 막 네 살이 된 딸은 애리에게 달려와 안기더니 엉엉 울었다.

"엄마, 아빠랑 싸웠어?"

"아냐, 그냥 큰 소리로 얘기를 좀 한 거야."

"하지만……."

"엄마랑 아빠는 일 문제로 해야 할 얘기가 많이 있거든. 보람아. 엄마, 아빠 일 때문에 그러는데, 당분간 할아버지 댁에 가 있을래?"

보람은 훌쩍거렸지만, 알겠다고 했다.

영특한 아이였다.

경철과 결혼한 건 후회하지만 보람을 낳은 건 후회하지 않았다.

보람을 달래서 안으로 들여보낼 무렵엔, 분노도 많이 가라앉아 있었다.

애리는 소파에 앉아 고민했다.

여기저기서 돈을 끌어다가 쓰긴 했지만 그건 그리 큰 문제가 아니었다.

두엔만 가지고 온다면 그 돈은 금방 갚을 것이다.

두엔은 애리가 처음 받았을 때보다 몇 배는 성장해 있었다.

두엔 소속인 조승훈 한 명만 해도 두엔 전체를 먹여 살릴 만한 가치가 있었고, 조승훈 덕분에 두엔은 다른 연예인들과 계약하는 것도 쉬워졌다.

조승훈이 있는 소속사라고 하면, 내로라하는 연예인들도 경계를 늦추기 때문이었다.

앞으로 연예계 쪽 사업은 점점 커질 것이고, 두엔 역시 그만큼 성장할 것이다.

'두엔만 내 손에 넣으면 돼.'

현재 애리의 수중에 돈은 얼마 없지만, 가진 돈의 액수는 아무래도 좋았다.

애리에게 가장 큰 무기는 '민 회장의 딸'이라는 위치였다.

그 이름만 가지고도 할 수 있는 일이 아주 많았고, 이용할 수 있는 사람 또한 많았다.

이슬희를 무너뜨리고, 이슬희를 통해 민창현을 흔드는 것쯤은 지금 갖고 있는 것만으로도 충분했다.

*   *   *

오랜만에 야근을 하지 않고 집에 돌아가는 길.

정우는 퇴근길 지하철에 꽉 낀 채 서서 하품을 하고 있었다.

고개를 들자 조승훈이 백상희를 백허그를 하고 있는, 드라마 광고가 눈에 들어왔다.

'우리 누나가 저런 사람 매니저를 하고 있다니. TV에도 나오고.'

아직도 믿어지지 않았다.

그저께 밤에 슬희와 통화를 했는데, 슬희도 믿기지 않는다고 했다.

― 믿기지 않는 부분은 내가 조승훈 매니저를 하고 있다는 게

아니라, 승훈 오빠가 의외로 동네 백수 오빠 같이 느껴질 때가 있
다는 점이야.

천하의 조승훈을 동네 백수 오빠라고 칭하다니.

조승훈의 팬들이 알면 슬희를 죽이려고 할 것이다.

'우리 누나도 배가 불렀어.'

어쨌든 슬희가 잘 지내고 있는 것 같아서 다행이었다.

승훈이 진귀한 음식을 자주 사 줘서 살이 쪘다고도 했다.

슬희가 잘 다니던 본사를 관두고 두엔에 지원해 볼 거라고 했을 때만 해도 걱정이 컸다.

슬희의 전공과 완전히 다른 회사에 가서 잘 해낼 수 있을지, 괴롭힘을 당하지는 않을지 걱정이었던 것이다.

하지만 슬희의 선택은 옳았다.

슬희는 두엔으로 회사를 옮기면서 많은 경험을 하는 중인 것 같았다.

다행이다.

슬희가 집안 사정 때문에 많은 것들을 포기했다는 걸, 정우는 알고 있었다.

엄마가 피아노 학원을 관둬야 할 것 같다고 했을 때, 엉엉 울던 슬희의 모습이 아직도 기억에 남아 있었다.

언젠가 돈을 많이 벌면 우리 누나한테 피아노를 사 줘야겠다고, 어린 마음에도 그런 생각을 했던 것이 떠올랐다.

"아악! 뭐야!"

그때였다.

정우 근처에 있던 여자가 비명을 지른 것은.

"만지지 말아요! 왜 남의 엉덩이를 만져요!"

갑작스러운 소동에 정우는 상념에서 벗어났다.

사람들이 웅성거렸고, 정우도 무슨 일인가 싶어 주위를 두리번거렸다.

그때, 누군가 정우의 손목을 세게 붙잡았다.

크게 뜬 정우의 눈에, 자신을 똑바로 노려보는 여자의 얼굴이 들어왔다.

20대 후반쯤으로 보이는 여자로, 정우는 한 번도 본 적이 없는 얼굴이었다.

여자는 악귀 같은 표정으로 정우를 향해 외쳤다.

"이 변태!"

정우는 얼떨떨했다.

이 여자가 왜 나한테 변태라고 하는 거지?

정우는 아직 돌아가는 상황을 제대로 파악하지 못하고 있었다.

그때, 여자의 옆에 서 있던 남자가 손을 번쩍 치켜들었다.

남자의 손에, 정우의 손목이 잡혀 있었다.

"이 손입니다! 이 손이 여자 엉덩이를 더듬고 있었어요!"

정우는 멍하니 고개를 돌려, 한껏 위로 올라간 자신의 손을 응시했다.

"아, 진짜 어떡해. 아, 씨! 이봐요. 내가 엉덩이 만져도 가만있을 줄 알았어요? 다른 여자들처럼 순순히 당해 줄 줄 알았어?"

여자가 울먹거리며 외쳤다.

"이거 아주 나쁜 새끼네. 하고 싶으면 집에서 혼자 처리할 것이지, 왜 알지도 못하는 여자 엉덩이를 주물러?"

"경찰 부를 거야!"

여자가 휴대폰을 들었다.

그제야 정우는 이게 무슨 상황인지 파악할 수 있었다.

"저기요, 전 아무 짓도 안 했어요. 제가 만진 게 아닙니다."

여자는 정우의 항변을 못 들은 척했고, 남자는 여전히 정우의 손목을 꽉 잡고 있었다.

"웬일이야. 나 저런 거 처음 봐."

"진짜 있었구나. 엉덩이 만지는 사람."

"젊은 사람인데도 저런 짓을 하네. 얼굴은 반반한데 여자가 없나?"

"치한 짓 하는 사람들은 그런 거로만 흥분한다더라. 제대로 된 연애를 못 한대."

"징그러워. 토할 것 같아."

"저 여자 불쌍하다. 사람도 많은 데서 이게 무슨 일이야."

"미쳤나 봐. 보니까 얼굴도 음흉하게 생겼어."

여기저기서 들려오는 소리에, 정우는 정신을 차릴 수가 없었다.

"저기요! 진짜 전 아무 짓도 안 했어요!"

이런 일을 겪을 거라고는 생각해 본 적이 없기에, 어떻게 대처해야 좋을지 알 수 없었다.

정우의 변명을 들어 주는 사람은 아무도 없었다.

정우는 이미 그 안에서 치한이 되어 있었다.

경찰에게 전화를 건 여자는 울면서 치한이 자기 엉덩이를 만졌는데 어떤 남자가 잡아 줬다고 했고, 남자는 히어로라도 된 듯 의기양양한 표정을 짓고 있었다.

그곳에 정우의 편은 아무도 없었다.

이거 정말 큰일이라고, 정우는 생각했다.

경찰이 다음 역에서 내려서 기다리라고 했나 보다.

정우는 거의 쫓겨나듯 지하철에서 내렸다.

남자는 여전히 정우의 손목을 부러트릴 듯 세게 잡고 있었고, 여자는 씩씩거리며 정우를 노려보고 있었다.

"저기요. 전 진짜로 아무 짓도 안 했습니다. 사람 잘못 잡으신 거예요."

정우가 설명하자, 남자가 정우의 손목을 비틀었다.

"남자면 남자답게 인정을 해! 이렇게 잡혔는데도 시치미를 뗄 거야?"

"아아아! 아니요. 시치미 떼는 게 아니라 진짜로…… 아파요. 좀 놔주세요."

"아파? 너 때문에 저 아가씨는 마음이 더 아플걸!"

전철역에서 벌어지는 소동에, 사람들이 소곤거리며 이쪽을 구경했다.

구경하는 사람들 사이로 경찰 두 명이 다가오는 게 보였다.

경찰은 서로 가서 이야기하자고 했고, 정우는 태어나서 처음으로 경찰차를 타게 되었다.

경찰차를 타고 이동하는 내내, 정우는 대체 왜 이런 일이 벌어진 건지 이해할 수가 없었다.

*　　　*　　　*

슬희는 촬영 현장 밖에서 승훈과 나란히 앉아 있었다.

지금은 승훈이 나오지 않는 신을 촬영하는 중이었다.

드라마 촬영도 이제 중반을 넘어섰다.

드라마가 잘되고 있어서, 힘든 일정인데도 스태프들의 표정이 밝았다.

원래 촬영 스태프는 벌이가 시원치 않은데, 이번 드라마 시청률이 얼마 이상이 되면 보너스를 지급하겠다고, 창현이 선언했던 것이다.

"이래저래 여기까지 왔네요."

슬희의 말에 승훈이 고개를 끄덕였다.

"응. 별문제 없이 여기까지 와서 다행이야."

"민애리가 포기한 걸까요? 아니면 기회를 노리고 있는 걸까요?"

"글쎄. 포기했을 것 같진 않은데. 어떤 식으로 접근해야 하나 고민은 좀 하고 있겠지. 제일 큰 무기라고 생각했던 게 사라졌을 테니."

"백상희 일이요?"

"그래, 그거."

"그럼 이제 어떤 방법으로 공격할까요?"

"글쎄."

승훈이 고개를 갸우뚱했다.

슬희의 휴대폰이 진동한 건, 바로 그때였다.

액정에 뜬 이름을 확인한 슬희는 살짝 인상을 찌푸렸다.

엄마에게 걸려 온 전화였다.

'엄마가 웬일이지?'

엄마는 슬희가 조승훈 매니저가 된 후, 일에 방해가 될까 봐, 항상 메시지로 통화가 가능한지 먼저 묻곤 했다.

"엄마?"

[슬희야. 슬희야, 어쩌지?]

"왜 그래, 엄마?"

엄마의 다급한 목소리에, 슬희는 덜컥 겁이 났다.

[슬희야. 정우가…… 정우가……]

엄마는 제대로 말을 잇지 못했다.

무슨 일이 생겼구나!

슬희가 벌떡 일어났다.

"정우한테 무슨 일이 생겼어? 사고라도 난 거야?"

[아니, 아니, 그게 아니라…… 정우가 경찰서에 잡혀 왔어.]

"경찰서?"

승훈이 고개를 들어 슬희를 올려다봤다.

"경찰서에는 왜? 무슨 일로?"

[정우가…… 여자 엉덩이를 만졌대.]

"뭐? 정우가? 그게 무슨…… 아니, 엄마. 거기 어딘데? 어느 경찰서야? 내가 지금 곧바로 갈게."

슬희는 손이 덜덜 떨렸다.

정우가 여자 엉덩이를 만졌다니.

믿을 수가 없었다.

여자 쪽에서 오해를 하고 있는 것이 분명했다.

"무슨 일이야?"

전화를 끊은 슬희에게, 승훈이 작은 목소리로 물었다.

"오빠, 저 지금 좀 가 봐야 할 것 같아요."

"그래. 그런데 무슨 일인데?"

"동생이…… 치한 짓을 했다고 경찰서에 잡혀갔대요."

"뭐?"

"오빠, 죄송해요. 저 좀 가 볼게요."

"어, 그래. 조심해서 가. 아, 슬희야. 그런데 어느 경찰서야?"

슬희는 황망히 승훈에게 경찰서 지부를 알려 준 후, 촬영 현장을 빠져나왔다.

정우가 치한 짓을 했다니.

그럴 리는 없었다.

오해가 있는 것이다.

하지만 이 오해가 얼마나 증명하기 어려운 일인지, 슬희는 알고 있었다.

피해자가 당했다고 주장한다면, 정우로서는 어떻게 할 도리가 없었다.

'어떡해.'

택시를 타고 경찰서로 향하는 내내, 슬희는 피가 안 통할 정도로 주먹을 꽉 쥐고 있었다.

심장이 불쾌하게 뛰어댔다.

숨이 멎을 것만 같았다.

슬희가 달려가는 걸 지켜보던 승훈은 창현에게 전화를 걸었다.

[네, 형님.]

"창현아. 민애리가 움직이기 시작했다."

*   *   *

애리는 움직이기 시작했다.

공격을 할 거라면 단숨에 몰아붙이는 게 좋았다.

하나, 하나 띄엄띄엄 공격을 해 봐야 대비할 시간을 줄 뿐이다.

여기저기서 한 번에 공격이 쏟아져 들어오면, 슬희도 창현도 정신을 차릴 수 없을 거라고 판단했다.

그런 생각으로 애리는 오늘 몸소 귀한 몸을 움직여 K 고등학교 앞 커피숍까지 나와 있었다.

애리가 보낸 사람에게 이끌려 온 여고생은 '이 아줌만 뭐야?'라는 표정으로, 애리를 빤히 쳐다보고 있었다.

두 사람의 앞에는 애리가 미리 시켜 둔 케이크와 커피, 아이스티가 놓여 있었지만, 여고생은 거기에 손도 대지 않았다.

여고생의 이름은 차재연.

애리가 재연을 찾아온 데는 이유가 있었다.

"먹어."

애리가 턱으로 케이크를 가리키며 말하자, 재연이 인상을 찌푸렸다.

"아줌마. 나 알아요? 뭔데 반말이에요?"

재연은 그리 순진한 학생은 아닌 것 같았다.

하지만 오히려 그편이 나았다.

너무 순진한 아이들은 정직한 면이 있어서 다루기 힘들다.

적당히 까진 아이들이 돈과 권력의 두려움을 더 잘 아는 법이다.

"알아. 너희 아버지가 우리 오빠 회사에 다니잖니."

"네?"

"너희 아버지, 두드림 전자 개발부 부장, 맞지?"

애리의 예상대로 재연의 표정이 누그러졌다.

"그런데요…… 그걸 어떻게 아세요?"

"내가 이런 사람이거든."

애리는 예전에 두드림 엔터테인먼트를 맡고 있을 때 만들어 둔 명함을 내밀었다.

명함을 본 재연의 눈이 커졌다.

"우와! 대박. 아줌마가 두엔 사장이에요?"

애리는 아줌마, 아줌마 하는 게 기분 나빴지만 꾹 참았다.

"그래, 내가 두엔 사장이야."

"대박. 대박. 헐. 그럼 아줌마. 조승훈이랑도 알아요? 요새 조승훈 드라마 나오던데. 완전 섹시하잖아요."

"그럼, 알지. 친해."

"진짜요? 와, 진짜 좋겠다. 대박."

"사인받아다 줄까?"

"네! 완전요."

"만나게 해 줄 수도 있어."

"진짜요? 우와! 정말요?"

"정말이지, 그럼. 내가 그거 하나 못 하겠니?"

"우와."

재연은 믿기지 않는다는 듯 두 손으로 명함을 잡고 들여다보며 감탄사를 연발했다.

이럴 줄 알았다.

이래서 없이 사는 것들은 다루기가 쉽다.

애리의 입가에 싸늘한 미소가 번졌다.

"그런데 말이야. 너한테 부탁이 하나 있어. 이 부탁을 들어주면 너희 아버지도 승진이 쉬워질 거야."

"우리 아빠요?"

"응. 내가 오빠한테 얘기해서 너희 아버지 좀 잘 봐 달라고 할 게."

"아……."

재연이 뭔가 깨달은 듯 명함을 내려놨다.

"아줌마, 두드림 회장님 딸이에요?"

"그래, 그럼 뭔 줄 알았니?"

"아뇨, 그냥…… 그런 줄은 몰랐죠. 만약 제가 아줌마 부탁 안 들어주면……."

애리가 싱긋 웃었다.

"네가 걱정하는 일이 벌어지겠지."

그제야 재연은 이게 마냥 기뻐할 일은 아니라는 걸 눈치챈 듯했다.

표정이 어두워진 재연에게 애리가 달래듯 말했다.

"걱정 마, 어려운 부탁은 아니니까. 네가 쉽게 할 수 있는 일이야."

"뭔데요?"

재연이 불안한 듯 물었다.

애리는 그런 재연을 보며 작은 목소리로 말했다.

"너희 반 담임이 최명성, 맞지? 그 사람 말이야……."

＊　　　＊　　　＊

성추행 피해자라고 주장하는 여자는 W 은행에서 근무하는 성혜림이었다.

신원은 확실했다.

혜림을 도와준 남자 또한 유명한 IT 회사에서 근무하는 프로그래머로 신원이 확실한 사람이었다.

성혜림과 도와준 남자 간에는 연결고리가 없었다.

서로 모르는 사이인데, 짜고서 이런 일을 할 이유가 없다고 경찰은 말했다.

"그냥 스치고 그 정도였으면, 사람 많은 전철이니까 어쩔 수 없다고 생각했을 거예요."

혜림은 차분하게 말했다.

"그런데 그냥 스친 정도가 아니라 엉덩이를 주물주물거렸어요. 기분이 정말……."

혜림은 그때의 일을 떠올리는 듯 몸을 부르르 떨었다.

혜림의 눈가가 빨갛게 부어 있었다.

"전 이 여자분 표정이 워낙 안 좋아서, 왜 저러나 싶어서 보다가 발견했습니다. 이 남자가 여자분 엉덩이를 주물럭거리는걸요. 이거 큰일이다 싶어서 도망치기 전에 잡으려고 했는데, 여자분이 먼저 비명을 지르시더군요. 이 남자가 모르는 척하려고 해서 얼른 붙잡은 거고요."

남자도 슬희에게 상황을 설명했다.

정우는 고개를 푹 숙이고 있었고, 슬희 부모님은 믿을 수 없다는 듯 고개를 젓고 있었다.

슬희 어머니는 계속 눈물을 흘리고 있어서, 슬희는 부모님을 경찰서에서 잠깐 나가 있게 하고 싶었다.

이 사람들은 거짓말을 하는 게 분명하다.

경찰은 두 사람이 서로 모르는 사이인데 이런 계획을 짰을 리 없지 않냐고 하지만, 슬희는 두 사람의 말을 믿을 수가 없었다.

정우가 여자 엉덩이를 주무르다니.

정우가 그런 짓을 할 리 없었다. 슬희는 정우를 믿었다.

게다가 정우는 계속 아니라고 하고 있었다.

"아냐, 누나. 난 그런 짓 하지 않았어."

"그럼 내가 지금 이런 걸로 거짓말을 한다는 거예요? 대체 뭐가 좋아서? 난 합의금 뜯어내고 그럴 생각도 없어요. 그냥 그쪽을 처벌하고 싶어요. 그저 그렇게 끝내고 싶다고요."

혜림의 태도에, 경찰은 혜림 쪽으로 마음이 기울어진 듯했다.

"이것 봐요, 이정우 씨. 이건 너무 명백해요. 피해자 혼자서 이러는 게 아니라 증인도 있잖아요. 우리도 증인 없으면 이렇게까지는 안 해요."

경찰이 정우를 향해 말했다.

"이제 그만 잘못 인정하고 제대로 조사받고 죗값을 치러요. 피해자분도 그쪽 협박하고 그러려는 건 아닌 것 같은데, 자기가 한 짓에 대한 책임은 져야지. 계속 그렇게 아니라고만 하지 말고. 정말 아니면 아니라는 증거를 보여 주든가."

"저기요. 무죄 추정의 원칙이라는 게 있지 않아요? 아직 확실한 것도 아닌데 그렇게 범인으로 몰아가시면 안 되죠."

슬희가 끼어들었다.

"아니, 아가씨. 이게 지금 확실하지 않은 게 아니잖아. 봐요. 그쪽이 안 했다는 증인이 있어요, 없어요? 그런데 이쪽에는 증인이 있잖아요. 아가씨 동생이 피해자분 엉덩이를 주물렀대요. 그걸 이 사람이 봤대요. 아가씨도 같은 여자면서, 그 기분을 몰라? 믿고 싶지 않은 건 알겠는데, 자기 가족이라고 그렇게 막무가내로 감싸 주면 안 되지."

경찰도 슬슬 짜증이 나는지 말이 짧아지고 있었다.

"제가 피해자인데, 왜 제가 거짓말쟁이 취급을 받아야 하는지 모르겠어요. 성폭행당한 것 같아서 기분도 진짜…… 이거 평생 못 잊을 것 같은데……."

혜림이 울먹거리며 정우를 노려봤다.

"난 지금 많은 거 안 바라요. 나도 이런 일 오래 끌고 가고 싶지도 않아요. 그냥 그쪽이 한 짓에 대해 인정하고 나한테 사과하고, 제대로 죗값 치르세요. 난 그거면 돼요."

"그래요, 이정우 씨. 본인도 잘못한 거 아니까 그렇게 고개도 못 드는 거잖아. 피해자분 더 괴롭게 하지 말고, 인정하고 사과합시다."

경찰이 거들었다.

정우는 천천히 고개를 들었다.

눈가가 벌게진 정우는 핏발 선 눈으로 혜림과 경찰을 한 번씩 노려본 후 말했다.

"내가 고개를 숙이고 있는 건, 내가 무슨 말을 하든 아무도 들어주는 사람이 없어서입니다. 내가 죄를 지었기 때문이 아니에요. 내가 뭘 말하든, 당신들이 날 범죄자 취급하니까 더는 할 말이 없어서 고개를 숙인 거예요. 지쳐서요."

"이봐요, 이정우 씨!"

경찰이 버럭 소리를 지를 때, 경찰서 문이 열렸다.

모두의 시선이 문으로 향했고, 들어오는 사람을 본 슬희의 눈이 휘둥그레졌다.

창현이었다.

창현은 냉철한 인상의 한 중년 남자와 함께 경찰서 안으로 들어오고 있었다.

창현과 슬희의 눈이 마주쳤다.

아주 짧은 순간이었지만 그 눈동자는 '이제 괜찮아. 내가 왔어.' 라고 말하고 있었다.

그걸 보는 순간, 슬희의 어깨에서 힘이 빠졌다.

온몸을 꽉 움켜쥐고 있던 긴장이 순식간에 풀리는 느낌이었다.

"안녕하십니까."

어리둥절하게 자신을 쳐다보는 사람들을 향해, 창현을 말했다.

"저는 두드림 엔터테인먼트 대표 민창현입니다."

그 말에, 혜림이 움찔했다.

다른 사람들은 그 모습을 못 봤지만, 혜림을 응시하고 있던 창현은 그걸 똑똑히 목격했다.

"두엔 대표는 민애리 씨 아닌가요? 인터넷에서 그렇게 봤는데……."

혜림이 중얼거리듯 내뱉은 말에, 창현이 빙그레 웃었다.

"아, 홈페이지 업데이트를 안 해서요. 몇 년 전부터 제가 두엔의 대표를 맡고 있습니다. 아버지인 민 회장님께서 그러라고 하셨죠."

창현은 '아버지인 민 회장'이라는 말을 유독 크고 또박또박 말했다.

슬희는 평소 창현이 민 회장을 '아버지'라고 주위에 내세우는 걸 본 적이 없기에, 왜 저러는 건지 궁금했다.

"그런데 민 회장님 아드님께서 여긴 왜……?"

지금껏 정우를 몰아붙이던 경찰이 자세를 낮추고 창현에게 물었다.

창현은 좋은 질문이라는 듯 고개를 끄덕였다.

그 행동이 무척 오만해 보여서, 슬희는 이런 와중인데도 웃음이 나왔다.

'쟤가 왜 저렇게 거만한 척하는 거지?'

"여기 앉아 계신 이정우 씨 누님인 이슬희 씨가 우리 회사의 직원입니다. 없어서는 안 될 위치에 있는, 아주 중요한 직원이죠."

창현이 슬희를 가리키며 말했다.

"우리 아버지는 직원 한 명, 한 명을 가족처럼 소중하게 여기시고, 그래서 직원의 가족 문제 또한 일일이 신경을 쓰고 계십니다. 그래요. 예전엔 그런 일이 있었죠. 직원 아들이 학교에서 따돌림을 심하게 당했는데, 그걸 알게 되신 아버지께서 조용히 손을 쓰셔서 그걸 해결한 적이 있습니다."

창현이 미소를 지었다.

"우리 아버지가 그렇게나 직원을 아끼십니다. 그래서 방금 전 우리 직원인 이슬희 씨의 동생분이 곤란한 상황에 처했다는 말을 듣고 변호사님과 함께 여기까지 오게 됐습니다."

창현과 함께 들어온 남자는 변호사였던 모양이다.

"그런데 민 대표님. 이건 이정우 씨가 곤란한 상황이 아니라 증인도 있어서……."

"그래요?"

창현의 시선이 증인으로 온 남자에게로 향했다.

창현의 날카로운 시선에 남자가 움찔했다.

그 모습에 만족한 듯, 창현은 이번엔 혜림을 돌아봤다.

혜림도 찔끔한 표정으로 시선을 피했다.

"성추행이라는 게 참 안 좋은 짓이죠. 최악의 행동입니다. 여성분께는 평생 씻지 못할, 불쾌하고 역겨운 기억이 될 수도 있어요. 그런데 간혹 성추행을 입증하기 힘들다는 걸 무기 삼아서, 거짓으로 성추행당한 척하는 사람들이 있더군요."

"하지만 증인이……."

경찰이 또 끼어들었지만, 창현이 말을 끊었다.

"입증하기 어려운 부분이지만, 제대로 조사한다면 입증하지 못할 것도 없죠. 만약 저 증인이 저 피해자분과 연결고리가 있다면. 그때는 누명일 가능성도 많은 거 아니겠습니까?"

"그거야 그렇죠."

창현의 눈가에 싸늘한 빛이 감돌았다.

"그렇다면 난 이제부터 모든 수단을 강구해, 저 두 분 사이에 무언가 있다는 걸 찾아내면 되겠군요. 그럼 이 사건도 깨끗이 마무리 지어지겠네요."

경찰은 창현의 기세에 밀려 얼떨떨한 표정으로 고개를 끄덕였다.

"그렇겠죠?"

"좋습니다. 그럼 변호사님……."

"저기요."

그때, 혜림이 살짝 손을 들었다.

그제야 슬희는 혜림의 얼굴이 파랗게 질려 있다는 걸 알아챘다.

"왜 그러시죠?"

창현이 전혀 모르겠다는 표정으로 혜림을 응시했다.

"저, 잠깐…… 잠깐만 단둘이 이야기를 좀 할 수 있을까요?"

"단둘이요? 여기서 하기엔 곤란한 이야기입니까?"

"네, 좀…… 둘이서……."

혜림이 시선을 내리깔고 기어들어 가는 목소리로 말했다.

"좋습니다. 그럼 둘이 얘기하죠."

창현은 혜림과 함께 경찰서 밖으로 나왔다.

혜림은 잔뜩 얼어붙어 있었다.

창현이 두드림 민 회장의 아들이라고 말했을 때부터 긴장하는 눈치였기에, 그녀가 무슨 말을 하려고 하는지 짐작할 수 있었다.

"저기, 정말로 두엔 대표님이세요?"

"그렇습니다."

"하지만 얼마 전에 민애리 대표님을 만났는데, 그분도 명함을 가지고 있었어요. 홈페이지에도 두엔 대표는 민애리 대표님이라고 나오고."

"그 명함은 예전에 만들어 둔 겁니다. 아시다시피 명함은 아무나 들고 다닐 수 있죠. 정 의심스러우면 저희 아버지와 연결해 드릴까요?"

창현이 당장이라도 할 수 있다는 듯 휴대폰을 꺼내 보이자, 혜림이 얼른 고개를 저었다.

"아뇨, 아뇨. 그러지 않으셔도 돼요. 믿을게요."

"좋습니다."

창현이 혜림을 지그시 응시했다.

혜림은 고개를 푹 숙인 채로 한참 망설이다가 입을 열었다.

"민애리 대표님이랑 만났어요. 저한테…… 이 일을 부탁하셨죠."

"그렇군요."

"저희 아버지가 두드림 건설 하청 업체 사장이에요. 민애리 대표님이 그걸 언급했어요. 만약 자기가 하라는 대로 안 하면 아버지 회사를 건드리겠다는 듯이."

"……"

"저도 진짜 이런 일은 하고 싶지 않았어요. 누가 이런 짓을 하고 싶겠어요? 하지만…… 저희 아버지 회사, 평생을 바쳐서 일군 회사예요. 그게 망하면…… 저희 아버지 쓰러져요."

"그럼 이정우 씨 인생은요? 이정우 씨한테도 가족이 있고, 직업이 있는데, 그쪽 아버지 회사만 무사하면 남의 인생은 아무래도 상관없었던 겁니까?"

창현의 날카로운 질문에 혜림이 어깨를 움츠렸다.

"물론 해서는 안 될 짓이라는 거 알아요. 하지만…… 제가 어쩌겠어요? 우리 아버지 걸고 협박하는데. 힘없는 을은 당하는 수밖에 없죠. 만약 저 사람이 내 입장이었더라도 같은 선택을 했을걸요."

"글쎄요."

"누구라도 마찬가지였을 거예요. 그쪽은 민 회장님 아들이고, 평생 힘을 갖고 살아왔으니 모르겠죠. 하지만…… 우리 같은 사람들은 내 상황 이해할 거예요."

"이해 못 하는 사람도 있을 겁니다. 그쪽과 다른 선택을 하는 사람도 있을 거고요. 자신이 그런 선택을 했다고 해서 남들도 같은 선택을 할 거라고 생각하지 마세요."

창현이 매몰차게 말했다.

혜림은 순간 분한 표정으로 주먹을 꽉 쥐었지만 더 이상 반박하진 않았다.

"전 이제 어쩌죠?"

"들어가서 제대로 사과하세요. 어쩔 수 없는 사정이 있어서 이런 일을 할 수밖에 없겠다고 용서를 비세요."

"우리 아빠는요?"

이 와중에도 자기 생각만 하는 혜림에게, 창현은 환멸을 느꼈다.

하지만 결국 이 여자는 애리와 창현의 싸움이 낀 희생양일 뿐이었다.

"아무 일 없을 겁니다. 그쪽 회사는 제가 보호해 드리겠습니다."

애초에 아무 일 없을 터였다.

두드림 건설은 민 회장의 동생이 운영하고 있었고, 민 회장의 동생은 공정한 사람이었다.

애리가 부탁한다고 해서 하청 업체와의 계약을 끊는 일은 없었을 것이다.

물론 혜림은 그걸 몰랐겠지만.

"네, 제대로 사과할게요. 우리 아빠 회사 좀 잘 봐주세요."

　　　　*　　　*　　　*

　　창현과 단둘이 얘기를 하고 들어온 혜림에게 어떤 심경의 변화
가 있었는지 모르겠지만, 혜림은 정우의 앞에서 깊이 허리를 굽혀
사과했다.

　　"죄송해요. 제가 말 못 할 사정이 있어서 거짓말을 하고 모함을
했습니다. 정말 죄송합니다."

　　갑자기 변한 상황에 다들 당황했다.

　　경찰도 얼떨떨한 표정으로 혜림을 쳐다보고 있었다.

　　멍하니 혜림을 올려다보던 정우가 정신을 차리고 벌떡 일어났
다.

　　"죄송하다고 하면 다예요?"

　　"정말 죄송해요. 진짜 이러면 안 되는 거 아는데. 저도 목숨이 걸
린 일이라 어쩔 수가 없었어요. 정말 죄송합니다. 죄송합니다."

　　혜림이 창피함과 미안함이 가득 담긴 표정으로 울먹이며 말했
다.

　　정우는 믿을 수 없다는 듯 눈을 부릅떴다.

　　"내가 진짜…… 내가 진짜……."

　　정우가 경찰들을 돌아봤다.

　　"내가 아니라고 했잖아요!"

　　지금껏 정우를 범죄자 취급한 경찰들은 민망한 듯 시선을 회피
했다.

　　슬희 어머니가 정우의 손을 잡았다.

"정우야. 그래도 누명을 풀었잖니."

"풀었어도요. 저분 아니었으면 전 완전히 인생 끝날 뻔했어요!"

정우가 창현을 가리키며 외쳤다.

평소에 쉽게 흥분하지 않는 정우지만, 성추행범 취급을 받고 나니 울분이 가득 찬 것 같았다.

슬희도 정우의 다른 쪽 손을 잡고 정우를 달랬다.

"정우야. 일단 나가자. 응?"

"아저씨들도 저한테 사과하세요!"

정우가 경찰들에게 말했다.

경찰 몇 명이 내키지 않는 표정으로 미안하다고 중얼거렸다.

혜림의 편을 들었던 남자는 어느새 사라지고 없었다.

슬희와 슬희 어머니는 정우를 달래 경찰서 밖으로 나왔다.

정우는 손목으로 미간을 꽉 눌렀다.

"대체 왜 이런 일이 생긴 거지? 아, 진짜……."

"죄송합니다. 저 때문인 것 같습니다."

그때, 창현이 끼어들었다.

창현의 말에 정우가 고개를 들어 창현을 응시했다.

창현은 정우와 슬희 부모님을 향해 깊이 허리를 굽혔다.

모두 당황할 정도로 정중한 태도였다.

"정말 죄송합니다. 최근 이 댁에 벌어진 안 좋은 사건들은 전부 저 때문입니다."

"아니요, 저기…… 이게 왜 대표님 때문이겠어요? 대표님은 절 도와주셨잖아요. 고개 드세요."

울분을 풀지 못했던 정우도 창현이 이렇게까지 사과를 하니 난처해졌다.

얼른 창현의 팔을 잡아 허리를 펴게 하려 했지만, 창현은 깊이 허리를 숙인 자세 그대로 움직이지 않았다.

"죄송합니다. 제가 부족해서 회사 내의 다툼으로 댁에까지 영향을 미쳤습니다. 정말 죄송합니다."

"그러지 말고 고개 드세요, 대표님."

슬희 어머니가 부드럽게 말하며 창현의 손목을 잡았다.

그제야 창현이 고개를 들었다.

창현의 눈에 슬희 어머니의 얼굴이 들어왔다.

그때보다 조금 나이가 들었지만, 변함없이 인자한 눈빛이었다.

그 눈빛을 보는 순간, 창현은 어린 시절의 일이 떠올라 울컥 눈물을 흘릴 뻔했다.

콧등이 찡했다.

계속 슬희 어머니의 얼굴을 보면 눈물을 흘리게 될 것 같아서, 창현은 고개를 숙였다.

"죄송합니다."

"아니에요. 이건 대표님이 한 일도 아니잖아요. 무슨 일인지는 잘 모르겠지만, 일이 커지기 전에 대표님이 도와줘서 우리 아들이 무사할 수 있었어요. 대표님은 미안해하지 않아도 돼요."

슬희 어머니가 창현을 달랬다.

"대표님. 괜찮아요."

슬희도 창현의 손목을 가볍게 두드리며 말했다.

부모님이 있어서인지, 슬희는 창현을 대표님으로 대했다.

"그렇지, 정우야?"

슬희가 정우를 돌아보며 묻자, 정우가 고개를 끄덕였다.

"네, 괜찮아요. 진짜로. 잘 해결됐으니까 됐어요. 도와주셔서 감사합니다."

정우의 인사에, 창현의 얼굴이 살짝 일그러졌다.

슬희는 창현의 표정을 보고 놀랐다.

왜 창현은 울 것 같은 표정을 짓고 있는 걸까?

"아닙니다. 감사 인사는 제가 해야지요."

그리고 창현은 뭘 고마워하는 걸까?

슬희는 창현의 행동을 이해하기 힘들었다.

그때, 창현을 빤히 쳐다보던 정우가 말했다.

"그런데 대표님이시군요. 우리 누나랑 사귀는 분이."

슬희는 그 주제만큼은 피하고 싶었다.

안 그래도 일을 해결하고 경찰서를 나오는 순간부터, 부모님께 창현을 어떻게 소개해야 하나 걱정하던 참이었다.

은근슬쩍 사과하고 감사하며 자리를 마무리 짓고 헤어질 생각이었는데, 이 눈치 없는 동생 놈이 그 주제를 꺼내 버렸다.

슬희 어머니도 그 부분이 무척 궁금하던 참이었기에, 얼른 정우를 거들었다.

"궁금했는데, 우리 슬희 애인…… 정말 우리 슬희 남자 친구에요?"

슬희 어머니의 질문에, 창현은 바짝 얼어붙었다.

정우 문제를 해결해야 한다는 생각만 했지, 슬희 부모님에게 애인으로서 인사를 드릴 일이 생길 거라는 생각까지는 하지 못했다.

드라마에서 보면 사랑하는 사람 부모님을 찾아갈 때 잔뜩 긴장하는 장면이 자주 나오는데, 창현은 이제야 그 이유를 알 것 같았다.

민 회장을 앞에 뒀을 때도, 애리와의 싸움을 눈앞에 두고도 이렇게까지 긴장한 적이 없다.

창현은 거의 숨도 제대로 쉴 수가 없었다.

"아, 네. 안녕하십니까! 저는 민창현입니다. 저, 아름다운 따님을 곱게 키워 주셔서 늘 감사하게 여기고 있습니다. 불초한 몸이지만 현재 따님과 순수한 교제를 나누고 있습니다."

창현은 자신이 무슨 소리를 하는지도 깨닫지 못하고 말했다.

슬희는 창현이 열심히 말하는 모습을 황당한 기분으로 지켜봤다.

애는 왜 이렇게 긴장한 거야?

정우와 슬희 어머니는 창현의 모습이 재미있는 듯했다.

"정말 우리 누나랑 순수한 교제를 나누고 있어요? 어디까지나 순수하게?"

정우의 질문에 창현이 허리를 똑바로 세웠다.

"네, 물론…… 저, 물론…… 물론이죠."

누가 봐도 수상쩍은 대답이었다.

슬희가 정우의 옆구리를 팔꿈치로 세게 찔렀다.

정우가 '아, 왜?' 하는 눈으로 돌아보기에, 입 모양으로 말했다.

'말조심해라, 이정우. 죽을래?'

창현의 모습을 재미있게 지켜보던 슬희 어머니가 두 손을 들어 창현의 손을 살며시 감쌌다.

그리고 창현과 눈을 맞췄다.

"오늘 도와줘서 고마워요. 그리고 우리 슬희랑 예쁘게 만나 줘서 고맙고. 우리 슬희, 잘 부탁해요."

또다.

슬희는 생각했다.

'창현이 또 울 것 같네. 우리 엄마 말이 저렇게 감동적인가?'

창현은 금방이라도 울음을 터뜨릴 것 같은 표정으로 슬희 어머니를 응시하다가, 곧 미소를 지었다.

"네, 어머님. 물론 아주 소중하게 아낄 겁니다. 오늘은 사정이 여의치 않아 이렇게 인사만 드리지만, 조만간 정식으로 찾아뵙고 인사드리겠습니다."

*　　*　　*

가슴이 감동으로 술렁거렸다.

창현이 차를 출발시킨 후에도 그 술렁임은 쉬이 가라앉지 않았다.

슬희 부모님은 예전과 달라진 점이 전혀 없었다.

슬희 아버지가 한마디도 하지 않은 점이 마음에 걸렸지만, 적어도 창현을 보는 슬희 아버지의 시선이 어둡지는 않았다.

'좋은 분들이야. 정말 좋은 분들이야.'

그래서 더더욱 슬희를 욕심내는 것이 죄송스러웠다.

슬희는 좋은 분들이 아끼고 아끼며 키운 소중한 딸이었다.

그런 소중한 딸을 살인자의 자식 따위에게 주고 싶지는 않을 것이다.

창현은 작게 한숨을 내쉬고 차를 회사 주차장에 세웠다.

대표실로 올라가며, 창현은 강한에게 전화를 걸었다.

강한은 곧바로 전화를 받았다.

[아이고, 고객님. 어쩐 일로 전화를 주셨습니까? 아, 고객님께서 두 번째로 의뢰하신 부분에 대한 거라면, 잘 찾아내고 있습니다. 조만간 좋은 소식을 전해 드리겠습니다.]

언제 들어도 다정한 목소리라고 생각하며, 창현은 말했다.

"네, 믿습니다. 오늘 전화 드린 건 그것 때문이 아니라…… 민애리의 자금이 움직인 방향을 검토하고 싶어서입니다. 그것 좀 알아봐 주실 수 있을까요?"

[민애리의 자금이요. 흐음. 글쎄요. 고객님, 민애리는 융통할 수 있는 자금이 그리 많지 않습니다.]

"그렇습니까?"

[네. 지금 민애리가 고객님을 곤란하게 만들고 있습니까?]

"사람을 써서 제 주위 사람들을 곤란하게 만들고 있습니다."

[그렇군요. 그렇다면 그건 돈을 가지고 한다기보다는, 두드림 민 회장님의 이름을 등에 업고 하는 일일 겁니다. 제일 편리하지만 그만큼 위험 부담이 큰 방법이지요. 걸리면 X 되니까요.]

"……."

[아, 죄송합니다. 하하하하. 제가 원래 고급진 단어만 사용하는 성격인데, 저도 모르게 그만. 오늘 어떤 고객님이 막힌 화장실을 뚫어 달라고 하는 바람에, 그 고객님의 배변 사정을 너무 속속들이 알아 버렸거든요. 기분이 아주 상쾌하기 그지없어서 말이 조금 험하게 나가네요.]

사정을 듣고 보니 창현은 나름 강한이 안쓰러웠다.

그런 일이 있었다면 말이 좀 더 험하게 나와도 이해할 수 있었다.

[제가 생각하기엔 말입니다, 고객님. 민애리는 지금 딱히 고객님을 거칠게 공격할 방법이 없어요. 그러니 민 회장님 이름을 등에 업고 아주 비열한 방법으로 고객님을 무너뜨리려고 하겠지요. 비열한 방법은 주위에 상처만 남길 뿐입니다. 돈으로 해결하기도 힘들죠.]

"그렇더군요."

[그러니 더 이상 기다리지 마세요. 때가 무르익는 날은 오지 않을 겁니다. 적당한 시기 역시 따로 있지는 않아요. 전부 터뜨리세요. 가진 걸 다 쏟아부을 땝니다. 그러면 민애리는 무너질 거예요.]

그러나 강한이 한마디 덧붙인 말은, 창현을 긴장하게 만들었다.

[민 회장님이 민애리의 편을 들지 않는다면 말입니다.]

*   *   *

슬희는 오늘 집에서 가족들과 함께 자고 가기로 했다.

부모님과 정우에게 사과를 해야 할 것 같아서였다.

지금 두엔을 두고 창현과 애리 사이에 벌어지는 일을 전부 말할 수는 없겠지만, 몇 가지 상황에 대한 해명은 필요할 것 같았다.

"괜찮아, 누나. 너무 신경 쓰지 않아도 돼."

정우는 슬희의 마음을 읽은 것처럼 말했다.

"별문제 없었잖아. 난 아까 너무 당황해서 그런 거고, 이제 진짜 아무렇지도 않아."

"하지만……."

"누나가 내 입장이었더라도 그럴 거잖아. 안 그래?"

정우의 말에 슬희는 씁쓸하게 웃었다.

"미안해, 정우야."

"아니, 잘못은 그 여자가 했는데 누나가 왜 미안해해? 이상한 누나야."

정우가 피식 웃었다.

그때, 슬희 아버지가 전에 없이 심각한 표정으로 슬희를 불렀다.

"슬희야. 아빠랑 잠깐 나가서 쭈쭈바 하나 할까?"

슬희 아버지가 쭈쭈바를 하나 하자고 할 때는 심각한 얘기를 할 때였다.

어릴 때 슬희가 정우와 심하게 싸웠을 때도, 피아노 학원을 그만 둬야 할 때도, 슬희 아버지는 쭈쭈바 하나 하자고 했었다.

슬희가 성인이 된 후에는 그런 일이 없었기에, '쭈쭈바 하나 하자.'는 말은 굉장히 오랜만이었다.

'무슨 말씀을 하시려는 거지? 지난번에 정태윤이 찾아왔던 일 때

문에 그러시나?'

슬희는 아버지와 함께 편의점으로 향했다.

편의점에서 쭈쭈바를 하나씩 사 들고 편의점 앞 파라솔에 마주 앉았다.

"쭈쭈바가 많이 비싸졌네."

아버지가 말했다.

"응, 물가가 많이 올랐으니까. 쭈쭈바 오랜만이야?"

"오랜만이지. 우리 딸이랑 같이 먹을 때가 아니면 먹을 일이 없으니까."

"그렇구나."

두 부녀는 한동안 말없이 쭈쭈바를 쪽쪽 빨았다.

이윽고 아버지가 입을 열었다.

"그 아이, 해성이지?"

왜일까?

아버지의 말에 그리 놀라지 않았다.

어쩌면 아버지가 이 이야기를 하기 위해 슬희를 따로 불렀다는 걸, 자신도 모르는 사이에 짐작하고 있었는지도 모르겠다.

아까 창현이 부모님께 인사를 할 때, 아버지는 아버지답지 않게 조용했었고, 그게 마음에 걸렸는데 그 이유를 알 것 같았다.

슬희는 차분하게 대답했다.

"응, 해성이야. 아빠, 기억하고 있었네."

"유명한 아이였으니까. 오며 가며 몇 번 얼굴을 본 적도 있었고."

"그랬어?"

"언제였더라? 네가 밤에 갑자기 사라졌을 때, 널 찾다가 공원에서 그 애랑 같이 있는 걸 발견했지."

"응, 맞아. 그런 일이 있었어."

슬희도 어렴풋이 기억났다.

그때, 아마도 집에 들어가려다가 빚쟁이가 집 앞에 있는 걸 보고 도망쳤던 것 같다.

"그 후에도 마주친 적이 있지. 나한테 아는 척을 하고 싶은데, 사람들이 나까지 이상하게 생각할까 봐 인사를 하지 못하고 머뭇거리더라."

아버지의 목소리에는 안쓰러움이 담겨 있었다.

"내가 먼저 가서, 앞으로 아는 체 좀 하고 지내자. 그랬더니, 다음부터는 날 볼 때마다 꾸벅꾸벅 인사도 잘하더라. 인사성이 바른 아이였지."

그런 일이 있었는지는 몰랐다.

슬희는 쭈쭈바를 입에 문 채로 아버지의 얼굴을 물끄러미 응시했다.

아버지는 씁쓸한 표정으로 말했다.

"참 안타까운 아이였어. 그 아이한테는 죄가 없는데, 다들 작당이라도 한 듯 그 아이를 괴롭혔지. 아마 다들 살기 힘든데 근처에 괴롭힐 만한 사람이 있으니, 거기로 갈 길 잃은 분노를 쏟아부은 걸거야."

"고작 그런 일로? 그 어린애한테?"

"고작 그런 일로 사람들은 사람을 죽이기도 하잖아."

"그건 그래."

슬희는 가만히 숨을 내뱉었다.

"그랬던 애가 이제는 두드림 민 회장의 아들이 되었다니. 세상이라는 건 참 어떻게 돌아갈지 알 수가 없어. 예전에 그 애를 괴롭혔던 사람들은 지금 그 애를 만나면 어떤 표정을 지을지……."

아버지의 말에 슬희가 피식 웃었다.

"그러게. 그 사람들 다 모아 놓고 지금의 해성이를 보여 주고 싶어. 당신들이 매일 괴롭히고 놀리던 윤해성이 이렇게 되었다, 지금도 한번 그때처럼 괴롭혀 보지그래? 그렇게 쏘아붙여 주고 싶어. 하지만 해성이는 그런 걸 원하지 않을 거야."

"그렇겠지?"

"응. 해성이는 자기 과거를 아주 잊고 싶은 것 같거든. 자기 과거를 아는 사람들을 만나는 게 유쾌하지는 않을걸."

아버지가 슬희를 가만히 응시했다.

한참 슬희의 얼굴을 살펴보던 아버지가 물었다.

"해성이는 모르는 거니? 네가 그 애를 안다는 걸."

슬희는 쓰게 웃었다.

"응, 몰라."

"왜?"

"말 안 했거든. 난 네가 윤해성이라는 걸 알아. 나는 네 과거를 알고 있어. 어떻게 그런 말을 해? 못 하겠어. 걔가 나한테 약점이 잡혔다고 생각할까 봐."

"흐음."

아버지가 미간을 좁혔다.

"해성이가 그렇게 생각할 것 같아?"

"응, 그럴 거야. 해성이는 지금 민창현이 되었지만, 아직도 아무도 안 믿고 있어. 주위에 좋은 사람들이 참 많은데도, 세상에 믿을 사람 하나 없다고 생각하고 있어. 그런데 나라고 믿겠어? 내가 자기 과거를 안다는 걸 알게 되면, 날 불편하게 여길 거야. 그런 건 싫어."

슬희의 표정에 슬픔이 떠올랐다.

"미움받기 싫어, 창현이한테. 아빠, 나 있지. 걔가 좋아. 어쩌면 그 어린 시절에도 좋아했는지도 모르겠어. 지금 해성이와의 추억을 떠올리면, 가슴이 아프기도 하고 애틋하기도 하고 즐겁기도 해. 그리고 지금의 민창현이란 사람이 너무너무 사랑스러워서 견딜 수가 없어."

"내 딸이 나 말고 딴 남자를 좋아 죽겠다고 하니, 기분이 참 복잡 미묘하네."

아버지의 장난스러운 말에 울상이던 슬희는 조금 웃었다.

"그래도 좋은걸. 좋으니까 미움받기 싫고, 미움받기 싫어서 차라리 나도 윤해성을 몰랐으면 좋겠단 생각이 들어. 하지만 그렇다고 윤해성과의 추억을 지우고 싶진 않아. 그 애는 어떨지 모르겠지만, 적어도 나는 즐거웠거든. 참 좋은 추억이거든."

"그렇다면 해성이한테도 그렇지 않을까?"

슬희가 고개를 들어 아버지를 응시했다.

"네게 그 추억이 소중하고 즐거운 추억이라면, 그 애한테도 너와의 추억은 그렇지 않을까?"

"설마……."

슬희가 언뜻 내비치는 공허한 희망의 싹을 잘라 버리려는 듯 고개를 휘휘 저었다.

"그럴 리 없지. 걔한테 윤해성이었던 시절은 고통의 시간이었을 거야. 내가 조금 잘해 줬다고 해서 그 시절이 즐겁게 기억되는 일은 없을걸."

"글쎄. 아빠 생각은 좀 다르구나."

아버지가 신중한 음성으로 말했다.

슬희는 고갯짓을 멈추고 아버지를 응시했다.

"아빠가 살아 봤더니, 어느 때에도 빛은 존재하더라. 이 어둠이 과연 사라질 날이 올까 싶을 때에도, 아주 작게나마 빛이라는 게 존재하더라."

아버지가 슬희를 향해 다정한 눈빛을 보냈다.

"어쩌면 네가 그 아이의 작은 빛이었을 수도 있지 않을까? 그래, 그 아이의 삶은 참으로 지독했지. 그 지독한 삶에서 네가 작은 빛이나마 되어 주지 않았을까? 만약 그랬다면……."

아버지는 잠시 말을 끊었다가 옅은 미소를 띠고 말했다.

"그 아이는 네가 자신과의 추억을 소중하게 여기고 있다는 걸, 오히려 좋아하지 않을까?"

아버지의 말은 슬희에게 위로가 되었다.

아버지의 말이 옳든 그르든, 이렇게 생각해 주는 사람도 있다는 게 슬희에게는 위안이었다.

자신의 존재가 창현에게 독이 된다고만 생각했다.

그의 과거를 아는 자신은 창현에게 버거운 존재일 거라고, 없어졌으면 하는 사람일 거라고 생각했다.

하지만 아버지는 그렇지 않다고 슬희에게 말해 주고 있었다.

세상 사람들이 항상 아버지가 생각하듯 좋은 생각만 가지고 살아가는 건 아니었다.

아버지는 사람들에게 속고, 그 때문에 가족들까지도 고생을 하곤 했다.

그럼에도 아버지는 항상 사람들을 믿었고, 그런 아버지의 말은 언제나 슬희에게 삶의 방식을 알려 주곤 했다.

슬희는 언제나 남을 믿는 아버지를 어리석다 생각할 때도 있었지만, 아버지의 손가락이 가리키는 방향은 대부분 옳았다는 것을 알았다.

배신을 당할지라도, 적어도 깨끗했다.

그런 아버지가 한 말이기에, 슬희는 이제껏 가슴을 짓누르고 있던 무거운 비밀이 한결 가벼워진 것을 느꼈다.

그때, 아버지가 말을 이었다.

"그리고 해성이, 그 애 아버지는 말이야."

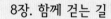

8장. 함께 걷는 길

재연은 침대에 누워서 오늘 낮에 만난 애리가 했던 말을 떠올렸다.

―그런데 말이야. 너한테 부탁이 하나 있어. 이 부탁을 들어주
면 너희 아버지도 승진이 쉬워질 거야.
―네가 걱정하는 일이 벌어지겠지.

명백한 협박이었다.
'그 여자 부탁을 안 들어주면 우리 아빠 잘리는 건가?'
재연은 아랫입술을 잘근잘근 깨물었다.
애리의 부탁은 그리 어렵지 않았다.
내일 학교에 가서 친구들과 선생님들에게 고백하면 되는 일이었다.

최명성 선생님이 내 몸을 만졌어요!

최명성 선생님이 나한테 체육관으로 몰래 오라고 했어요!

좀 창피하긴 하겠지만, 어렵진 않았다.

애리는 그 일만 잘해 주면 아버지 승진뿐 아니라 재연에게 큰돈을 주겠다고 약속까지 했다.

5천만 원.

아직 고등학생인 재연에게는 깜짝 놀랄 만큼 큰돈이었다.

'하지만……'

만약 다른 선생님을 그렇게 모함하라고 한 거라면, 길게 고민하지 않았을 것이다.

짜증 나는 학생 주임이나, 진짜로 몸을 훑어보는 체육선생이 상대였다면 두말하지 않고 애리의 부탁을 들어줬을 것이다.

하지만 명성은 그렇게 짜증 나는 선생님이 아니었다.

오히려 좋은 선생님이었다.

농담도 잘 통하고, 가끔 학생들에게 아이스크림을 사 주기도 했다.

팔불출처럼 자기 자식 자랑을 하는 모습을 보면 웃음이 나올 때도 있었다.

그런 좋은 선생님을 모함하는 건 내키지 않는 일이었다.

그렇다고 안 하고 넘어간다면.

'그 여자는 진짜로 우리 아빠를 자르겠지? 생긴 거 보니까 진짜 못되게 생겼던데. 어쩌지?'

재연은 한참을 고민하다가 결정을 내리고, 휴대폰을 집어 들었다.

*　　　*　　　*

[두드림 민호성 회장님의 딸 민애리를 고발합니다.]

각 커뮤니티에 이러한 제목으로 올라온 글은, 순식간에 인터넷
을 뜨겁게 달구었다.

늦은 시간에 올라온 글이기에, 그 시간에 활동하는 사람들의 손
으로 빠르게 퍼져 나갔다.

[두드림 민호성 회장님의 딸 민애리를 고발합니다.

고발을 글을 쓰면서 자신을 밝히지 않으면 의심하실 것 같아,
저에 대해 밝힙니다.

저는 K 고등학교에 다니는 평범한 여자 고등학생 차재연이라고
합니다.

오늘 학교 앞으로 두 명의 남자가 찾아와, 누군가 저를 만나고
싶어 한다며 억지로 끌고 갔습니다.

끌려간 곳은 학교 근처의 커피숍이었고, 민애리 씨는 거기에서
절 기다리고 있었습니다.

민애리 씨는 저희 아버지를 언급하며, 저에게 어떤 일을 해 달
라고 강요했습니다.

저희 아버지는 현재 두드림 쪽에서 일을 하는 평범한 회사원이
고, 제가 그 부탁을 들어주지 않으면 아버지를 자르겠다고 했습니
다.

민애리 씨가 제 아버지를 인질로 삼아 제게 부탁한 일은, 바로 제 담임 선생님이 절 성추행했다고 거짓말을 하라는 것이었습니다.

우리 담임 선생님은 항상 학생들의 눈높이에서 생각하려 하는, 좋은 분입니다.

문제가 생겨서 상담을 하러 가면 언제나 진지하게 들어 주시고, 저희가 장난을 쳐도 웃으며 받아 주시는 분이십니다.

얼마 전에 아이도 생겨서, 항상 아이 자랑을 하는 좋은 아빠이기도 합니다.

저는 아무리 아버지의 직장이 걸려 있더라도, 그렇게 좋은 선생님에게 누명을 씌우는 짓은 도무지 할 수가 없었습니다.

그래서 이렇게 글을 올립니다.

저는 지금 너무 무섭습니다.

다른 사람도 아닌 두드림의 민애리 씨가 저의 목숨을 위협하는 것만 같아서 불안합니다.

아마 이 글을 올렸다는 걸 알면 진짜로 제 목숨이 위험해질지도 모르겠지요.

그래도 진실을 알려야 할 필요가 있다고 생각했습니다.

권력과 돈으로 움직이지 않는 사람도 있다는 걸 알리고 싶었습니다.

부디 이 글이 묻히지 않았으면 좋겠습니다.

저는 너무 무섭습니다.

누군가 저를 보호해 줄 사람이 있다면 좋겠습니다.

긴 글을 읽어 주셔서 감사합니다.

저는 K 고등학교에 다니는 평범한 고등학생 차재연입니다.]

바로 어마어마한 댓글이 달렸다.

[미친? 진짜?]

[두드림 민애리? 두엔 대표 아냐?]

[두드림 대표 바뀌었다는 소문이 있던데. 민애리는 그냥 얼굴마담이라고.]

[그게 문제가 아니잖슴. 이거 올린 애 진짜 위험한 거 아님?]

[주작일 듯. 민애리가 왜 고등학교 선생을 모함해? 그럴 이유가 없는데.]

[주작주작. 타올라라 주작이여.]

[진짜 같은데. 실명 깠잖아.]

[실명 아닐 수도 있지. K고에 차재연이 다니는지부터 확인하고 얘기해야 할 듯.]

새벽에도 안 자고 있던 인터넷 기자들은 열심히 기사를 작성해 올렸다.

기사는 순식간에 사회면 1위로 올라갔다.

민 회장이 이 기사에 대한 보고를 받은 건, 한창 자고 있을 때였다.

비몽사몽으로 전화를 받은 민 회장은 자기 귀를 의심했다.

"뭐라고? 애리가? 누굴 협박해? 무슨 기사?"

민 회장에게 정보를 전해 준 사람은 얼른 인터넷을 확인해 보라고, 어디를 보든 그 글이 올라와 있을 거라고 했다.

민 회장은 전화를 끊고 휴대폰을 손에 들었다.

휴대폰을 들여다보는 민 회장의 눈동자가 분노로 이글이글 타올랐다.

민 회장의 노기가 전해진 듯, 옆에서 자던 최 여사가 눈을 떴다.

"여보? 무슨 일 있어요?"

"애리가······."

"네?"

최 여사가 몸을 일으켰다.

애리가 요새 무슨 짓을 하고 다니는지, 최 여사도 어렴풋이 짐작하고 있었다. 일식집에서 만난 이후, 애리가 할 일은 뻔했다.

혹시 창현에게 몹쓸 짓을 한 건 아닌가 싶어, 덜컥 겁이 났다.

"창현이한테 무슨 일이라도 생겼어요?"

"창현이는 괜찮아. 애리 이 녀석이······ 하아. 당신은 자고 있어."

민 회장은 휴대폰을 들고 거실로 나갔다.

안방 문을 닫자마자 애리에게 전화를 건 민 회장은, 왜 이런 시간에 전화했느냐고 볼멘소리를 내는 애리에게 호통을 쳤다.

"너! 너 이 몹쓸 녀석! 너! 내일 당장 본가로 건너와!"

　　　　　*　　　*　　　*

　자신의 아버지가 이렇게 화를 내는 건 본 적이 없었다.

　애리가 무슨 짓을 해도, 아버지는 웬만해서는 언성을 높이는 일이 없었다.

　노기 띤 아버지의 목소리를 듣자마자 무슨 일이 생겨도 단단히 생겼구나 싶었다.

　가장 먼저 창현이 떠올랐다.

　'이 새끼가 무슨 짓을 한 거야. 분명 아빠한테 쓸데없는 소리를 지껄인 거겠지.'

　그런 생각을 하며 휴대폰을 든 애리는, 잔뜩 쌓여 있는 메시지에 놀라 눈을 부릅떴다.

　　[언니, 인터넷 확인했어요?]

　　[애리 씨, 인터넷 그거 진짜예요?]

　　[민 대표님, 큰일 났어요, 큰일.]

　애리는 메시지를 확인하는 걸 멈추고, 인터넷 창을 클릭했다.

　이것저것 찾아볼 것도 없었다.

　포털 뉴스 제일 처음에 그 글이 있었다.

　기사를 확인하는 애리의 눈에 핏발이 섰다.

　애리의 얼굴이 점점 험악하게 일그러졌다.

　애리는 분노를 참지 못하고 휴대폰을 집어 던졌다.

"이 망할 년이!"

뒤통수를 단단히 맞았다.

고작해야 고등학생이라고 무시한 게 사달이 났다.

어리기에 더욱 무모할 수 있다는 걸 간과했다.

사건 자체는 그리 큰일이 아니었다.

시치미를 떼고, 어린아이의 망상일 뿐이라고 해명하면 될 일이었다.

문제는 민 회장이 알아 버렸다는 점이었다.

민 회장을 속이는 건, 대중을 속이는 것만큼 쉽지 않았다.

"망할 년! 망할 년! 망할 년!"

애리는 분을 이기지 못해 발을 구르다가 휴대폰을 도로 집어 들었다.

액정에 금이 가 있었지만, 통화는 가능했다.

애리는 태윤에게 전화를 걸었다.

태윤은 자다 깬 듯 가라앉은 목소리로 전화를 받았다.

[네, 언니.]

"야, 너. 당장 이리로 건너와. 나랑 얘기 좀 해."

*   *   *

태윤은 짜증이 났다.

'이 여자가 진짜 미쳤나?'

새벽 3시였다.

아무리 제멋대로 사는 게 익숙하다고 해도 그렇지. 이 시간에 오라 가라 하다니.

화가 나는데, 그걸 표현할 수 없는 이 상황이 더 짜증 났다.

그녀는 애리와 손을 잡은 걸 다시 한 번 후회했다.

태윤이 도착했을 때, 애리는 잔뜩 흐트러진 모습으로 태윤을 기다리고 있었다.

거실은 태풍이 쓸고 지나간 것처럼 엉망진창이었다.

값비싼 장식품도, 액자도, 다 떨어져서 깨져 있었다.

"언니, 형부는요?"

이런 시간에 이 난리를 쳤는데도 경철이 나와 있지 않은 게 이상했다.

"그 사람, 집 나갔어."

"아, 그래요?"

부부 싸움이라도 한 걸까?

태윤은 불안한 마음으로 소파에 앉았다.

애리는 이를 아득아득 갈며 허공을 노려보고 있었다.

태윤은 괜히 말을 걸었다가 덤터기를 쓰고 싶지 않아, 잔뜩 긴장한 채 애리가 먼저 말을 걸기를 기다렸다.

"야, 너."

이윽고 애리가 태윤을 노려보며 입을 열었다.

"돈 좀 있지?"

"네?"

"모아 둔 돈 좀 있을 거 아냐?"

예상치 못한 질문이었다.

태윤은 불안한 마음으로 두 손을 꼭 모아 쥐고 애리를 쳐다봤다.

"그건 갑자기 왜……?"

"그 돈 싹 모아서 내가 말한 계좌로 좀 입금해."

"아뇨, 언니. 잠깐만요."

이러다가는 진짜로 돈을 다 줘야 할 것 같아, 태윤이 황급히 말했다.

애리가 표독스럽게 태윤을 노려봤다.

"왜? 인제 와서 발 빼고 싶어?"

"아뇨, 언니. 그런 게 아니고요."

"민창현 일 해결하려면 돈이 좀 필요해. 지금까지 내가 다 했잖아. 안 그래?"

"언니……."

"더러운 일, 귀찮은 일. 넌 지시만 하고 내가 다 했잖아. 그래, 가만 보니 그랬네. 내가 다 했네. 너는 그냥 거기 앉아서 이래라, 저래라만 하고."

애리의 눈동자가 광기에 휩싸여 있었다.

태윤은 덜컥 겁이 났다.

"그러니까 이번엔 네가 네 돈 좀 쓰라고. 아무것도 안 하고 네가 원하는 걸 얻을 생각이었어? 너도 도움 좀 되어야 할 거 아냐? 안 그래? 내 생각이 틀려?"

"아, 아뇨. 아뇨. 언니 말씀이 맞아요."

"그래, 그러니까 돈 좀 싹 모아서 내가 말한 계좌로 입금해. 괜히 몇 푼 되지도 않는 돈 아까워서 몸 사리다가 나한테 들키지 말고."

"네, 그럼 내일……."

"아니, 지금 해. 내 눈앞에서."

태윤은 더 이상 피할 수 없음을 깨달았다.

지금 그 돈을 안 보내면, 애리가 무슨 짓을 저지를지 몰랐다.

오늘에야말로 애리의 손에 죽을지도 모른다.

애리의 눈동자가 광기에 젖어 번뜩거리고 있었다.

태윤은 울고 싶은 기분으로 휴대폰을 꺼냈다.

은행 앱에 접속하는 손가락이 바들바들 떨렸다.

애리가 태윤의 옆으로 건너와 휴대폰을 함께 들여다봤다.

태윤은 꼼짝없이 전 재산을 애리가 말한 계좌로 보내는 수밖에 없었다.

"다 보냈어요, 언니."

"그래, 잘했어."

애리가 흡족한 듯 미소를 지었다.

태윤의 눈에는 그 미소가 무척 섬뜩하게 다가왔는데, 그건 결코 예민해서 그리 느낀 게 아니었다.

"이제 이걸로 너도 나랑 공범이야. 중간에서 발 못 빼."

"네?"

"내 옆에서 사분사분 지시나 내리다가, 여차하면 발 빼려고 했던 모양인데. 은행 입출금 내역 남아 있는 한, 너도 발 못 빼."

"언니……."

겁에 질린 태윤의 눈동자가 흔들리는 걸, 애리는 즐거이 응시했다.

"정태윤. 내가 죽으면, 너도 같이 죽는 거야."

＊　　＊　　＊

오랜만에 자신의 방에 누워서인지, 방이 유독 좁게 느껴졌다.

슬희는 침대에 누워 누렇게 색이 바랜 천장을 응시했다.

'해성이 보고 싶다.'

요새 주희와도 그렇고, 아버지와도 그렇고 자꾸 해성의 이름을 꺼냈더니, 자연스럽게 해성의 이름으로 그를 떠올리고 말았다.

'아, 이러면 안 돼. 창현이는 창현이야. 실수하면 안 돼.'

하지만 아버지의 말이 마음에 걸렸다.

아버지는 슬희가 윤해성을 기억한다고 말하는 것도 나쁘지 않을 것 같다고 했다.

게다가 아버지가 마지막으로 한 그 말이 가장 신경 쓰였다.

'해성이도, 아니, 창현이도 그 사실을 알고 있을까? 에이, 알고 있겠지. 자기 아버지 일인데.'

호랑이도 제 말 하면 나타난다고, 창현에게서 전화가 걸려 왔다.

창현이 전화를 하기엔 꽤 늦은 시간이라, 슬희는 놀라워하며 전화를 받았다.

"응, 창현아."

[자고 있을 줄 알았는데.]

"자고 있을 줄 알았으면서 왜 전화했어?"

[그냥. 혹시 안 자고 있으면 목소리 들으려고.]

"나도 마침 네 목소리가 듣고 싶었는데."

[왜 이 시간까지 안 잤어?]

"이것저것 생각 좀 하느라고. 너는?"

[나는…… 오늘 민애리 관련해서 사건이 하나 터졌거든.]

"정말? 넌 괜찮아?"

[아니, 난 아예 관계가 없는 일이야.]

창현은 현재 인터넷을 뜨겁게 달구고 있는 민애리의 일에 대해 설명했다.

"우와, 그 여자애도 진짜 용기가 대단하네."

[응. 그냥 기사뿐이라면 민애리도 어떻게 해결을 했겠지만, 아마 이 기사 민 회장님 귀에 들어갔을 거야. 그러면 민애리도 거짓말을 할 수가 없겠지.]

"그렇구나."

[이제 조금만 더 하면 돼. 곧 끝나.]

"그러겠다."

[이런 일들 때문에 너한테까지 마음고생을 시켜서 정말 미안해.]

더 이상 창현에게 미안하다는 말은, 듣고 싶지 않았다.

나 역시도 창현에게 미안하다는 생각을 품고 있기 싫었다.

말하고 싶다.

나는 너를 안다고, 네 과거를 안다고 말하고 싶다.

지금껏 그 마음을 잘 억눌러 왔는데, 윤해성을 기억하는 사람들이 하나둘 늘어나니, 슬희도 말하고 싶은 마음을 억누르기 힘들었다.

　'말해도 괜찮지 않을까?'

　아버지의 말을 믿어 보고 싶었다.

　내가 윤해성의 지독히 어두운 삶에서 아주 작은 빛이었다는 그 말이 진짜였으면 했다.

　한편으로는 무서웠다.

　아빠가 틀렸으면 어쩌지? 해성이가 날 기억조차 하지 못한다면 어쩌지?

　머릿속이 복잡했다.

　'그래. 내일 만나서 얼굴을 보고 결정하자. 해성이, 아니, 창현이를 만났는데도 계속 말하고 싶으면, 그냥 말해 버리자. 그다음에 어떻게 될지는, 창현이가 정하겠지.'

　슬희는 결심을 굳혔다.

　"저기, 해…… 창현아."

　[응?]

　"내일 저녁에 시간 있어? 내일 승훈 오빠 촬영이 8시쯤 끝나는데."

　[응, 그쯤이면 시간이 될 거야.]

　"그럼 내일 나랑 좀 만날래?"

　[그래, 그러자. 안 그래도…… 내일 민 회장님을 만나러 가거든. 그러고 나면 네가 필요할 것 같아.]

"민 회장님, 만나러 가게? 다 얘기하게?"

[응. 오늘 민애리가 한 짓이 민애리 발등을 찍었어. 이게 좋은 기회인 것 같아. 민 회장님이 민애리 편을 들어 줄지도 모른다는 게 걱정이었는데, 오늘 이 일 때문에라도 민 회장님이 섣불리 민애리 편은 안 들 것 같거든.]

"그래, 잘 됐다. 그럼 내일 씩씩하게 잘하고 와. 내가 많이 안아 줄게."

[그거 듣기만 해도 기분 좋네.]

슬희는 창현의 다정한 음성을 들으며 빙그레 미소 지었다.

*   *   *

애리가 민 회장의 자택에 들어가자마자 불호령이 떨어졌다.

"민애리! 대체 무슨 짓을 하고 돌아다니는 거냐! 응? 감히 두드림을 팔아서 못된 짓을 하고 돌아다녀?"

"아빠, 들어 봐."

"듣긴 뭘 들어? 네 거짓말은 이제 신물이 난다!"

"아냐, 아빠. 거짓말이라니. 거짓말 안 해. 들어 봐. 아빠, 나 아빠 딸이잖아. 세상 사람들이 뭐라 하든 아빠는 믿어 줘야지. 응? 들어 봐."

민 회장이 무시무시한 눈으로 애리를 노려보다가 말했다.

"그래, 어디 한번 말해 봐라."

민 회장은 일말의 기대를 품고 있었다.

애리가 솔직하게 잘못을 인정하며 용서를 빌지도 모른다는 기대.

하지만 그 기대는 산산이 부서졌다.

"아빠. 그거 다 거짓말이야. 요새 어린애들 관심받고 싶어 하는 거 알지? 그런 거 받고 싶은 애가 올린 글이야. 페북이나 그런 데서 '좋아요' 받고 싶어서 올린 글인데, 기자들이 사실 여부도 확인하지 않고 기사를 써 재껴서 사태가 커진 거야. 내가 다 수습할 수 있어."

민 회장은 참담했다.

애리는 이런 와중에도 거짓말을 하고 있었다.

뻔뻔한 얼굴로 거짓말을 하는 딸의 얼굴이 낯설었다.

저 아이가 정말로 내 딸이 맞을까?

"내가 그 아이에 대해 조사도 안 해 보고 네게 화를 내는 것처럼 보이더냐?"

민 회장의 나직한 목소리에 애리의 어깨가 떨렸다.

"아니, 아빠. 날 믿어야 한다니까."

"널 믿으라고? 대체 뭘 보고 널 믿어야 하지? 김 서방이 찾아왔었다."

"어?"

애리가 눈에 띄게 동요했다.

"네가 사돈댁 사업에도 손을 댔다더구나."

"그 새끼가 진짜!"

"민애리!"

282 사표 내겠습니다

"아빠, 아빠. 잠깐 들어 봐. 그게 다 필요해서……!"

"필요하긴 뭐가 필요해? 집에서 하는 일도 없이 놀고먹으면서, 사돈댁 돈까지 손을 대? 돈 무서운 줄 모르는 건 알았지만."

창현이 찾아온 건, 애리가 거짓말에 거짓말을 보태 변명을 하고 있을 때였다.

애리는 느닷없이 방문한 창현을 보자마자, 민 회장 앞이라는 것도 잊고 달려들었다.

"네가 여길 어디라고 찾아와!"

"멈춰!"

하지만 지은 죄가 있는지라, 민 회장의 호통에 멈춰 섰다.

"창현이도 내 아들인데 여길 찾아오는 게 어때서?"

"쟤가 왜 아빠 아들이야? 쟤한테 아빠 피가 한 방울이라도 흘러? 쟨 남이야, 아빠!"

"시끄럽다. 창현이 넌 여기 어쩐 일이냐?"

민 회장은 창현에게서 오늘 찾아오겠단 연락을 받긴 했지만, 그 이유는 알지 못했다.

애리 일로도 머릿속이 복잡해서, 창현이 찾아오는 이유까지 신경 쓸 여유가 없었다.

"회장님. 오늘은…… 죄송합니다. 그리 좋지 않은 일로 찾아왔습니다."

"그래? 꼭 오늘 말해야 하는 일이냐?"

"네, 지금 말씀드려야 할 것 같습니다."

민 회장은 창현의 얼굴을 가만히 응시하다가 고개를 끄덕였다.

"그래. 애리 넌 방에 들어가 있어라."

"아닙니다, 누님도 자리에 계시는 게 좋겠습니다."

애리도 창현이 찾아온 이유가 궁금했기에, 순순히 소파에 앉았다.

그다음에 벌어진 일은, 민 회장의 인생에서 가장 고통스러운 시간이었다.

창현은 민 회장의 딸인 애리가 지금껏 저지른 죄를 단조로운 어조로 낱낱이 고했다.

애리가 저지른 짓 중에는 말할 수 없이 끔찍한 일도 있었다.

음주 운전으로 사람을 죽이고 돈으로 덮어 버린 일이었다.

창현은 그에 대한 증거 서류들까지 준비를 했다.

애리는 창현의 말을 끊으려 했지만, 그럴 때마다 민 회장은 호통을 쳐서 애리를 앉혔다.

결국, 그동안 숨겨 왔던 게 다 들통 난 애리는, 창현에게 달려들 의욕도 잃고 고개를 푹 숙이고 있었다.

민 회장은 침통하게 눈을 감았다.

수많은 감정이 민 회장의 가슴속에서 소용돌이쳤다.

다들 민 회장을 강철 같은 인간으로 생각하지만, 민 회장도 결국은 사람이었다.

자식이 저지른 범죄를 지금껏 하나도 몰랐다는 사실에 한 번, 자식을 잘못 키웠다는 사실에 두 번, 그렇게 민 회장의 가슴엔 대못이 박혔다.

이윽고 눈을 뜬 민 회장이 애리를 돌아봤다.

"네가 저지른 죄에 대한 죗값은 네가 책임지고 받아야 할 거다."

"아빠!"

애리가 믿을 수 없다는 듯 눈을 부릅뜨고 외쳤다.

"이제는 거짓말이나 권력으로 덮을 수 없을 것이야."

"아빠, 미쳤어? 그거 드러나면 아빠 이미지도 엉망 돼. 아빠, 쟤가 지금 아빠한테 은혜도 모르고……."

"은혜를 모르는 건 너지!"

민 회장이 버럭 외쳤다.

"네가 정말 내 이미지를 생각했다면 그런 짓을 벌이지 말았어야지. 네가 아무 짓도 하지 않았더라면 이 애비 이미지가 나빠지는 일도 없었겠지!"

"아빠……!"

"나가라. 조만간 네가 책임져야 할 일로 사람이 찾아갈 거다."

"아빠!"

"어서 나가!"

"아빤 잘못 선택한 거야! 민창현은 아빠 아들이 아냐!"

애리는 마지막까지 독하게 소리를 지르곤 민 회장의 자택에서 나왔다.

발을 퍽퍽 구르며 밖으로 나온 애리는, 바로 어딘가에 전화를 걸었다.

광기 젖은 눈으로 허공을 응시하며, 애리가 말했다.

"새벽에 입금한 거 확인했지? 오늘 당장 진행해!"

*　　*　　*

애리가 나가자 집 안에는 무거운 침묵이 감돌았다.

창현은 묵묵히 앉아 민 회장이 입을 열기를 기다렸다.

"네가 고생이 많았겠구나."

이윽고 민 회장이 말했다.

창현은 민 회장의 다정한 음성에 가슴이 아팠지만, 여기서 그만 둘 수는 없었다.

애리 같은 여자는 싹을 완전히 잘라 내야만 했다.

다시 자랄 여지도 남겨서는 안 됐다.

이런 상황이 되어서도 자기변명만 하는 사람이다.

개선의 여지가 없다.

"죄송합니다, 회장님. 하지만…… 누님이 한 짓을 조용히 덮어 버릴 수는 없을 것 같습니다. 저희 쪽에서는 이미 최영빈이라는 배우가 누님 때문에 배우 인생을 망쳤습니다."

창현은 잠시 멈췄다가 말을 이었다.

"이 부분에 대해서는 대외적으로 공개할 수밖에 없습니다. 그래야 최영빈도 살 테니까요."

"그래, 네가 알아서 해라. 나는 내가 할 수 있는 일을 하마."

"죄송합니다."

창현이 다시 고개를 숙였다.

"제게 정말 많은 것을 해 주셨는데, 이런 식으로 돌려 드려서 죄송합니다."

"아니다. 내가 해 준 건 그저 아들한테 아버지가 해 준 것뿐이잖느냐. 은혜라 할 것도 없다."

이런 와중에도 상냥한 민 회장의 말이 창현의 얼어붙은 심장을 두드렸다.

몇 년 전, 민 회장과 두엔을 인수하는 일로 대화했던 때가 떠올랐다.

— 회장님, 저는 살인자의 자식입니다. 괜히 눈에 띄는 일을 했다가 그 사실이 드러나면, 회장님께도 누가 될 겁니다.

그 말에, 민 회장은 씁쓸히 웃으며 말했다.

— 무엇이 감히 내게 '누'가 될꼬?

민 회장은 항상 든든하게 창현의 뒤를 받쳐 주었다.

마치 친아버지처럼.

그걸 이제야 깨달았다.

민 회장의 친딸인 애리의 일을 드러내는데도, 민 회장은 창현에게 화를 내지 않았다.

진짜 자식이라고 생각하지 않았더라면 그럴 수 없었으리라.

민 회장의 넓고 깊은 마음을 너무 늦게 깨달았다.

민 회장은 항상 창현에게 아버지의 마음을 주었는데, 그걸 밀어낸 건 창현이었다.

"죄송합니다, 회장님. 그리고…… 감사합니다."

"아니다, 되었다. 이 일이 해결되면, 그때 다시 얘기하자꾸나."

"네, 회장님."

창현은 깊이 허리를 숙여 인사하고 민 회장의 자택을 벗어났다.

*　　*　　*

밖으로 나왔더니 슬희에게서 메시지가 와 있었다.

[승훈 오빠가 내 정신이 딴 데 팔린 것 같다고, 널 만나기로 한 거면 얼찍 가 보라고 해서 감사히 땡땡이를 치고 있어. 난 지금 만날 수 있는데, 넌 어때?]

20분 전에 들어온 메시지였다.

창현은 곧장 메시지를 보냈다.

[응, 좋아. 나도 지금 약속 장소로 출발할게. 20분쯤 걸릴 거야.]

[응, 난 근처 서점에 들어가 있을게. 도착하면 연락해.]

창현은 슬희의 메시지를 보니 슬며시 미소가 새어 나왔다.

얼른 슬희를 만나고 싶었다.

오늘 민 회장에게 느낀 감사함과 자신의 고지식함, 그리고 자신이 받은 사랑에 대해서 털어놓고 싶었다.

'그 전에 승훈이 형한테는 감사 인사를 해 둬야겠군.'

*　　　*　　　*

휴식을 하던 승훈은 창현의 전화를 받았다.

[형님.]

"이야. 어쩐 일로 우리 창현이가 나한테 전화를 먼저 다 하시나?"

[슬희에게 얘기 들었습니다. 저랑 약속 때문에 일찍 보내 주셨다고요. 감사 인사 좀 드리려고 전화했습니다.]

"뭘 이런 걸 가지고. 정말 고마우면 낚시……."

[그런 건 됐고요.]

"아니, 됐다는 말은 이쪽에서 해야 하는 거 아냐?"

창현은 승훈의 말을 무시하고 말했다.

[형님. 오늘 민 회장님을 만나 뵀습니다. 그 자리에 민애리도 있었고요.]

"그거 재미있는 일이 벌어졌겠군. 넌 무사한 거냐?"

"네, 전 무사합니다. 회장님이 민애리에게 죗값을 치러야 할 거라고 말씀하셨고, 민애리는 화를 내며 가 버리더군요."

"흐음. 그래?"

"네. 여러 가지로 도움을 많이 주셔서 감사합니다. 조만간 찾아뵙겠습니다."

좋은 소식을 들었지만 개운하지가 않았다.

승훈은 전화가 끊긴 휴대폰을 한동안 내려다보고 있었다.

'민애리가 순순히 물러났다고? 그럴 리가 없을 텐데.'

자신이 아는 민애리는 민 회장이 화를 좀 냈다고 해서 순순히 물러날 사람이 아니었다. 나이를 먹었다고 해서 나아질 인종도 아니었다.

좀 더 악다구니를 치며 소란을 떨었어야 했다.

적어도 경호원에게 끌려나갈 정도는 되어야, '민애리답다' 싶을 것이다.

그런 애리가 죗값 치르란 말에, 창현에게 아무 짓도 하지 않고 물러나다니.

'역시 불길해.'

승훈은 다시 창현에게 전화를 걸었지만, 창현은 이동 중인지 전화를 받지 않았다.

마음이 초조해졌다.

이 불길한 예감은 무엇일까.

승훈은 자신의 손을 응시했다.

손가락 끝이 가늘게 떨리고 있었다.

기우일 수도 있다. 내가 너무 예민하게 생각하는 걸지도 모른다.

그러나…….

'조심을 해서 나쁠 건 없지.'

승훈은 우현에게 전화를 걸었다.

"우현아. 홍대에서 슬희가 창현이랑 만나기로 했다고 했거든. 홍대 9번 출구. 너, 거기에 가서 창현이 좀 지켜봐라. 아무래도 불길한 예감이 들어."

다행히도 우현은 이것저것 캐묻지 않고 알겠노라고 대답했다.

전화를 끊은 승훈은 감독에게 가서 말했다.

"급한 일이 생겨서 잠깐 가 봐야 할 것 같아요. 죄송합니다. 내일 반드시 벌충하겠습니다."

회사에서 일하던 우현은 승훈의 전화를 받자마자 벌떡 일어나 주차장으로 달려갔다.

안 그래도 요새 뒤숭숭한 사건들이 많이 일어나 긴장하고 있던 터였다.

언젠가 애리가 몹쓸 짓을 할지도 모른다는 생각에, 긴장을 늦추지 않고 있었다.

그러던 때에 승훈의 전화를 받았다.

승훈의 목소리가 심상치 않았다.

두엔이 홍대에서 가까운 곳에 있기에, 우현에게 부탁을 한 모양이다.

'무슨 일이지?'

시동을 걸고 차를 출발시켰다.

'설마 애리 누나가 창현이 형한테 무슨 짓을 하려는 건가?'

*　　　*　　　*

슬희는 서점에 들어가 책을 구경하고 있었다.

책에 시선은 고정시켰지만 머릿속에는 다른 여러 가지 생각들이 오가고 있었다.

'창현이는 회장님을 잘 만나고 왔을까? 좋은 대답을 얻었으려나?'

슬희는 민 회장을 만나서 얘기해 본 적이 없기에, 그가 어떤 사람인지 알지 못했다.

TV에서는 가끔 보았지만, 거기서 보이는 모습이 전부가 아니라는 걸 알고 있었다.

'하지만 좋은 분일 거야. 창현이한테 좋은 기회를 주기도 했고…… 민애리 성격은 개차반이어도, 우현 씨는 괜찮은 사람이잖아. 만약 우현 씨랑 비슷한 성격이라면, 좋은 분이겠지.'

하지만 민애리는 민 회장의 친자식이었다.

부모들은 자식을 보호하기 위해 생각지도 못한 일을 벌이기도 한다.

'만약 창현이가 원하는 답을 얻지 못했으면 어쩌지? 내가 위로해 줄 수 있을까?'

만약 그렇다면…… 어떻게 창현을 위로해야 좋을지 슬희는 알 수 없었다.

'개구리 소년을 불러 줄까?'

문득 면접 서바이벌 때, 슬희의 방 앞에서 창현이 개구리 소년을 부르고 있던 것이 떠올랐다.

'만약 내가 개구리 소년을 불러 주면, 창현이는 내가 그 이슬희라는 걸 기억할까?'

그런 생각을 하고 있을 때, 창현에게서 전화가 걸려 왔다.

[주차장에 차 세웠어. 어디야?]

"나 지금 9번 출구 건너편에 있는 서점에서 책 구경하고 있어."

[그래? 그럼 그쪽으로 갈게.]

"응. 위로 올라가 있을게. 횡단보도 쪽에서 보자."

슬희는 책을 내려놓고 서둘러 1층으로 올라갔다.

창현이 주차장에서 여기까지 오려면 꽤 걸어야 하겠지만, 슬희는 먼저 가서 창현을 기다리고 싶었다.

횡단보도 앞에서 창현을 기다린 지 얼마나 지났을까.

저 멀리 창현이 많은 사람 사이에 섞여 걸어오는 모습이 보였다.

인파에 섞여 있는데도 그의 모습을 한 번에 찾을 수 있었다.

무표정하게 정면을 응시하며 걷는 그의 얼굴을, 눈을 가늘게 뜨고 자세히 보려고 노력했다.

이제 슬희를 발견하면 저 무표정한 얼굴이 부드럽게 퍼지며 미소가 번질 것이다.

그때의 표정 변화를 보는 게, 슬희는 좋았다.

'그런데…… 저 사람은 뭐지?'

창현의 바로 뒤에 한 남자가 걷고 있었는데, 검은색 모자를 푹 눌러쓴 그 남자가 이상하게 거슬렸다.

사람 많은 곳이니 누가 창현의 뒤를 걷더라도 이상할 것이 없는데, 왜 자꾸 저 남자에게 시선이 가는지 모르겠다.

창현의 얼굴에서 시선을 떼고 그 남자를 관찰하다가, 왜 그런 기분이 드는지 깨달았다.

남자는 간간이 고개를 들어 창현의 뒤통수를 흘긋흘긋 살펴보고 있었다.

불길한 예감이 들었다.

가슴에 싸한 것이 번졌다.

슬희는 황급히 휴대폰을 꺼내 창현에게 전화를 걸었지만, 바지에 휴대폰을 넣어 뒀는지 창현은 전화를 받지 않았다.

이윽고 횡단보도 앞에, 창현이 멈춰 섰다.

슬희는 손을 번쩍 들었다.

창현도 슬희를 발견하고는 손을 들었다.

슬희는 뒤를 조심하라는 의미에서 손을 이리저리 휘저었지만, 창현은 손을 흔든다고 착각했는지 빙그레 미소를 지으며 손을 더 크게 흔들었다.

보고 싶었던 창현의 표정 변화를 보았음에도 슬희는 즐겁지 않았다.

창현 뒤, 남자의 시선이 더욱 바삐 오가고 있었다.

남자는 창현과 차도를 오가는 차들을 번갈아 살펴보는 중이었다.

심장이 차게 식어 갔다.

창현에게 경고를 해 주고 싶은데, 어떻게 해야 좋을지 알 수 없었다.

소리를 치면 들리겠지만, 수상한 남자를 자극하게 될 수도 있었다.

그래서 어찌하지도 못한 채 하염없이 손만 흔들었다.

바로 그때였다.

창현의 옆에 바짝 붙어 있던, 선글라스를 낀 남자가 품에서 칼을 꺼낸 것은.

슬희는 창현의 뒤에 있는 남자만 신경 쓰느라 왼쪽의 남자를 보지 못했다.

그 남자가 내지른 칼이 창현의 복부에 꽂힌 후에야, 슬희는 이변이 일어났음을 깨달았다.

창현은 허리를 굽혔고, 바로 근처에 있던 사람들이 비명을 질렀고, 그 비명이 퍼져 다른 사람들까지 우왕좌왕하고.

시간이 길게 늘어진 것처럼 그 모든 것이 느릿하게 진행되었고, 뒤늦게 무슨 일이 벌어졌는지 깨달은 슬희는.

"해성아!"

그의 이름을 외쳤다.

버스가 슬희와 창현의 사이를 가로질러 지나갔다.

막히는 길이라 그 속도가 느렸기에, 보이지 않는 동안 창현에게 무슨 일이 벌어졌는지, 슬희는 알지 못했다.

버스가 지나가는 시간이 무척이나 길게 느껴졌다.

심장이 콱 죄어 와 숨을 쉴 수가 없었다.

이윽고 버스가 지나간 후 파란불로 바뀌어, 슬희는 창현이 있는 곳으로 달려갔다.

창현은 주저앉아 있었고, 그 옆에는 모자를 푹 눌러쓴 남자가 앉아 있었다.

창현의 주위에 흩뿌려진 새빨간 선혈에, 슬희는 두 손으로 입을 틀어막았다.

거기에 집중하느라, 바로 옆에 우현이 선글라스 쓴 남자를 잡아 두고 있는 걸 보지 못했다.

사람들은 이 놀라운 광경을 휴대폰 카메라로 열심히 찍고 있었다.

지각이 있는 몇몇 사람이 경찰을 불렀고, 또 몇몇 사람은 구급차를 불렀다.

슬희는 차마 창현에게 다가가지 못하고, 두 손으로 입을 막은 채 그의 모습을 지켜봤다.

그때, 창현이 고개를 들어 슬희와 눈을 맞췄다.

"난 괜찮아."

창현이 말했다.

그제야 슬희는 발밑에 내린 뿌리가 사라진 것처럼 창현의 앞으로 달려가 무릎을 꿇고 앉았다.

거친 콘크리트 바닥에 무릎이 쓸렸지만 아프다는 느낌조차 받지 못했다.

"어디, 어디 봐 봐. 어디를? 어디를 찔린 거야? 응?"

"아니, 나는 괜찮아."

창현이 옆을 돌아봤다.

거기엔 모자 쓴 남자가 있었다.

슬희가 내내 수상하게 생각했던 남자였다.

"이분이 대신 찔렸어. 내가 찔릴 뻔했을 때, 이분이 내 허리를 잡고 뒤로 확 끌어당겨서……."

모자 쓴 남자가 손을 들어 보였다.

피가 흥건했다.

"손을 찔렀습니다."

남자가 말했다.

"아…… 아, 어떡하죠? 괜찮으세요?"

"네, 이 정도야 항상 있는 일이니까요."

대체 어떻게 살아왔기에 항상 있는 일이 될 수 있을까?

슬희는 어안이 벙벙했다.

어쨌든 창현이 칼에 찔린 게 아니라는 사실에 안심해서 몸에 힘
이 풀렸다.

몸에 새긴 듯했던 긴장이 사라지며 순간적으로 머리가 띵해졌다.

이젠 귓가가 웅웅 울리는 것 같은 느낌까지 들었다.

"슬희야."

창현이 슬희의 볼에 가만히 손바닥을 댔다.

그에게서 전해지는 온기에 눈물이 날 정도로 안도했다.

그의 손이 차게 식지 않아서 다행이었다.

이제야 간신히 정신을 차릴 수 있었다.

"난 괜찮아. 그런데…… 여기 일을 좀 해결해야 할 것 같아."

"응, 난 집에 가 있을게."

슬희가 정신이 없는 와중에도 눈치 빠르게 말했다.

"조심해서 가. 택시 타고. 알겠지?"

"응, 응."

슬희가 터지기 직전인 울음을 참으며 창현의 말에 고개를 끄덕

이고 있을 때, 둘의 앞에 익숙한 차 한 대가 멈췄다.

승훈의 차였다.

"아, 마침 형님이 와 줬네. 저거 타고 가면 되겠다."

"응, 응."

슬희는 일어나기 위해 애썼지만, 다리가 후들거려서 똑바로 일어날 수가 없었다.

승훈이 운전석에서 내려 슬희에게로 걸어왔다.

때아닌 승훈의 등장에 구경하던 사람들이 비명을 질렀다.

평소에는 팬 서비스가 좋은 승훈이지만, 지금은 팬들을 향해 미소조차 지어 주지 않고 슬희의 팔을 잡아 조심스레 일으켜 세웠다.

승훈이 뭔가 묻는 눈으로 창현을 돌아보자, 창현이 말했다.

"나중에 설명하겠습니다. 저도 무슨 일이 벌어진 건지 알 수가 없어서요."

"그래, 조심해라."

승훈은 슬희를 차에 태웠다.

차가 출발하자, 슬희는 두 손으로 얼굴을 가렸다.

차오르는 눈물을 간신히 삼켰다.

"아, 정말…… 정말 너무 놀라서…… 너무 놀라서……."

"그래."

"창현이…… 괜찮은 거겠죠? 괜찮겠죠?"

승훈이 한숨을 내쉬었다.

"그러길 바라야지."

*　　*　　*

모자 쓴 남자는 자신이 지수가 보낸 사람이라고 했다.

"정 팀장이요?"

"네. 아가씨께서 부탁을 하셨습니다. 한동안 민 대표님 뒤를 지켜봐 달라고."

"아, 그런 일이 있었군요."

창현은 전혀 생각지도 못한 일이었다.

지수가 이렇게까지 창현을 신경 써 주고 있을 줄은 몰랐다.

정작 창현은 지수를 완전히 믿지도 않았는데, 그런 창현을 도와주기 위해 남몰래 움직인 지수에게 고마워서 가슴이 벅찼다.

"정말 감사합니다."

"감사 인사는 우리 아가씨께 해 주시면 되겠습니다."

"병원은……."

"제가 알아서 하겠습니다. 대표님은 몸조심이나 하십시오."

모자 쓴 남자가 무뚝뚝하게 말하고 일어섰다.

마침 도착한 경찰이 다가오자, 모자 쓴 남자는 경찰에게 뭐라고 속닥이고는 자리를 떠났다.

경찰은 여러 명이 왔는데, 그중 두 명은 우현이 잡아 둔 선글라스 쓴 남자를 잡아서 경찰차에 태우고 있었다.

우현이 창현에게 다가왔다.

"형, 괜찮아?"

"응, 너야말로 어떻게 여기에 와 있는 거야?"

"승훈이 형한테 연락을 받았거든. 딱 맞게 도착해서 다행이었어. 안 그랬으면 저놈을 못 잡았을 거야."

"그래……."

"누구냐고 안 물어봐?"

우현의 질문에 창현이 씁쓸한 미소를 지었다.

"왜? 우리 누나가 한 짓이라서 나한테 물어보기 미안해?"

우현이 자조적으로 물었다.

창현이 대답하지 않자, 우현이 머리를 뒤로 쓸어 넘기며 말했다.

"됐어, 그런 건. 난 이제 그 여자를 내 누나로도 생각하지 않으니까."

"우현아……."

"경찰들한테는 나중에 얘기하자고 말해 뒀어. 형은 병원에나 가자."

"다친 곳 없어."

우현이 허리를 굽히고 창현의 귓가에 작은 목소리로 속삭였다.

"그래도 가. 가서 입원해. 큰일 생긴 것처럼 굴어."

그제야 창현은 우현이 무슨 말을 하는지 알 수 있었다.

새삼스러운 기분으로 우현을 올려다봤다.

우현이 다른 형제들과는 다르게 창현을 대한다는 건 알고 있었다.

때때로 그런 우현이 귀여운 친동생처럼 느껴질 때도 있지만, 창현은 그런 마음을 갖지 않기 위해 노력했다.

어차피 우현은 진짜 내 동생이 아니고, 그저 민씨 일가의 일원이라고만 생각했던 것이다.

하지만 이 순간, 우현은 애리가 아닌 창현을 선택했다.

그리고 창현은 그런 우현을 이제껏 믿지 않고 있었다.

우현이 그렇게나 마음을 보내 왔는데도, 거절한 건 항상 창현이었다.

이런 순간이 되어서야 깨닫는다.

아무도 없는 줄 알았는데, 사실은 많았다는 걸.

나 홀로 어둠 속에 갇혀 있는 줄 알았는데, 사실은 많은 사람과 함께 빛 가운데 서 있었다는 걸.

다만 내가 눈을 가리고 귀를 막아, 그걸 알지 못했을 뿐이라는 걸.

참 어리석은 고집으로 나를 둘러싼 많은 것을 그저 흘려보내고 낭비했다는 걸.

이제야 깨닫는다.

수만 가지 감정이 가슴을 채웠다.

창현은 벅찬 기분으로 몸을 일으켰다.

"그래, 우현이 네 말대로 병원에 가야겠다."

*　　*　　*

우현은 창현을 조수석에 태우고 이동하는 내내, 민 회장에게 소리를 질렀다.

"누나를 그냥 그렇게 내보내면 어떡해요? 아버지! 누나 성격 모르세요? 아버지는 누나 아빠잖아요! 그럼 아버지가 파악을 했어야죠! 심지어 남도 무슨 일이 벌어질 것 같아서 창현이 형한테 사람을 붙여 놨어요! 그 사람 아니었으면, 우리 형 오늘 죽었어요! 죽었다고요!"

우리 형이란다.

창현의 입가에 옅은 미소가 번졌다.

우리 형이라니. 그걸 이제야 제대로 듣다니.

우현은 항상 창현을 '우리 형'이라고 표현했다.

들을 때마다 무심코 넘겼던 그 말이 오늘따라 가슴을 가득 채웠다.

"아버지. 누나는 미쳤어요. 이 정도면 제정신이 아닌 거예요. 이젠 그냥 뒤에서 가만히 지켜보는 거로 끝내시면 안 돼요. 애리 누나는 이보다 더한 짓도 하게 될 거예요!"

*　　*　　*

홍대에서 벌어진 칼부림 사건은, 승훈이 등장했던 일로 인해 더욱 이슈가 되었다.

민애리는 구속되었고, 청부업자에게 돈을 보낸 정태윤 또한 구속되었다.

재벌가의 살인 청부 사건은 세상을 떠들썩하게 만들었다.

조사를 받는 내내, 애리와 태윤은 자신에게는 잘못이 없다, 잘못은 상대에게 전가하며 억울하다고 주장했다.

서로에게 책임을 미루었지만, 결국 비슷한 처벌을 받게 될 터였다.

태윤의 아버지인 정 검사는 냉랭한 눈으로 자신의 딸을 노려봤다.

구속되어 있느라 초췌해진 자신의 딸을 보는 눈에는 온기가 조금도 없었다.

정 검사는 이번 사건으로 인해, 그동안 쌓아 올린 공적이 전부 무산될 지경에 이르렀다.

"아빠…… 난 애리 언니가 하라는 대로 했을 뿐이야. 그 언니 성격 알잖아."

"멍청한 것!"

정 검사가 외쳤다.

"민애리가 하라고 해도 적당히 발을 뺐어야지! 이렇게 세상에 드러날 일까지 손을 대?"

"하지만……."

"설령 네 말이 옳다 해도 누가 그걸 들어? 상대는 민애리야! 두드림이라고! 민애리에게 전부 죄를 돌리는 게 가능할 것 같아?"

정 검사의 말이 옳았기에, 태윤은 주먹을 꽉 쥐었다.

자신이 돈을 보낸 곳이 청부업자의 계좌인 줄은 꿈에도 몰랐다.

하지만 이 변명은 통하지 않을 것이다.

정 검사의 말대로, 상대는 민애리였다.

태윤도 똑같은 처벌을 받을 것이다.

"아빠, 그럼 나…… 나 창현이 좀 불러 줘."

"뭐?"

"창현이가 보고 싶어."

이런 와중에도 그가 그리웠다.

이 모든 건 창현을 위해 한 일이었다.

그를 얻기 위해서 한 일이었다.

창현이 이 마음만이라도 알아주었으면 했다.

이 심각한 상황에서도 창현을 찾는 딸의 모습에, 정 검사는 참담한 기분이 되었다.

정 검사는 차가운 눈으로 태윤을 쏘아보다가 말했다.

"민창현에게는 이미 얘기를 해 봤다. 절대 얼굴 볼일 없을 거라고 하더라."

정 검사가 떠난 후에도 태윤은 면회실에서 꼼짝도 하지 않고 있었다.

태윤의 어깨가 부들부들 떨리고 있었다.

자신이 억울한 것을 알 텐데도, 만나러 와 주지 않다니.

그렇게 오랫동안 가까이서 지냈는데, 아무리 화가 났다 하더라도 변명 한마디 들으러 와 주지 않다니.

믿을 수가 없었다.

그를 사랑해서 한 일인데.

단지 나는 그의 마음을 얻고 싶었을 뿐인데.

다 잃었다.

태윤은 깨달았다.

모든 걸 다 잃었다.

"으으으으……."

서글픈 신음이 흘러나왔다.

"으으으으으……."

슬픔에 분노가 서렸다.

태윤은 주먹을 꽉 쥐고 절규했다.

"으아아아아아아!"

*　　*　　*

2주일 동안, 아주 많은 일이 있었다.

민애리와 정태윤의 사건이 크게 이슈가 되었다가, 언제 그랬냐는 듯 기사들은 점점 내려갔다.

하지만 사건이 완벽히 묻히진 않았다.

기사는 없어도 각 커뮤니티에 퍼진 글을 완전히 삭제할 수는 없었다.

그런 와중에 '최영빈 일진설'에 민애리가 관계되었다는 게 알려졌고, 민애리의 자필 사과문이 기사화되었다.

그리하여 최영빈은 재벌가의 싸움에 휘말린 불쌍한 희생양이란 타이틀을 얻으며, 여러 방송에 다시 얼굴을 비출 수 있었다.

슬희는 오랜만에 회사에 찾아갔다.

기획홍보팀은 최영빈의 이미지를 회복하고, 더불어 이번 일로 타격받은 두드림의 명성을 되돌릴 작업을 하느라 바빴다.

"으아, 오랜만이야."

재현이 슬희를 보고는 두 팔 벌리고 달려왔다.

재현에게 안긴 슬희가 웃었다.

"많이 바쁘지?"

"진짜 장난 아냐. 어제도, 아니다, 오늘이라고 해야 하네. 새벽 다섯 시에 퇴근했다가 잠깐 자고 출근한 거야. 이럴 거면 그냥 회사에서 먹고 자고 하는 게 나을 것 같아."

"으으, 진짜 힘들겠다."

"진짜 뒤숭숭해. 대표님이 전 대표한테 죽을 뻔했지, 전 대표는 구속됐지, 거기다 정 비서까지…… 아니, 그 정 비서가 그런 짓을 할 줄 누가 알았겠어?"

"그러니까. 나도 깜짝 놀랐어."

슬희가 팀원들과 오랜만에 인사를 하며 이런저런 이야기를 하는 동안, 대표실에선 지수와 창현이 마주 보고 앉아 있었다.

지수는 창현에게 최영빈 관련 기사들과 홍보 자료들을 설명하고, 이번 사건으로 구설수에 휘말린 두엔의 이미지를 회복하기 위해 두엔 배우들을 위시한 자선 사업 계획과 가수 콘서트 계획에 대해 이야기했다.

사업 관련으로 한참 의논하다가, 지수가 물었다.

"이제 그쪽 일은 다 해결된 거 맞죠? 또 두엔이 들썩할 만한 일, 있으면 미리 좀 알려 줘요."

창현이 빙그레 웃었다.

"다 해결됐어. 앞으로는 이런 일 없을 거야."

"두엔, 이제 진짜로 대표님 거 맞아요?"

"응, 맞아."

"흐음. 못 믿겠는데."

지수가 눈을 가늘게 떴다.

"정말이야. 정 팀장한테는 고마운 게 많아. 정 팀장 아니었으면 여기 이렇게 앉아 있지도 못했겠지."

"이제는 날 좀 믿겠어요?"

지수의 질문에 창현은 민망한 듯 웃다가, 대답하는 대신 질문했다.

"정 팀장, 앞으로 내 비서가 되어 줄래?"

지수가 웃음을 터뜨렸다.

"뭐예요, 그거? 프러포즈 받는 줄 알았네. 참나."

한참 웃던 지수가 간신히 웃음을 멈췄다.

"좋아요, 비서. 까짓거, 내가 제대로 해 주죠. 대신 긴장해요. 난 정태윤처럼 대표님을 좋아하는 게 아니라서, 아주 꽉꽉 굴릴 거니까."

"그거 무서운데."

그 후에도 지수는 앞으로의 일에 대해 창현과 한참 의논하다가 대표실에서 나왔다.

슬희가 복도를 걸어오고 있었다.

"슬희 씨."

반가운 얼굴에, 지수는 환하게 웃으며 슬희에게 다가갔다.

"대표님 만나러 온 거야?"

"네. 그 사건 이후로 얼굴을 못 봤거든요."

"그래, 여러 가지로 바빴으니까. 조승훈 씨도 여기저기 불려 다녔잖아."

"네. 그때 현장에 찾아온 게 사진이 찍힌 바람에, 진짜 정신이 하나도 없었어요."

"요샌 좀 괜찮아졌고?"

"그런 것 같아요. 그 사건도 대충 마무리가 되어 가는 것 같고……."

"아, 맞다. 나 승진했어."

"승진이요? 뭐로요? 부장님 되신 거예요?"

"아니. 이제 내가 정 비서야."

처음엔 무슨 말인가 싶어 얼떨떨하게 지수를 쳐다보던 슬희가 곧 웃음을 터뜨렸다.

"우와, 정 팀장님, 정 비서님 되시는 거예요? 그러고 보니 같은 정 씨였네요."

"응, 그러게. 똑같이 정 비서라고 불리기 싫으니, 지수 비서라든가, 뭐, 다른 호칭 좀 생각해 봐야겠어."

"그러게요. 그게 좋을 것 같아요."

"아, 이러고 있을 때가 아니네. 대표님이 많이 보고 싶겠다. 얼른 들어가 봐."

지수가 유쾌하게 말하고는 슬희를 대표실로 슬며시 떠밀었다.

슬희는 지수에게 고개를 숙여 인사하고 대표실 앞에서 크게 심호흡을 했다.

그 사건 이후로, 창현과 간간이 통화를 하기는 했지만, 얼굴을 마주하는 건 처음이었다.

그날, 슬희는 자기도 모르게 창현을 해성이라고 부르고 말았다.

그걸 창현이 들었을지 궁금했다.

그동안 통화를 할 땐 그 일에 대한 언급이 없었다.

'못 들었을 것 같긴 한데……'

생각해 보면 정신이 하나도 없는 상황이었다.

칼에 찔릴 뻔한 창현이 그 소리를 들었을 리 만무하다.

하지만 역시 마음에 걸렸다.

오늘 슬희가 회사에 찾아온 이유는, 창현을 만나 그 일을 물어보기 위해서였다.

만약 창현이 그 말을 못 들었다면.

'오늘은 아냐. 오늘은 말하지 않을 거야.'

2주 전, 그 사건이 벌어지던 날 창현을 만나서 '난 네가 윤해성이라는 걸 알아.'라는 이야기를 할 계획이었다.

하지만 생각이 바뀌었다.

'승훈 오빠 매니저 일이 끝난 다음에, 그다음에 말해야지. 그때가 되면…… 사표 내기도 쉬워질 테니까.'

창현의 반응이 어떨지, 아직도 미지수였다.

창현은 이제 두엔과 얽힌 일들을 모두 해결했다.

아무것도 거리낄 게 없는 그의 인생에, 자신이 하나의 어둠이 되고 싶지 않았다.

만약 창현이 자신의 과거를 아는 슬희를 불편해하는 기색이 조금이라도 있다면, 슬희는 두말하지 않고 그를 떠날 생각이었다.

이제 슬희에겐 두엔의 높은 연봉보다 창현이 더 소중해졌다.

그를 상처 주고 싶지 않았다. 그의 청명한 하늘을 흐리는 먹구름이 되고 싶지 않았다.

마음을 정리한 슬희는 대표실의 문을 노크했다.

"들어와요."

슬희는 조심스레 문을 열었다.

창현은 비서실 소파에 앉아 커피를 마시고 있었다.

늘 그렇듯 휘핑크림이 잔뜩 올라간 커피였다.

슬희를 본 창현의 입가에 옅은 미소가 번졌다.

"슬희야."

창현이 일어났다.

슬희는 잠시 머뭇거리다가 달려가 창현을 끌어안았다.

아직은…….

아직은 좀 더 연인처럼 행동해도 괜찮겠지.

다행히 창현은 슬희를 꼭 안아 주었다.

전해지는 그의 향기도, 체온도, 언제나와 같았다.

단단히 끌어안은 그의 팔도, 조금 딱딱한 그의 가슴도, 희미하게 들려오는 그의 심장 박동 소리도, 전부 같았다.

'그래, 그때 그 말을 못 들었나 보다.'

다행이다.

슬희는 안도하며 창현에게서 떨어져, 그가 앉아 있던 옆자리에 앉았다.

소파에 앉아 비서실 안을 둘러봤다.

비서실은 태윤이 없는데도 처음 들어왔을 때와 변한 것이 없었다.

이곳에 처음 들어왔을 때의 일이 떠올랐다.

채 1년도 되지 않은 일인데, 굉장히 먼 옛날의 일처럼 느껴졌다.

그때만 해도, 이 공간이 참으로 어색했는데.

이제는 자연스럽게 앉아 있는 자신의 모습에, 감회가 새로웠다.

"커피 한잔할래?"

창현이 물었다.

"아니, 난 괜찮아. 몸은 어때? 피곤하진 않아? 요새 다들 바빠서 야근한다던데."

"바쁘긴 하지만 전보다는 괜찮아. 신경 쓸 게 많지 않으니까."

"다행이다. 회장님은 어떠셔?"

창현이 살짝 미간을 좁혔다.

"내색은 하지 않으시지만, 마음이 많이 힘드시겠지."

"그렇구나."

"민애리는 자기가 한 일에 대한 죗값을 치르게 될 거야. 예전에 음주 운전으로 사람을 친 것에 대해서도 조사를 받고 있어. 아마 한동안 살다 나오게 되겠지."

"정태윤은?"

"살인 청부업자에게 돈을 보낸 게 문제가 돼서, 그 부분에 대한 처벌은 받을 텐데…… 민애리만큼 큰 처벌은 받지 않을 거야. 다만 풀려나면 한국에 있진 못할걸. 그쪽 집안에서도 거의 버리는 분위기더군."

"무섭네, 그쪽 세계는."

"그러게."

창현이 고개를 끄덕였다.

"하지만 이번에…… 많은 걸 깨달았어."

"그래? 어떤 거?"

"내가 너무 마음을 닫고 있었다는 거."

창현이 슬희의 손을 살며시 잡았다.

"나는 아무도 믿지 않았는데, 많은 사람들이 내게 신뢰를 주고 있었더라. 나는 아무도 받아들이지 않았는데, 많은 사람들이 나를 받아들였더라. 그걸 이제야 알게 됐어."

"그렇구나."

다행이라고, 슬희는 생각했다.

"그 사람들 중에 우현 씨도 끼어 있어?"

"응."

창현이 쓰게 웃었다.

"우현이한테는 참 미안해. 걔는 언제나 나를 '우리 형'이라고 불렀는데, 난 그걸 무시했지. 난 항상 걔를 내 동생이라고 생각하지 않으려 했어."

"……."

"무서웠거든. 배신을 당할까 봐. 언젠가 나에 대해 전부 알게 되었을 때, 나를 경멸의 눈으로 응시하게 될까 봐."

"우현 씨가 널 왜 경멸의 눈으로 보겠어?"

"내가 살인자의 자식이니까."

쿵―!

어딘가에서 커다란 것이 떨어지는 둔탁한 소리가 들렸다.

슬희는 곧 그것이 자기 심장이 떨어지는 소리라는 걸 깨달았다.

천천히 고개를 돌려 창현의 얼굴을 바라봤다.

창현은 이미 슬희를 보고 있었다.

그의 검은 눈동자는 조금도 흔들리지 않고 슬희를 향해 있었다.

까맣고 맑은 눈동자에, 소스라치게 놀란 듯한 슬희의 얼굴이 비치고 있었다.

창현은 슬희를 가만히 응시하며 물었다.

"언제부터 알았어? 내가 윤해성이라는 거."

다 끝났다고, 슬희는 생각했다.

역시 창현은 들었던 것이다.

슬희는 창현에게 잡힌 손을 슬며시 빼내고 고개를 숙였다.

그를 똑바로 볼 수가 없었다.

이제 끝이다.

나는 그를 떠나야 한다.

나를 보는 그의 눈빛이 달라질 것이다.

나는 그에게 부담스러운 존재가 되리라.

눈물이 날 것 같았다.

"처음부터."

슬희는 말했다.

"널 다시 만난, 첫날부터."

떨지 않고 말하려고 노력했다.

지금 내가 느끼는 이 감정을, 창현이 모르길 바랐다.

그가 나를 떼어 낼 때에 미안하지 않도록, 슬희는 담담하게 말했다.

"그날부터 알고 있었어. 네가 윤해성이라는 거."

"그런데 왜 말 안 했어?"

"처음엔 널 위해. 나중엔 날 위해."

"그게…… 무슨 뜻이야?"

슬희는 자신의 무릎을 내려다봤다.

무릎이 가늘게 떨리고 있기에, 거기에 손을 얹어 꽉 눌렀다.

"과거를 버리고, 이름도 바꾸고 잘 살고 있었잖아. 그런데 갑자기 과거를 아는 내가 나타났다는 걸 알면, 네가 부담스럽게 느낄 것 같았어. 처음엔 그래서 감췄어. 그리고 나중엔…… 무서웠어. 네가 날 부담스러운 존재를 느낄까 봐. 널 사랑하는데, 사랑하는 사람이 날 거슬려 할까 봐. 그게 무서워서…… 도무지 말할 수가 없었어. 말해야 한다는 걸 아는데…… 무서워서…….'

그때, 창현이 손을 뻗어와 슬희의 손등 위에 얹었다.

"날 사랑해? 날 사랑한다고? 방금 그렇게 말한 거 맞지?"

그제야 슬희는 자신이 창현에게 사랑한다는 말을 한 적이 한 번도 없다는 걸 떠올렸다.

슬희는 천천히 고개를 돌려 창현을 응시했다.

"그래, 널 사랑해. 사랑하고 있어. 그래서 더 무서웠고, 더 말할 수가 없었어."

"아……."

창현의 눈가에 눈물이 고였다.

"아, 몰랐어."

"왜 몰라? 사랑하지도 않는데, 너랑 있는 걸 그렇게 좋아했겠어? 그렇게 보고 싶어 했겠어?"

"하지만…… 말해 주지 않았으니까."

"그래도 알아야지, 바보야."

"그런 거야?"

"그래!"

슬희는 입술을 비쭉거리며 괜히 고집을 부렸다.

창현의 눈가에 고인 눈물을 보니, 슬희야말로 울고 싶어졌다.

넌 왜 울려고 하는 거야?

내가 네 과거를 알아서?

이제 나랑 헤어져야 해서?

사랑하는 여자가 네 과거를 안다는 사실에 당황해서?

"나도."

그때, 창현이 말했다.

"나도 처음부터 알았어."

"응? 뭘?"

"널."

창현이 휴대폰을 꺼냈다.

"네 입사 지원서에서 네 이름을 봤을 때부터."

"거짓말……."

"알고 있었어."

휴대폰을 조작한 창현이 슬희의 눈앞에 자신의 휴대폰을 내밀었다.

휴대폰 액정에는 전화번호부에 저장된 슬희의 번호 위로, 이름이 적혀 있었다.

[개구리 소녀]

슬희의 눈동자가 흔들렸다.

슬희는 멍하니 그 이름을 보다가 창현을 돌아봤다.

"20년 전부터 매일."

창현이 말했다.

"단 한 순간도."

창현은 목이 메는 듯 잠시 말을 멈췄다.

천천히 숨을 고른 창현이 슬희를 지그시 응시했다.

너무도 어둡기만 했던 그때 살며시 다가와 언제나 빛이 되어 주었던 어린 소녀의 모습이 슬희의 위에 겹쳐졌다.

"나는 널 잊은 적 없어, 슬희야."

믿을 수가 없었다.

슬희는 눈을 휘둥그레 뜨고 창현의 입술만 응시했다.

느릿하게 움직이는 입술은, 도저히 믿을 수 없는 말들을 흘려보내고 있었다.

"네가 혼자 있는 날 찾아와 내 옆에 앉아 말을 걸었던 날도, 항상 나한테 대화하는 법을 가르쳐 줬던 것도, 우울할 땐 개구리 소년을 부른다는 말을 했던 일도, 피아니스트가 되어서 돈을 많이 벌겠다고 했던 것도, 우리가 손잡고 강변을 달렸던 날도…… 나는 전부 다 기억하고 있어."

믿기 어려운 말들이었다.

마치 마법 같다고, 슬희는 생각했다.

창현이 그 일들을 기억하고 있을 줄은 꿈에도 몰랐다.

기억하는 건 자신 혼자인 줄 알았다.

게다가 창현은 그때부터 매일 그 일을 기억하고 있었단다.

정말이야?

나, 지금 꿈꾸는 거 아니지?

너무 간절해서 망상 속에 빠져 버린 건 아니지?

슬희는 혼란스러웠다.

"너는 내 삶의 빛이었어. 어릴 때 나는, 정말 지독히도 어두운 세상에 살고 있었어. 그 어둠이 너무 당연해서 어둡다는 것조차 인지하지 못했어. 그 어둠 속에, 네가 들어온 거야."

눈이 부셨다고, 창현은 말했다.

너무도 눈이 부셔서 똑바로 볼 수 없었다고.

"우리 어머니는 자살을 할 때, 나를 먼저 죽이려고 했어."

"뭐?"

슬희의 눈이 커졌다.

창현은 그런 슬희를 응시하며 애틋하게 웃었다.

"네가 아니었다면 난 그대로 죽었겠지."

목을 조르던 어머니의 손길이 기억났다.

그래, 이렇게 죽는 것도 괜찮겠다, 살아 봐야 뭐하랴, 그런 생각을 하고 있을 때.

자신의 옆에 있어 주었던 슬희가 떠올랐다.

죽고 싶지 않았다.

살고 싶었다.

조금 더, 조금 더, 슬희를 보고 싶었다.

슬희와 같은 세상을 살아가고 싶었다.

"네가 있어서, 나는 살고 싶었어. 그래서 도망쳤지."

어머니는 자살했고, 어머니의 동생인 이모가 창현을 양자로 들였다.

그 무렵 이모는 한참 민 회장이 구애를 받고 있었다.

이모는 아들이 생겨 결혼할 수 없다 했지만, 민 회장은 상관없다고, 당신의 자식이면 나의 자식이라고 이모에게 프러포즈를 했다.

그리하여 창현은 이름을 바꾸고 민 회장의 아들로 살아오게 된 것이다.

"매일매일 난 네 생각을 했어. 그러면 살아갈 힘이 생겼으니까. 힘이 들 때면 노래를 했어."

"개구리 소년."

"그래, 그 노래."

결국 슬희는 울음을 터뜨렸다.

오도카니 앉아 있던 소년이 떠올랐다.

그 소년에게 작은 빛이 되어 줄 수 있었다는 게 기뻤다.

그 소년이 자신을 떠올리며 살아 주었다는 게 좋았다.

가슴이 벅찼다.

"나도 무서웠어, 슬희야."

창현이 말했다.

"우리 아버지는 살인자였지. 네가 그걸 알게 되어도 계속 내 곁에 있어 줄지 모르겠어서, 나도 무서웠어. 그래서 나 역시 너에게 말을 못 했어. 널 기억한다고."

"바보야. 그런 이유로 널 싫어할 리 없잖아."

"하지만……."

"게다가 네 아버지는 진짜 살인자도 아니었고."

"뭐?"

창현이 어리둥절하게 슬희를 쳐다봤다.

창현의 반응에 슬희야말로 어리둥절해졌다.

"뭐야, 너. 몰랐던 거야?"

"어? 대체 뭘?"

눈물이 쏙 들어갔다.

슬희는 손등으로 눈물을 닦아 내고 말했다.

"너희 아버지, 일부러 사람을 죽인 게 아니잖아."

"하지만…… 사람들은……."

"우리 아빠가 얼마 전에 얘기해 줬어. 너희 아버지, 트럭 운전사였는데 과중한 업무 때문에 졸음운전을 하다가 사고를 낸 거라고."

창현의 눈동자가 흔들렸다.

"아무도 너한테 말해 주지 않은 거야? 네가 이렇게 자란 후에도?"

창현은 혼란스러운 듯 대답을 하지 못했다.

"트럭이 승용차를 덮친 거래. 법원에선 과중하게 업무를 맡긴 회사 측에서 잘못이 있다고 했는데, 회사 쪽에선 나 몰라라 했고. 너희 아버지랑 어머니는 책임을 느껴서 피해자들에게 계속 속죄를 하고 보상금을 갚으신 거래."

슬희가 아버지에게 들은 것을 설명했다.

"그런데 동네 사람 중에 누군가가…… 아버지 말로는 아마 너희 어머니한테 구애를 하다가 차인 사람이라고 하던데, 그 사람이 소문을 퍼뜨렸대. 살인자라고. 네 아버지가 사람을 네 명이나 죽였다고. 그래서 동네 사람들이 너와 어머님한테 그렇게 모질게 굴었던 거야."

창현이 두 손으로 머리를 감쌌다.

"그럴 리가……."

"알아보려고도 하지 않은 거야? 조금만 조사하면 알 수 있었을 텐데."

"아버지와 관계된 건 아무것도……."

창현이 고개를 저었다.

"아무것도 듣지 않으려 했어. 묻지도 않았고…… 알아보지도 않았지. 모두 떼어 내고 싶었거든. 생각하고 싶지 않았거든."

두려워서, 미워서, 원망스러워서, 너무 오랫동안 진실을 모르고 살아왔다.

슬희는 안쓰러운 눈으로, 혼란에 빠진 창현을 지켜봤다.

그가 혼란에서 벗어나기까지 가만히 그의 옆자리를 지켜 주었다.

얼마나 시간이 지났을까.

창현이 머리에서 손을 떼고 몸을 앞으로 수그렸다.

"난 정말 어리석었네."

"응, 바보."

창현이 옅은 미소를 지었다.

"정말 바보다, 난. 무섭고 원망스럽다고 자세히 알아보려고 하지도 않다니. 사람들 말만 믿고…… 하아. 남들을 안 믿는다고 했으면서, 결국 진짜 믿어야 할 건 안 믿고 믿지 말아야 할 걸 믿고 있었어."

"원래 사람은 자기 일이 되면, 똑바로 보질 못하잖아. 한 발자국만 떨어져서 보면 명백히 드러나는 진실을, 너무 가까운 곳에서 보려 하기에 보지 못하지."

"그러게."

창현이 크게 한숨을 내쉬었다.

창현이 슬희를 돌아봤다.

"넌 이런 나인데도 괜찮아? 이런 나라도 사랑하는 거야?"

불안함이 가득 담긴 창현의 질문에, 슬희의 눈이 반달 모양으로 접혔다.

슬희는 가만히 창현의 손을 잡았다.

"바보야. 모르겠어? 오래전 네 손을 잡고 강변을 달렸을 때부터, 내 사랑은 시작되고 있었어."

영화 같다고, 슬희는 생각했다.

창현을 만나게 되면서 참으로 많은 일이 있었다.

창현과의 관계 또한 평범하지 않았다.

첫사랑. 서로가 품고 있던 오해. 같은 비밀.

그 많은 것들이 쌓이고 겹쳐져, 결국 비밀을 털어놓고 오해를 풀게 되었다.

그리하여 마음이 더욱 견고해졌다고, 슬희는 생각했다.

꿈결처럼 시간이 흘러갔고, 어느새 드라마 촬영도 끝이 났다.

승훈의 매니저 일도 끝난 슬희는, 다시 회사로 돌아왔고 승훈은 낚시를 하기 위해 태국으로 떠났다.

그때쯤, 창현은 전화 한 통을 받았다.

강한에게서 걸려 온 전화였다.

[고객님. 모든 준비가 끝났습니다. 언제 진행할까요?]

몇 분 후, 연우도 전화를 한 통 받았다.

창현에게서 걸려온 전화였다.

연우의 눈이 커졌다.

"프러포즈?"

*   *   *

유독 집에 일찍 들어가고 싶지 않은 날이 있다.

슬희가 오늘 그랬다.

오랜만에 회사에서 일을 해서 그런지, 마음이 붕 떠 있었다.

승훈의 매니저를 할 때의 기분에서 완전히 벗어나지 못한 것 같았다.

슬희는 창현에게 메시지를 보냈다.

[창현아. 저녁 콜?]
[미안. 오늘은 일이 있어.]

창현과 저녁을 먹으면서 수다를 떨고 싶었는데, 아쉽게 됐다.

슬희는 연우에게 문자를 보냈다.

[삼쏘?]
[미안. 오늘 약속이 있어.]

연우에게도 차였다.

슬희는 어깨를 축 늘어뜨리고 주희에게 문자를 했다.

[주희야. 저녁에 피자?]
[미안, 선약이 있어.]

모두에게 차였다.

한숨을 푹 쉬고 있는데, 누군가 슬희의 어깨를 톡톡 두드렸다.

"누나."

예쁜 미소를 짓고 있는 우현이었다.

"우리 오늘 저녁 같이 먹을래요?"

＊　　　＊　　　＊

슬희가 우현과 저녁을 먹으며 최근의 근황에 대해 이런저런 대화를 하는 동안, 창현은 주희와 연우를 만나고 있었다.

"프러포즈를 한다고? 이렇게 갑자기?"

주희가 물었다.

"프러포즈는 갑자기 해야 제맛이지. 동네방네 소문내고 하면 재미없잖아."

연우가 창현의 편을 들었다.

"하지만……."

주희가 한숨을 쉬었다.

"슬희 사정 몰라? 슬희는 자기네 집 빚을 다 갚지 않는 한, 프러포즈를 받아 주지 않을걸. 너한테 폐 끼치고 싶지 않아 할 거야."

"그 문제는 해결됐어."라고, 창현이 단언하며 말했다.

주희가 인상을 찌푸렸다.

"네가 갚아 준다고 하면 엄청 화낼 거야. 슬희 성격 몰라?"

"알아. 내가 갚아 줄 생각 없어. 돈은 빌린 사람이 갚아야지."

"하지만 그 돈 빌린 사람들, 어디에 있는지도 모르는데."

"이젠 알거든."

창현이 자신의 계획을 설명해 주었다.

놀라운 이야기를 들은 주희와 연우의 눈이 커졌다.

"웬일이야."

주희가 두 손으로 입을 가리고 중얼거렸다.

"웬일이야……."

주희의 눈에 눈물이 고였다.

"그 말 진짜야? 그거…… 그거 정말이야? 허세 부리는 거 아니지?"

연우가 믿을 수 없다는 듯 물었다.

"내가 어떻게 이런 거로 허세를 부리겠어?"

창현이 대답했다.

"그럼…… 우린 왜 부른 건데? 네가 준비한 그것만으로도 완벽한 프러포즈일 텐데."

주희가 냅킨으로 눈물을 닦으며 물었다.

"슬희, 반지 사이즈 좀 물어보려고."

＊　　＊　　＊

우현은 시간을 확인했다.

'이제 슬슬 누나를 보내도 되려나?'

슬희에게 프러포즈를 하고 싶다는 말을 들은 게, 어제의 일이었다.

민애리 사건 이후로, 창현은 우현에게 마음을 연 것 같았다.

—너한테 미안하고 고마워.

어젯밤, 우현을 찾아온 창현이 말했다.

　　—그동안 내가 너무 어리석었어.

창현은 진심을 담아 말했다.

　　—그런데도 꾸준히 날 우리 형이라고 불러 줘서 정말 고마워.

많은 이야기를 했다.

창현은 민 회장에게 입양되기 전, 자신이 어떻게 살아왔었는지에 대해서 얘기했고, 그때 만난 슬희가 자신에게 어떤 존재였는지도 말했다.

도저히 이길 수 없다고, 우현은 생각했다.

그때부터 그렇게 시작된 사랑이라면, 애초에 우현이 끼어들 구석은 조금도 없는 게 당연했다.

　　—나는 슬희한테 프러포즈를 할 거야.

창현이 미안하다는 듯 말했다.

우현은 창현이 그 일로 자신에게 미안한 감정을 품는 게 싫었다.

어릴 때부터 시작된, 둘의 견고한 사랑에 끼어들어 방해하려고
했던 건 자신 쪽이었다.

미안해하려면 자신이 미안해해야 했다.

―내가 도울 일은 없어?

그렇게 물었더니, 창현이 말했다.

―내일, 슬희 좀 잠깐 붙잡아 둬 줄래?

그리하여 지금 이렇게 슬희와 함께 있는 것이다.

창현이 프러포즈로 뭘 준비했을지 궁금했다.

하지만 그 장소에 따라가진 않겠다고, 우현은 생각했다.

창현이 좋지만, 프러포즈를 결심해서 다행이라고 생각하지만.

'보고 싶진 않아.'

우현은 슬희의 앞에서 힘들게 한숨을 삼켰다.

'아직은.'

*　　　*　　　*

슬희가 집에 들어갔을 때, 어째서인지 오늘 약속이 있다던 연우
와 주희가 와 있었다.

"너희들이 여긴 어쩐 일이야?"

슬희는 혹시 오늘 생일이라 깜짝파티를 해 준 건가 싶어 날짜를 헤아려 봤지만, 슬희의 생일은 아직 멀었다.

"그냥. 재미있는 구경거리가 있을 것 같아서."

연우가 싱글싱글 웃으며 말했다.

"재미있는 구경거리? 뭔데? 뭐야?"

연우와 주희는 더 이상 말해 주지 않았다.

슬희 부모님과 정우도 어리둥절한 표정이었다.

초인종이 울린 건, 바로 그때였다.

"누구세요?"

슬희가 문을 열었다.

생전 처음 보는, 키가 크고 인상을 잔뜩 찌푸린 남자가 서 있었다.

"안녕하십니까, 고객님의 연인분. 가을 심부름센터입니다."

"예?"

가을 심부름센터?

어디서 들어 본 이름인데.

"아, 강한 씨."

연우가 강한을 알아보고 손을 흔들었다.

"어이쿠, 우리 의사 선생님도 와 계셨군요."

강한이 연우에게 아는 체를 했다.

슬희는 지금 이게 무슨 상황인지, 도통 알 수가 없었다.

슬희의 가족들 역시 어안이 벙벙한 표정으로 강한을 보고 있었다.

"오늘 이렇게 찾아뵌 이유는, 우리 귀한 고객님의 요청 때문입니다. 우리 고객님의 의뢰는, 돈 떼먹은 놈들 멱살을 잡고 끌고 와 달라, 였거든요."

"예?"

"들어와."

강한이 문밖을 보며 말했다.

그리고.

들어왔다.

그들이.

슬희는 그들을 몰랐다.

고개를 푹 숙이고, 무서운 일이라도 당한 듯 떨면서 들어오는 그들을, 슬희는 몰랐다.

하지만 슬희 아버지는.

"너희들…… 어떻게……."

알고 있었다.

"어떻게…… 여길……."

떨리는 목소리로 묻는 슬희 아버지의 앞에, 그들이 무릎을 꿇었다.

"미안해, 미안하네."

"미안합니다. 죄송합니다."

"제가 빌린 돈, 제대로 갚겠습니다."

"용서해 줘. 빌린 돈은 제대로 갚을게. 자네가 그동안 갚아 왔던 것도 전부 보상할게."

그제야 슬희는 그들이 누군지 알 수 있었다.

아버지를 배신한, 아버지의 지인들.

우리 가족이 너무도 힘든 삶을 살아가게 만든 장본인들.

멍하니 서 있던 슬희 어머니가 울음을 터뜨렸다.

슬희 아버지는 무릎 꿇고 용서를 비는 친구들의 멱살조차 잡지 못하고, 멍하니 그들을 지켜봤다.

이게 도대체 어떻게 된 일일까?

슬희는 돌아가는 상황을 전혀 이해할 수가 없었다.

그때.

창현이 들어왔다.

이건 또 뭐지?

창현이가 왜 이런 순간에 여기엘 온 거지?

뭐야? 뭐지, 이게?

집 안으로 들어온 창현이 슬희의 앞에 멈춰 섰다.

"이제 다 해결됐지?"

"어?"

슬희는 어리둥절하게 창현을 올려다봤다.

"네 문제들 말이야."

창현이 무릎 꿇고 있는 사람들을 손가락으로 가리켰다.

그제야 슬희는 돌아가는 상황을 이해할 수 있었다.

창현이 심부름센터에 의뢰를 한 모양이다.

아버지를 등쳐 먹은 나쁜 놈들을 잡아 와 달라고, 부탁을 한 모양이다.

그게 슬희와 슬희 가족의 가장 큰 문제였으니까.

슬희가 두 손으로 얼굴을 가렸다.

창현이 이런 일들을 처리해 줄 줄은 몰랐다.

내가 가진 문제에 대해 진지하게 해결 방안을 모색하고 있었을 줄은 몰랐다.

"아버님과 어머님께는 항상 감사하고 있었습니다."

창현이 아직도 놀라서 굳어 있는 슬희 부모님에게 말했다.

"어릴 때, 제가 슬희와 어울리는데도 두 분은 저를 쓰다듬어 주셨지요. 그 동네 어른 중에서 절 다정하게 대해 주신 분은 두 분뿐이었어요."

"……."

"길에서 아버님과 마주쳤을 때, 저는 아버님께 인사를 드리는 게 죄스러웠습니다. 괜히 제가 아는 척을 하면, 아버님까지도 손가락질을 받을 것 같아서. 그런데 먼저 저한테 인사를 해 주시고, 앞으로 만나면 인사하라고 말해 주셔서…… 저는 정말로 따뜻했습니다. 은혜를 갚고 싶었어요."

창현의 고백을 듣는 슬희의 눈에서 눈물이 흘렀다.

"이걸로는 제가 느낀 그 감동을 전부 보답할 수 없지만, 저는 두 분의 소중한 딸에게 너무 부족한 놈이지만…… 그래서 지금 이런 행동을 하는 게 너무 죄송스럽지만……."

창현의 시선이 슬희에게로 향했다.

창현은 슬희를 똑바로 응시하며 말했다.

"나랑 결혼해 줘, 슬희야. 네 부모님과 너에게 받은 그 따뜻함, 평생 갚으면서 살고 싶어."

＊　　＊　　＊

그리하여……

개구리 소년과 개구리 소녀의 사랑은 결실을 보았다.

누가 뭐래도 세상에서 가장 중요한 것은 '돈'이었던 개구리 소녀의 삶은 다른 소중한 것들로 가득 채워졌다.

그저 어둠뿐이었던 개구리 소년의 삶은 눈이 시릴 정도로 밝은 빛으로 가득했다.

그러던 어느 날, 개구리 소녀가 개구리 소년과 함께 회사 옥상에 올라가 사표를 내밀며,

"대표님. 저 사표 내겠습니다. 임신을 했거든요."

라는 말을 하게 되는 건 조금 더 훗날의 일.

지금은 그저.

둘은 사람들의 축복 속에서 서로를 꼭 끌어안고, 앞으로 세상이 끝나는 날까지 느끼게 될 온기를 나누고 있었다.

〈사표 내겠습니다〉 完

외전. 이야기가 끝난 후

어깨까지 오는 단발과 호리호리한 체구, 가느다랗고 흰 팔다리와 단정한 원피스.

우현의 시선이 저절로 여자를 따라갔다.

하지만 여자가 돌아보는 순간, 슬희가 아니라는 것을 깨닫고 쓴웃음을 지었다.

슬희를 처음 만나고 벌써 반년이 넘는 시간이 흘렀다.

초여름에서 어느새 추운 겨울이 되었다.

뼈까지 에는 바람이 더욱 차게 느껴지는 이유는, 가슴에 뻥 뚫린 구멍 때문일 것이다.

뚫린 가슴에 쉴 새 없이 차가운 바람이 드나들어, 심장까지도 꽝꽝 얼릴 것만 같았다.

'곧 해가 바뀌겠네. 아직 올해에 익숙해지지도 않았는데.'

우현은 고개를 들어 구름 낀 잿빛 하늘을 응시했다.

아무래도 눈이 오려나 보다.

며칠 전에 첫눈이 왔다.

— 우리, 첫눈을 같이 보네.

회사 휴게실에서의 일이 떠올랐다.

슬희는 창현과 손을 꼭 잡고 휴게실의 창문 너머를 보고 있었다.

창문 너머로는 아주 조금이지만 눈발이 날리고 있었다.

그 눈이 날아와 뚫린 우현의 가슴의 상처 위에 내려앉은 듯 시리고 아팠다.

— 그러고 보니 어릴 때는 같이 겨울을 보내지 못했구나.

어릴 때.

알고 보니 두 사람은 어릴 때부터 아는 사이라고 했다.

창현이 늘 혼자였을 때, 모두가 창현을 싫어했을 때, 슬희만은 항상 창현의 옆에 있어 주었다고 했다.

우현은 도저히 끼어들 수가 없는 관계였다.

진작 알았더라면, 슬희를 사랑하게 되는 일 또한 없었을까?

'아니, 그래도 난 사랑에 빠졌을 거야.'

우현은 쓴웃음을 지었다.

사랑에 빠졌을 것이다.

슬희와 창현이 그토록 깊은 관계라는 걸 알았더라도, 혹은 슬희에게 연인이 있거나, 남편이 있었더라도. 그 어떤 상황이었더라도 자신은 슬희를 사랑하게 되었을 것이다.

그리고 지금처럼 사랑을 감추고, 가슴이 뚫리지 않은 척 행동하며 살아가게 되었으리라.

'그나마 고백이라도 해 볼 수 있었으니 다행인 건가?'

창현은 슬희에게 프러포즈를 했다.

조만간 양가 상견례도 있을 예정이다.

창현은 두엔을 완전히 인수받았고, 승훈이 주연을 맡은 드라마 〈애완견의 법칙〉도 얼마 전에 성공적으로 종영했다.

드라마는 해외로도 판권이 팔려 나갔고, 두엔은 새 영화와 드라마를 준비하고, 배우를 섭외하느라 바빴다.

태윤과 애리는 자택 근신을 하며 재판을 준비 중이고, 망가졌던 최영빈의 이미지는 전보다 좋아졌다.

시간은 흘러가고, 세상은 돌아가는데 어찌하여 이 마음은 이곳에 멈춰 움직이질 않는 걸까?

어떻게 해야 이 마음도 시간과 세상을 따라 움직이게 될까?

'울고 싶다.'

최근에는 계속 울고 싶다는 생각을 한다.

사랑이 끝났다.

특별할 것도 없는 사랑이었다.

내게는 영화처럼 드라마처럼 특별해도, 남들이 보기엔 다를 것 없는 사랑, 다를 것 없는 실연이었다.

사랑이 끝나면 다들 이런 기분을 느끼는 걸까?

하루에도 몇 번씩 울고 싶어지는 걸까?

'난 꽤나 쿨한 성격이라고 생각했는데.'

알고 보니 아니었다.

쿨할 수 있었던 이유는, 그만큼 사랑해 본 적이 없기 때문이었다.

사랑을 하면 쿨할 수가 없다. 그런 척할 수는 있어도.

우현도 최근에는 온 힘을 다해 '쿨한 척' 하는 중이었다.

지금 느끼는 이 감정을 고스란히 드러내면, 창현도 슬희도 마음이 무거울 테니 어떻게든 드러내지 않기 위해 노력하는 중이었다.

매일, 매 순간 노력해야 하기에, 매일, 매 순간이 고되었다.

"민우현."

그때, 누군가 부르는 소리에 우현은 정신을 차렸다.

도로 갓길에 세운 검은 승용차 창문 안으로, 승훈의 얼굴이 보였다.

"왜 여기서 가을 남자 분위기를 내고 있어? 추워 죽겠는데."

"형, 태국에 있는 줄 알았는데."

우현이 반가워하며 재빨리 승훈의 차 조수석에 올라탔다.

"어제 잠깐 한국에 들어왔어. 한국, 진짜 춥다."

"그치? 갑자기 추워졌어. 영원히 더울 줄 알았는데. 얼마 전에는 눈도 왔어."

"벌써?"

"벌써도 아니지. 이제 곧 해가 바뀌는데."

"시간 진짜 빠르네."

승훈은 차를 몰아 두엔으로 향했다.

막 퇴근을 하고 두엔에서 나온 우현이 미간을 좁혔다.

"회사에 가는 길이야? 난 퇴근인데."

"주차장까지 같이 가. 심심해."

"진짜 사람 번거롭게 만드네."

우현은 투덜거리면서도 가만히 조수석에 앉아 있었다.

우현의 옆모습을 흘긋 쳐다본 승훈이 물었다.

"요새 어때?"

"뭐가?"

"기분."

"산뜻해. 회사 일도 제대로 해결됐고."

"그렇게 애사심이 깊은 줄은 또 몰랐네."

우현은 살짝 미간을 좁히고 승훈을 돌아봤다.

"무슨 말이 하고 싶은 건데?"

"그냥."

승훈은 정면을 응시한 채로 말했다.

"처음으로 사랑에 빠졌던 바람둥이가 실연을 잘 극복하고 있는
지 궁금해서."

이 정도로 콕 집어 말하니 말문이 막혔다.

우현은 입을 다물고 고개를 돌려 정면을 노려봤다.

승훈은 지하 주차장에 차를 세우고 나서도 내리지 않았다.

필시 우현이 입을 열기를 기다리는 것이리라.

우현은 아무 말도 할 생각이 없었다.

적어도 겉으로는 쿨한 척, 냉정한 척, 아무렇지도 않은 척, 이미 다 극복한 척할 생각이었다.

지금껏 잘해 왔으니까. 앞으로도 잘 해낼 자신이 있으니까.

"죽을 것 같아."

하지만 입술이 제멋대로 본심을 내뱉었다.

"죽을 것 같아, 형."

"그래."

"가슴이 무너져 내린다는 게 어떤 건지 알아?"

우현이 가슴 위에 손을 얹었다.

"난 이제야 그게 무슨 말인지 알게 됐어."

우현의 예쁘장한 얼굴이 괴롭게 일그러졌다.

"하루에도 몇 번씩 여기가 무너져 내려. 무너져 내릴 때마다 쿵, 하는 소리가 들리는 것 같아. 정말 이상해."

"이상할 거 없어. 원래 그런 거야."

"아니, 이상해. 나는 창현이 형이 좋아. 슬희 누나도 좋고. 둘 다 좋아서 둘 다 행복해졌으면 좋겠어. 두 사람은 서로 사랑하고 웃고 이제는 아무 문제 없이 사랑을 하고 있어. 그럼 나도 좋아야 하잖아. 점차 좋아져야 하는 거잖아. 그런데 왜 이렇게 가슴이 무너져 내리지? 대체 왜…… 왜 창현이 형을 보면서 웃는 슬희 누나를 볼 때마다 여기가 무너져 내리는 거지?"

"원래 그런 거야."

승훈이 다시 한 번 말했다.

"네가 유독 이기적이라서, 네가 유독 쿨하지 못해서, 네가 유독 질투가 많아서 그러는 게 아냐. 원래 그런 거야."

"그래? 원래 그런 거라고?"

우현의 얼굴이 더 일그러졌다.

우현은 고개를 돌려 창밖을 응시했다.

주차된 차밖에 없는데도, 마치 그곳에 누군가 있다는 듯, 아니, 그곳에 슬희가 있다는 듯 응시하며 중얼거렸다.

"그렇다면 난 이제 사랑 같은 거 안 하고 싶다. 아니, 못 했으면 좋겠다."

승훈은 우현의 기분을 이해할 수 있었다.

승훈도 첫사랑이 끝난 후에는, 원치도 않았는데 이별을 해야 했을 때에는 우현과 같은 기분이었으니까.

이런 아픔이 사랑이라면, 사랑이 끝난 후에 이러한 고통을 느껴야만 한다면…….

두 번 다시 사랑하지 않으리라, 아무도 사랑하지 않으리라, 몇 번이고 다짐했었으니까.

하지만 승훈은 알고 있었다.

영원할 것 같은 아픔이지만 시간이 지나면 조금씩, 아주 조금씩, 자신도 모르는 새에 아주아주 조금씩 나아진다는 것을.

쉴 새 없이 떠오르던 그녀의 생각이 몇 초마다 한 번으로, 몇 분마다 한 번으로, 몇 시간마다 한 번으로…… 그러다가 며칠에 한 번, 몇 달에 한 번으로 줄어든다는 것을.

어느 날 정신을 차리면 더 이상 그녀 생각을 하고 있지 않음을, 그녀를 떠올려도 전처럼 가슴이 아프지 않음을 깨닫게 된다는 것을.

그리고 또다시 새로운 사랑이 시작된다는 것을.

승훈도 해 봤기에 알고 있었다.

단지 그 기간이 얼마나 걸리느냐의 차이가 있을 뿐, 우현도 언젠가는 승훈이 아는 것을 알게 될 것이다.

"들어가 봐, 형."

우현이 말했다.

"난 그만 가야겠어."

"집으로 가게?"

"왜 이렇게 내 스케줄을 궁금해해? 나랑 데이트라도 하고 싶어?"

"그럴까 했지."

"동정이라면 됐어. 친구들 만나서 술이나 한잔할래."

"그래, 그럼. 하지만 동정을 받고 싶을 땐 언제든 연락해. 이 형이 예뻐해 주고, 만져 주고, 안아 주고 해 줄 테니까."

승훈의 말에 우현이 상상하기도 싫다는 듯 부르르 떨었다.

"그거야말로 사양이야."

우현이 조수석에서 내린 후, 승훈도 내렸다.

우현에게 손을 흔들어 주고 나서 승훈은 엘리베이터로 향했다.

어제 갑작스럽게 귀국한 이유는, 그저께 밤에 창현에게서 걸려 온 전화 때문이었다.

― 이제야 좀 마무리가 돼서 시간이 났습니다. 형님께 다시 한 번 감사 인사를 드리고 싶어서 전화 드렸습니다.

이렇게나 오래 알고 지냈는데도, 창현은 극존칭을 사용하며 말했다.

― 그 감사 인사는 얼굴 보면서 듣고 싶은데.
― 적당히 전화로만 만족하세요.

극존칭을 사용하기는 해도, 제 할 말은 다 하는 창현이었다.

그래도 승훈은 꼭 창현을 보며 감사 인사를 듣고 싶었다.

아니, 이제야 행복을 잡은 창현이 어떤 표정을 짓는지 보고 싶었다.

승훈이 보기에 창현은 항상 한 걸음, 한 걸음, 온 힘을 다해 인생을 살아가는 것처럼 보였다.

창현을 처음 보았던 그 어린 나이에, 창현이 느끼는 고독이 오롯이 전해졌었다.

타인이 느끼는 고독함이 전해진 건 처음이었다.

어둡고 깊은 눈동자에 똬리를 튼 고독이 순식간에 아가리를 벌리고 자신을 집어삼킬 것만 같은 두려움마저 들었었다.

이 애가 행복이라는 걸 느끼는 순간이 있기는 할까?

어떤 일이 이 애를 행복하게 해 줄 수 있을까?

이 애는 행복해지기 위한 노력이라는 걸 해 볼 생각이 있는 걸까?

궁금했다.

창현이 행복할 때에 어떤 눈빛을 하게 될지, 어떤 표정을 짓게 될지.

승훈은 대표실에 가기 전, 우선 드라마본부 사무실로 향했다.

우현도 퇴근했으니 슬희도 퇴근했겠지만, 혹시나 아직 남아 있을까 싶어서였다.

역시나 행운의 여신은 항상 승훈의 편이었다.

슬희는 아직 사무실에 남아, 〈애완견의 법칙〉 해외 홍보용 자료를 만들고 있었다.

승훈이 사무실 안으로 들어가자, 아직 남아 있던 사람들이 환호를 하며 승훈을 반겼다.

익숙한 환영에 승훈은 환한 미소로 화답하며, 슬희에게 눈짓을 하고 다시 사무실을 나갔다.

잠깐 기다렸더니 슬희가 웃음 띤 얼굴로 나왔다.

"오빠! 한국에 언제 왔어요?"

"어제."

"우와. 한동안 못 볼 줄 알았는데. 이렇게 갑자기 보니까 되게 반갑네요."

"그러게. 잘 지냈어?"

"네, 정말 정말 잘 지냈어요."

슬희는 깜짝 놀랄 정도로 환한 미소를 짓고 있었다.

자그마한 얼굴 전체를 채운 미소는 태국의 맑은 날 빛나는 태양보다 밝아서 눈이 부실 지경이었다.

"오빠는요? 큰 물고기 좀 낚으셨어요?"

"낚시라는 건 물고기가 아니라 세월을 낚는 거야."

"아, 공치셨구나."

승훈은 슬희가 귀여웠다.

여동생이 있다면 이런 느낌이었을까?

귀여운 마음에 슬희의 볼을 살짝 꼬집었더니, 슬희가 눈을 동그랗게 뜨며 말했다.

"안 돼요, 오빠. 이 볼은 창현이 거예요."

"창현이는 그렇게 욕심이 많지 않아."

"아뇨. 저에 대해서는 안 그래요. 머리카락 한 올도 나눠 주지 않을걸요."

승훈은 슬희의 이런 부분이 좋았다.

슬희는 자신의 마음을 믿듯 타인의 마음을 믿는다.

사랑에 상처를 받아 본 적도 있으면서, 새롭게 시작한 사랑에 전의 아픔을 끌어들이지 않는 면이 매력적이었다.

"그거 아쉽네. 머리카락 한 올쯤은 받고 싶었는데."

"미안하지만 안 돼요. 그냥 제 얼굴을 마음껏 감상할 수 있는 걸로 만족하세요."

승훈은 웃음을 터뜨렸다.

"내 팬클럽이 들으면 큰일 날 소리를 하네."

"그러게요. 제가 간덩이가 부었나 봐요."

슬희는 누구 들은 사람이 없는지 주위를 두리번거리며 말했다.

"그래서, 요샌 어떻게 지내? 매일 창현이랑 데이트?"

"매일은 못 하고요. 창현이는 요새 바쁘고, 저도 회사 일 때문에 정신이 없거든요. 그래도 같은 회사를 다니니까, 일하는 중에 잠깐 얼굴 볼 수 있는 건 좋은 것 같아요. 퇴근도 맞춰서 하고."

"그럼 매일 데이트네."

"에이, 퇴근 시간에 잠깐 얼굴 보는 걸로는 부족하죠. 종일 봐도 보고 싶을 텐데."

"창현이가 그렇게 좋아?"

"네, 그렇게 좋네요."

슬희가 희고 고른 이를 드러내며 웃었다.

이렇게 입꼬리를 한껏 옆으로 당기며 웃는 모습이 슬희와 잘 어울렸다.

"창현이가 저한테 어떻게 프러포즈했는지 아세요?"

"아니, 프러포즈했다는 말만 들었는데. 근사한 호텔에서 꽃이라도 뿌려 줬어?"

"아뇨, 그런 것보다 훨씬 더 굉장한 걸 선물로 줬어요. 우리 아빠한테 빚 떠넘기고 잠수 탄 사람들을 다 찾아내서, 아빠 앞에서 무릎을 꿇린 거 있죠."

"호오."

슬희의 가정 형편이 어렵다는 건 알고 있었지만, 자세한 사정은 몰랐던 승훈이었다.

"창현이가 뭘 어떻게 한 건지는 모르겠지만, 다들 찾아와서 무릎 꿇고 용서해 달라고, 빚은 책임지고 갚겠다고, 그동안의 고통도 전부 보상하겠다고, 한 번만 살려 달라고 빌더라고요. 아니, 죽일 생각도 없었는데, 왜 살려 달라는 건지……."

슬희는 아직도 그 부분이 의문이라는 듯 고개를 갸우뚱했다.

"하여간 그 사람들이 빚을 다 갚았어요. 심지어 그동안 우리가 이자랑 원금 갚아 가던 것들까지도 다 돌려줬어요. 그래서 우리 집은 지금 부자예요. 아, 물론 창현이랑 오빠에 비하면 명함도 못 내밀겠지만."

"그런 일이 있었군."

"네. 어릴 때부터 빚쟁이들이 찾아오는 삶에 익숙해져 있었거든요. 그런데 갑자기 빚을 안 갚아도 될 뿐 아니라, 통장 잔금이 어마어마하게 늘어난 거예요. 물론 오빠랑 창현이가 보면 호텔에 며칠 묵으면서 다 써 버릴 돈일 테지만."

"하하하하. 대체 나랑 창현이를 뭐라고 생각하는 거야? 우리도 그렇게 돈을 펑펑 쓰진 않아."

"않긴요. 오빠는 해외여행 갈 때 퍼스트 클래스를 척척 이용하잖아요."

"그건 그렇지."

"전 통장에 돈이 아무리 많아도 퍼스트 클래스는 못 타겠어요."

"하지만 창현이 와이프가 되면 그걸 탈 수밖에 없을걸."

"하아, 그게 문제예요. 창현이랑 제 씀씀이가 너무 달라요."

"그래도 돈 많은 남자랑 결혼하는 건 좋은 일이잖아."

"뭐, 돈은 부수적인 거고요."

슬희가 살짝 미간을 좁혔다.

"전 그냥 창현이가 잘 자란 게 제일 좋네요. 창현이를 웃을 수 있게 해 주는 사람이 저라는 것도 좋고요."

슬희가 한 말이 진심이라는 걸, 승훈도 알 수 있었다.

창현의 이야기를 할 때면 슬희의 얼굴에 따스한 미소가 번졌는데, 그건 무척이나 달콤한 분홍색이었기 때문이었다.

"네가 이렇게 웃는 걸 보니까 좋네."

"네, 저도 제가 이렇게 웃을 수 있게 돼서 좋아요."

슬희가 또 고른 이를 드러내며 웃었다.

"5월에 결혼한다며?"

"네. 전 좀 더 연애를 하다가 결혼을 해도 좋을 것 같은데, 창현이는 결혼하고 나서 연애해도 된다고 빨리 같이 살자 하더라고요. 자기는 20년을 기다렸다면서."

"20년이라…… 마음이 급할 만도 하지."

"그러게요. 그런데 오빠. 우리 결혼식에 오실 수 있으세요?"

"당연히 가야지. 결혼 선물로 대어를 낚아서 갈게."

"아뇨, 그건 사양할게요."

승훈과 슬희는 서로를 마주 보고 장난스럽게 웃었다.

바쁘다는 슬희를 사무실로 들여보낸 후, 승훈도 대표실로 향했다.

창현과 슬희가 과거에 친구였다는 사실은 아주 잠깐 들어서 알고 있었다.

두 사람의 과거에 어떤 일이 있었는지, 승훈은 궁금했다.

오늘 그 이야기도 창현에게 물어보자.

말해 줄지는 모르겠지만.

　　　　*　　　　*　　　　*

　승훈을 본 창현이 살짝 미간을 좁혔다.

　"진짜로 오실 줄은 몰랐습니다."

　승훈은 웃으며 창현이 앉아 있는 책상으로 걸어갔다.

　"그런 식으로 환영해 주기야? 나, 아직 너희 회사 간판스타야."

　"글쎄요. 허구한 날 낚시하신다고 사라지시는 분을 간판으로 내세우면 돈이 안 될 것 같아서, 젊고 일 열심히 하는 최영빈을 간판스타로 내세울까 생각 중입니다만."

　"매정한 녀석. 고맙다고 꼬리 살랑살랑 흔들더니, 벌써 태도가 바뀌네."

　"제가 언제 꼬리를 살랑살랑 흔들었습니까? 커피 드시겠습니까?"

　"그래, 네가 타 준 커피 마셔 보자."

　창현이 자리에서 일어났다.

　"비서실로 가시죠. 정 비서는 없죠?"

　"정 비서? 아, 정지수 씨?"

　"네."

　"응, 없더라. 너한테 말도 안 하고 퇴근해?"

　"네. 이번 비서님은 아주 까탈스럽고 자율적인 분이라서요."

　"정지수 씨가 좀 그런 면이 있지. 같이 일할 만해?"

　"네, 오히려 더 편합니다. 너무 사적으로 접근하지 않는 면이."

　"그래."

사적으로 접근하지 않는 면.

그 말에 승훈은 조금 움찔했다.

창현은 아직도 사적으로 접근하는 걸 싫어하는 걸까?

슬희 이외의 모든 사람을 향해 두텁고 높은 벽을 쌓아 두고 있는 걸까?

승훈은 소파에 다리를 꼬고 앉아, 커피를 타는 창현의 뒷모습을 지켜봤다.

슬희는 생각과 기분이 겉으로 드러나는 타입이라서 최근에 얼마나 행복한지 보는 순간 알 수 있었는데, 창현은 그렇지가 않았다.

웃음기 없는 얼굴에서는 아무것도 알아낼 수가 없었다.

자신의 감정을 감추는 데 익숙한 창현은 아직도 감정을 표현하는 게 서투른 모양이다.

아니면 여전히 타인을 믿지 않아서, 감정을 내보이지 않으려고 노력하는 중일지도 모르겠다.

창현은 승훈의 앞에 커피가 담긴 머그잔을 내려놓았다.

승훈은 커피를 한 모금 마셨다.

"맛있네."

"네, 그럴 겁니다. 요샌 제가 커피를 타거든요."

"정지수 씨가 안 타 줘?"

"네, 정 비서는 커피 심부름하려고 입사를 한 게 아니라서요."

창현이 작게 한숨을 내쉬었다.

아마 커피 한잔 부탁했다가 호된 소리라도 들은 모양이다.

깐깐한 지수의 앞에서 당황하고 있을 창현의 모습이 떠올라 웃음이 나왔다.

"제가 곤란한 게 그렇게 재미있으십니까?"

승훈의 입가에 걸린 미미한 미소를 읽은 창현이 살짝 인상을 찌푸렸다.

승훈은 웃었다.

"응, 나는 옛날부터 네가 곤란한 게 너무 재미있네."

"네, 형님은 옛날부터 그러셨죠."

창현이 작게 한숨을 내쉬었다.

그런 창현을 보며 승훈이 짓궂은 미소를 지었다.

"그래, 그러니까 어서 말해 봐."

"뭘요?"

"감사 인사. 그거 직접 들으러 온 거야."

창현의 눈이 커졌다가 가늘어졌다.

"형님이 집요하신 분이라는 걸 잠깐 잊었습니다."

"그렇다면 앞으로는 잊지 마. 자, 어서 해 봐. 어서."

"엎드려 절 받기 식으로 감사 인사를 받고 싶으신 겁니까?"

"응. 난 원래 엎드려서 절 받는 걸 좋아해. 자, 어서. 어서."

승훈이 손짓을 하며 말하자, 창현은 어쩔 수 없다는 듯 고개를 젓더니 승훈과 눈을 똑바로 맞췄다.

"감사합니다, 형님. 진심으로요."

승훈은 창현의 눈동자를 가만히 응시했다.

역시 창현의 속은 잘 모르겠다.

감정을 너무 잘 감춘다.

"형님이 여러 가지로 신경 써 주신 덕분에 이번 일을 잘 마무리할 수 있었습니다."

"난 별로 한 게 없는데."

"아뇨. 많습니다."

"그래? 내가 뭘 했지? 구체적으로 뭐에 대한 감사야?"

창현은 잠시 침묵했다.

하지만 그 침묵은 짧았고, 창현은 승훈이 예상치 못한 대답을 내놓았다.

"저한테 잘해 주셔서요. 어릴 때부터."

아주 잠깐이었지만, 승훈은 창현의 눈동자가 흔들리는 걸 목격했다.

견고한 어둠만이 가득한 눈동자에 처음으로 빛이 새겨졌다가 사라졌다.

"내가 어릴 때부터 너한테 잘해 줬다고?"

"네."

"그걸 알고 있었어?"

"네, 알죠. 바보가 아닌 이상."

"그럼 왜 지금까지 모르는 척했는데?"

승훈은 자기가 말해 놓고 나서도, 자신의 행동이 애인의 행동을 따져 묻는 것 같다는 느낌이 들어 민망해졌다.

하지만 창현은 그 부분을 비웃지 않고 대답했다.

"무서워서요."

"무서워? 뭐가?"

"저에 대해 알게 되었을 때, 형님의 행동이 변하게 되는 거요."

"너에 대해? 왜? 감췄던 정체 같은 게 있어? 히어로야?"

창현이 피식 웃었다.

바람이 부는 것 같은 미소였다.

"살인자의 자식. 창녀의 자식. 그런 말들을 들으면서 살았습니다. 이모가 회장님이랑 결혼하기 전까지는."

생각지도 못한 말에 심장이 쿵 내려앉았다.

승훈은 전혀 몰랐던 사실이었다.

뭐라 말해야 좋을지 몰라, 휘둥그레 뜬 눈으로 창현을 응시했다.

창현은 늘 그렇듯 감정이 없는 얼굴로 담담히 말했다.

"아버지가 사람을 죽였습니다. 나중에 알게 된 거지만, 일부러 죽인 게 아니라 사고였죠. 아버지는 감옥에 가셨고, 거기서 병을 얻어 돌아가셨습니다. 어머니는 피해자의 가족들에게 보상금을 지불해야 했는데, 낮에는 식당에서, 밤에는 술집에서 일을 하셨죠."

"……"

"누군가가 소문을 냈겠죠. 제 아버지가 살인자라고. 일부러 사람을 죽였다고. 아마 심심풀이 삼아서 한 말일 텐데, 그게 진실이 되었습니다. 아무도 진실을 알려고 하지 않았고, 저 역시 마찬가지였죠. 뭐, 아들인 저도 그랬는데 타인이 진짜 사정을 신경이나 썼을까요."

"……"

"자식을 가진 부모들은 말했을 겁니다. 살인자의 자식이니 가까이하지 말라고. 저 애 엄마는 술집에 다닌다고. 그런 말을 들은 몇몇 아이들은 학교에 와서 친구들에게 알렸고, 그 아이들은 어른들의 뜻에 따라 저를 멀리했습니다."

선생님들조차도 신경 쓰지 않는 아이였다고, 창현은 말했다.

"고독한 줄도 모르고 살았습니다. 한 번도 사람들에게 둘러싸여 있어 본 적이 없으니, 늘 고독함 속에 있었으니, 그게 당연한 건 줄 알았죠. 빛 한 조각 들어오지 않는 새까만 삶이, 저에겐 아주 익숙했습니다. 슬희가 제 옆에 와 주기 전까지는."

창현은 슬희가 어떤 식으로 다가왔는지, 어떤 것들을 가르쳐 줬는지, 그녀와 무엇을 했는지 천천히 이야기했다.

어떻게 저런 걸 다 기억할까 싶은 사소한 일마저도, 창현은 기억하고 있었다.

"누구나 어릴 때의 추억이 있죠. 저한테는 슬희가 제 어린 시절 추억의 전부였거든요. 하나도 잊을 수가 없었습니다. 그 애의 미소, 목소리, 눈빛, 전부 다요."

심지어 슬희조차 잊고 있던 그녀의 꿈마저, 창현은 기억하고 있었다.

그래서 독립했을 때 제일 먼저 집에 꾸민 것이 자그마한 콘서트 홀이었다.

피아노가 있는 방.

"힘이 들 때면 거기에 들어가서 상상을 했습니다. 슬희가 피아노 앞에 앉아 즐겁게 건반을 두드리는 모습을요. 그러면 또다시 걸어갈 힘이 생겼죠."

거기까지 말한 창현이 쓰게 웃었다.

"아, 왜 무섭냐는 이야기를 하고 있었죠. 그래서입니다, 형님. 저는 제 과거를 알게 되었을 때, 형님도 제게 손가락질하던 그 사람들과 같은 눈으로 절 볼까 봐 무서웠습니다."

"그래."

승훈은 간신히 한 마디만 내뱉을 수 있었다.

창현에게 그런 과거가 있었을 줄은 꿈에도 몰랐다.

모두가 손가락질을 하는 삶이라니.

아무도 곁에 다가와 주지 않았던 삶이라니.

어린아이에게는 너무도 가혹한 일이다.

그제야 창현이 자신의 주위에 두껍고 높은 벽을 쌓아 올린 이유를 알 수 있었다.

선생님들조차도 신경 써 주지 않는, 그런 고독한 삶을 살았다면 타인을 믿는 게 힘들 수밖에 없었다.

"그래서 지금 말하고 보니 어때?"

승훈이 물었다.

"내가 널 보는 눈빛이 변한 것 같아?"

승훈의 질문에 창현의 표정이 변했다.

창현은 조금 울 것 같은 표정으로 웃었다.

"아뇨, 그렇지 않네요."

"그래. 난 이제 그런 헛소문에 휘둘릴 만큼 어리지 않으니까. 내 스스로 생각을 하고 판단을 할 정도로 나이가 있으니까."

"그러게요. 우리는 이제 그럴 나이가 되었죠. 하지만…… 저는 모르겠습니다."

"뭘?"

"형님이 저한테 잘해 주는 이유요."

그 말에, 승훈은 창현을 처음 봤던 날을 떠올렸다.

무거운 책가방을 어깨에 짊어지고 조용히 집안으로 들어오던 어린 소년의 모습.

"민명현은 날 좋아했어."

승훈이 말했다.

"난 그때에도 유명한 아역 배우였고, 주연으로 찍은 영화도 여러 편이었지. 어지간한 녀석들은 다들 나랑 친해지고 싶어 했고, 민명현도 그중 한 사람이었어. 나의 특별한 친구가 되고 싶어 안달이었지. 그래서인지 같은 반이 된 지 얼마 되지도 않았는데, 날 자기 집에 초대하더라."

명현의 집에 갔을 때, 가장 먼저 만난 건 우현이었다.

명현과 다르게 밝고 명랑한 우현과 인사를 나누고 있을 때, 창현이 학교에서 돌아왔다.

"넌 무거운 책가방을 메고 고개를 숙이고 있었거든. 그런데 어째서인지 그게 되게 인상에 남았어. 그 무거운 책가방."

창현은 중학생이었다.

중학교에 다니게 되면, 아이들은 학교생활에 익숙해짐에 따라 무거운 책을 조각내서 들고 다니거나, 사물함에 넣어 두고 가벼운 가방을 메고 다닌다.

하지만 창현은 누가 봐도 '책가방' 같은 책가방에 책을 잔뜩 넣어 둔 모습으로 들어오고 있었다.

"민명현은 널 보자마자 인상을 찡그리더라. 내 앞이라서 하고 싶은 말을 참는 눈치였지. 하지만 우현이는 너한테 인사를 했어. 형, 다녀왔어? 여기 좀 봐. 승훈이 형이 왔어. 승훈이 형 알지? 뭐, 그런 식의 말이었을 거야."

그러자 창현은 천천히 고개를 돌려 승훈을 응시했다.

승훈은 창현과 눈이 마주치는 순간, 심장이 덜컥 떨어지는 느낌을 받았다.

"어릴 때부터 배우 생활을 하면서 참 다양한 사람들을 많이 만나 봤고, 많은 연기를 접해 봤고, 나 자신도 그런 연기를 해 왔지. 그런데 그때의 너 같은 눈빛은 처음이었어."

아마 승훈이 타인의 감정에 예민해서였을 것이다.

창현의 어두운 눈빛을 보는 순간, 심장이 쥐어뜯기는 통증을 느꼈다.

"네게서 본 그게 고독이라는 걸, 집에 가서야 깨닫게 됐지. 신경이 쓰이더라. 대체 뭘 하면서 자라 온 녀석이기에, 어떤 인생을 살았기에 어린 데도 저런 눈빛을 하고 있나. 솔직히 처음에는 호기심이었어. 내가 생전 처음 본 눈빛. 그걸 연구하면 내 연기도 더욱 깊어질 거라고 생각했지. 그래서 이튿날엔 내가 먼저 민명현한테 집에 데려가 달라고 했어."

하지만 한참을 기다려도 창현은 오지 않았다.

─걘 원래 집에 늦게 와. 어젠 왜 그렇게 빨리 왔는지 모르겠네.

명현에게 창현이 언제 오냐고 묻자, 명현은 그렇게 대답했다.

잠깐 명현이 자리를 비웠을 때, 우현이 말해 줬다.

*— 집에 일찍 오면 형이랑 누나가 괴롭혀요. 그래서 늦게 오는
데, 어제는 어머니 생신이었거든요. 그래서 빨리 온 거예요.*

"우현이가 말해 주더라. 내가 돌아간 후에, 네가 많이 맞았다고.
친구 데리고 왔는데 왜 집에 빨리 기어들어 온 거냐고, 널 많이 때
렸다고 하더라. 진짜 끔찍한 놈이야, 민명현은."

"……."

"어쨌든 난 널 제대로 보고 싶었고, 그래서 민명현과 자주 어울
렸어. 그렇게 한 달이 지났나? 날 집에 데려갔는데 민명현이 갑자기
회장님한테 호출을 당한 일이 있었거든. 그때, 금방 돌아온다면서
날 남겨 두고 나갔고, 나는 너랑 얘기할 기회를 얻었지."

창현의 방에 찾아갔을 때, 창현은 책상 앞에 앉아서 공부를 하고
있었다.

"뭘 하느냐고 물었더니, 공부를 하고 있다고 하더라. 내가 옆에
앉았더니, 너도 펜을 내려놓고 날 돌아봤어. 내가 왜 찾아왔는지 궁
금하기도 하고, 이상하기도 하다는 눈빛이었지."

— 명현이한테 맞았다며?

그런 질문을 했다.

"보통은 그런 부당한 일을 당하면, 알아주는 사람한테 일러바치게 마련이거든. 그런데 넌 아무 표정도 짓지 않고 날 가만히 쳐다보기만 하더라. 맞아요, 맞았어요, 알아주는군요, 그런 눈빛조차 없었어. 그냥 쳐다보기만 했지."

그래서 다시 물었다.

— 명현이가 많이 때렸어?

"그랬더니 네가 뭐라고 한 줄 알아?"

창현은 전혀 기억나지 않는 듯했다.

— 지난번에 다녀가신 후에 출연하신 영화를 봤습니다. 정말 감명 깊었습니다.

"나는 기억해. 그 말을 하던 네 표정도, 말투도. 그 순간, 정말 대단하구나 싶었지. 민명현한테 부당하게 맞았으면서도 전혀 내색하지 않으면서 주제까지 돌리는 네 모습에, 그래. 반했어."

"반했다고요?"

"응, 반했어. 그 순간, 네가 좋아져 버렸지. 처음이었어, 누군가랑 친해지고 싶다는 생각을 한 건."

사람이 사람을 좋아하게 되는 데는 이유가 없다지만, 승훈이 창현을 좋아하게 된 데는 이유가 있었다.

고독이 가득한 어두운 눈빛을 지니고 있으면서도, 올곧은 태도를 유지하는 창현이 좋아졌다.

이런 녀석이라면 어떤 일이 있어도 배신하지 않겠구나, 없는 곳에서 없는 말을 만들어 내지 않겠구나, 그런 확신이 생겼다.

승훈은 어릴 때부터 작은 행동 하나라도 잘못을 하면 온갖 비난과 손가락질을 당하는 세상에서 살아왔다.

바로 곁에 있던 사람이 승훈의 행동 하나를 가지고 유언비어를 만들어 내는 세계에 있었다.

그 때문에 신뢰할 사람이 필요했다.

그런 사람을 곁에 두고 싶었다.

"널 내 사람으로 만들고 싶었어. 그러려면 네 눈에 아로새겨진 어둠을 걷어 줘야 한다는 걸 알게 됐지. 하지만 내가 너랑 친하게 지내려고 하면 할수록, 민명현이 널 더 심하게 괴롭힌다는 걸 우현이한테 듣게 됐어."

그래서 발길을 끊었다.

아쉽지만 언젠가는 다시 만나게 되리라고 생각했다.

"그런 이유에서야."

승훈은 창현을 똑바로 보며 말했다.

"나도 무서워. 항상 무서워. 내 곁에 있는 사람이 언제 날 배신할지 몰라서 무섭고 두렵지."

창현이 미간을 좁혔다.

승훈도 자신과 같은 두려움을 느끼는지 몰랐기 때문이다.

"하지만 항상 무서워하다 보면, 정말 좋은 사람마저도 놓치게 된다는 걸 깨달았어. 사람이니까 시행착오를 거칠 수밖에 없고, 사람이니까 배신을 하거나 배신을 당하기도 한다는 것도 알게 됐지. 내가 아무리 움츠리고 있어 봐야, 벌어질 일이 안 벌어지지 않는다는 것도."

"그렇군요."

"그래. 그래도 봐. 믿었더니 결국 이렇게 널 내 사람으로 만들었잖아."

명현의 말에 창현이 살짝 찡그리고 웃었다.

"전 아직 형님 사람이라고 말한 적 없는데요."

"아, 그거 좀 충격인데? 나 배신당한 건가?"

가슴을 부여잡고 말하는 승훈을 보며, 이번에는 창현이 부드럽게 웃었다.

"감사합니다, 형님. 형님이 그런 식으로 생각해 주시는지 몰랐습니다. 진작 말씀해 주셨다면 좋았을 텐데."

"글쎄. 내가 말해 줬더라면 네가 믿었을까?"

"……."

"네가 내 말을 믿어 줄 생각이 든 건, 슬희를 만났기 때문이잖아. 안 그래?"

그 순간, 창현은 드디어 승훈이 보고 싶었던 표정을 드러냈다.

타원형으로 움직인 양쪽 입꼬리와 가늘어진 눈, 얼굴 전면의 근육이 부드럽게 풀어지며 만들어 낸 미소.

어린 시절 보았던 어둠과 고독이 조금도 담기지 않은, 앞으로 외로움이 결코 찾아들지 못할 견고한 미소.

슬희와 같은 미소.

"네, 맞아요."

끝내주게 근사한 미소였다.

*　　　*　　　*

퇴근하고 집에 돌아온 슬희는 씻고 방에 들어가자마자 휴대폰으로 은행 앱에 접속했다.

벌써 몇 달이 지났지만, 은행 앱에 접속해서 통장 잔고를 확인하는 게 습관이 되었다.

믿을 수 없는 통장 잔고를 확인할 때마다, 오늘 처음 본 것처럼 심장이 두근두근 뛰었다.

창현에게는 미안하지만, 요새는 창현을 볼 때보다 통장 잔고를 볼 때 더 두근거린다.

'아니, 아니야. 난 통장 잔고 따위보다 해성이가 더 소중해. 다만…… 우와, 0이 몇 개야?'

SNS에 돈 자랑하는 사람들을 이해할 수가 없었는데, 최근에는 이해하게 되었다.

슬희는 자랑하고 싶었다.

나 돈 많다! 돈 많다고!

창현이 잡아다 준 사람들은 자신들이 빌린 돈과 그동안 슬희 가족이 갚아 나간 이자뿐 아니라, 그들의 고생에 대한 보상까지 두둑이 해 주었다.

그 고생에 대한 보답이 어마어마했는데, 창현의 말로는 가을 심부름센터의 사람들이 힘을 써 주었다고 했다.

자기도 어떤 방법을 사용했는지까지는 모르겠단다.

슬희 부모님은 받은 돈을 전부 슬희와 정우에게 나눠 주고, 자신들은 1원 한 푼도 받지 않았다.

슬희와 정우가 그러지 말라고 했는데도 슬희 부모님은 완고했다.

— 내가 부족해서 너희들을 고생시켰잖아.

아버지는 울면서 말했다.

— 내가 부족해서. 내가 믿지 말아야 할 사람을 믿어서. 내 가족이 가장 중요한데, 내 가족을 가장 우선으로 생각했어야 했는데!

모르겠다.

어떤 사람들은 아버지를 욕할 것이다.

가정도 있는 사람이 가족은 신경 쓰지도 않고 보증을 서 주었다고, 어리석은 행동을 했다고.

하지만 슬희는 아버지를 원망할 수 없었다.

아버지는 내 아버지고, 언제나 좋은 아버지였고, 언제나 노력해 왔고, 그저 남을 믿었을 뿐이니까.

아버지의 죄였던 적은 한 번도 없다.

'집을 사야겠어.'

정우와 의논을 해 봐야겠지만, 아마 정우도 동의할 것이다.

'우선 우리 가족이 살 집을 사는 거야. 나는 곧 결혼할 거고, 정우도 언젠가 결혼하겠지만 엄마랑 아빠가 살 집이 있어야지.'

다행히 집을 사고도 남을 돈이 있었다.

'좋아, 좋은 집을 찾아보자!'

그런 생각을 하며 휴대폰으로 부동산을 알아보려 하는데 휴대폰이 진동했다.

[개구리 소년]

액정에 뜬 이름에 빙그레 웃음이 나왔다.

창현에게 온 전화였다.

"응, 창현아."

[뭐해?]

"그냥 통장 구경하고 있었어."

[아직도 그거 해?]

"평생 할 것 같아. 너무 즐거워."

[그래, 네가 즐거워하니까 나도 좋다.]

"넌 뭐해? 씻었어?"

[아니. 난 지금 너희 집 앞이야.]

"뭐?"

슬희는 깜짝 놀라 창문으로 향했다.

창문을 열자, 저 아래에 이쪽을 올려다보는 창현이 보였다.

"우와, 잠깐만. 금방 나갈게."

통장을 보면 심장이 더 뛴다는 말은 취소다.

지금 슬희의 심장은 창현의 깜짝 방문으로 즐겁게 뛰고 있었다.

슬희가 허겁지겁 나오는 모습에, TV를 보던 엄마가 깜짝 놀라 슬희를 돌아봤다.

"어디 가니?"

"해성이 왔대!"

"그래? 들어오라고 하지."

"그냥 밖에서 손잡고 걸을래."

엄마에게 창현과 만나는 이야기를 아무렇지도 않게 할 수 있게 되어서 기뻤다.

슬희는 서둘러 신발을 신고 계단을 뛰어 내려갔다.

여전히 휴대폰을 귀에 댄 채 이쪽을 향해 있는 창현이 보였다.

슬희는 달려가 두 팔로 창현을 끌어안았다.

안은 채로 고개를 바짝 들어 그의 턱을 응시했다.

"깜짝 놀랐어."

"응, 나도 네가 너무 예뻐서 깜짝 놀랐어."

"아, 뭐야. 우리 해성이, 언제 이렇게 듣기 좋은 말을 하게 된 거야."

창현이 웃으며 슬희의 머리를 쓰다듬었다.

"자려고 한 거 아니었어?"

"아니, 난 통장 잔고를 보면 잠이 확 깨."

"하하하."

"집을 사려고."

"그래? 어디에?"

"그걸 이제부터 알아보려고."

"내가 좀 알아봐 줄까? 아는 부동산 업자가 있어."

"응, 일단 내가 좀 알아보고 상담받아 볼게."

"그래."

슬희는 창현과 손을 깍지 끼고 걸었다.

그와 함께 걷는 밤거리는 항상 즐거웠다.

이렇게 걷고 있노라면 어릴 때의 정경이 눈앞에 그려지는 듯한 기분이 들었다.

"우리 상견례는 언제 할까?"

천천히 걷던 창현이 물었다.

그의 질문에 심장이 가볍게 쿵 하고 내려앉았다.

상견례.

양가 부모님과 가족이 공식적으로 모이는 자리.

얼마 전, 슬희는 주원의 가족들, 즉 민 회장과 최 여사를 만나서 인사하는 자리를 가졌다.

만나기 전에 얼마나 긴장했는지, 창현은 모를 것이다.

아무리 창현이 입양이 되었다고 해도, 공식적인 민 회장의 아들이었다.

이름만 대면 다들 아는 대단한 집안, 해외유학파, 두드림 엔터테인먼트의 대표 민창현.

잘난 아들의 상대로 좋은 집안의 여자를 원하는 건 당연한 일이었다.

적어도 세상에서 좋다고 해 주는 직업이라도 가진 여자를 원할 것이라 생각했다.

　창현 부모님과의 약속을 잡은 후, 슬희는 밥도 제대로 먹지 못했고 잠도 제대로 자지 못했다.

　민 회장 내외를 상상하는 것만으로도 아랫배가 당기고, 명치가 욱신거렸다.

　그런 슬희의 걱정을 눈치챈 건 창현이 아닌 우현이었다.

　— 뭘 그렇게 걱정해요?

　민 회장 내외와의 만남을 하루 앞둔 날.
　휴게실에서 마주친 우현이 물었다.

　— 내일 민 회장님을 만나는 게 무서워요. 잠도 못 자겠어.

　슬희는 창현에게도 드러낼 수 없었던 고민이, 우현의 앞에서는 쉽게 흘러나오는 것이 신기했다.

　슬희의 말을 들은 우현이 그럴 줄 알았다는 듯이 웃었다.

　— 걱정 마요, 그런다고 걱정 안 하지는 않겠지만.
　— 네, 아마 창현이도 걱정 말라고 하겠죠. 하지만 어떻게 걱정
　을 안 할 수 있겠어요?
　— 안 해도 돼요.

우현은 웃으며 덧붙였다.

─그 자리에 저도 있을 거예요.

왜일까.

그 순간, 조금은 안심했다.

그리고 미안해지고, 슬퍼졌다.

우현은 슬희를 좋아했다.

사랑한다고, 그렇게 말했었다.

지금 이 앞에서 웃는 우현은 이 상황을 어떻게 받아들이고 있을까?

인제 와서야 그의 마음이 걱정되었다.

전까지는 우현의 마음이 그저 지나가는 바람일 거라고만 생각했다.

나를 사랑한다 하지만, 처음으로 내게 심장이 뛰었지만, 바람둥이답게, 주위에 여자가 넘치는 사람답게, 금방 잊고 극복할 거라고 여겼다.

하지만 슬희의 생각은 틀렸다.

우현이 슬희에게 사랑 타령을 하지 않게 된 후에도, 슬희는 종종 그의 시선을 느꼈다.

어디에 있든 그는 슬희를 바라보았다.

눈이 마주친 적은 없지만 느낄 수 있었다.

그러면서도 우현은 그녀에게 한 번도 사랑한다거나 좋아한다는 말을 하지 않았다.

꽁꽁 싸맨 마음이기에, 더욱 진심으로 전해졌다.

그래서 슬희는 우현을 더더욱 아무렇지도 않게 대해야 한다고, 그의 마음을 눈치채지 못한 척 행동해야 한다고 생각했다.

우현도 그걸 바랄 것이다.

─고마워요. 안심이 되네요.

슬희의 말에 우현은 참 예쁘게도 웃었다.

선이 고운 얼굴이 부드럽게 풀어지며 미소가 맺히는 과정은 참으로 근사하고, 가슴이 아팠다.

우현이 날 사랑하지 않았더라면 좋았을 텐데, 이 좋은 남자의 심장을 처음으로 흔든 이가 내가 아니었더라면 좋았을 텐데.

슬희는 우현이 좋았다.

창현은 우현이 언제나 자신에게 잘해 주었다고, 그런데 우현의 마음을 믿지 못하고 항상 밀어내기만 했다는 걸 이제야 깨달았다고 말했다.

그래서 우현이 좋았다.

우현은 창현이 밀어냈는데도 창현에게 한결같이 대했다.

그런…… 사람이었다.

"슬희야?"

창현이 부르는 소리에 상념에서 벗어났다.

"어? 아, 응."

"불편해?"

창현이 걱정스럽게 물었다.

"내가 너무 서두르나?"

"아냐, 그런 거. 그런 거 때문이 아냐. 나도 얼른 너랑 같이 살고 싶은걸."

"그럼……?"

"괜찮을까? 상견례."

"응?"

창현은 슬희가 무슨 말을 하는지 전혀 이해하지 못하는 것 같았다. 답답한 한편, 고맙기도 했다.

창현은 슬희의 집안이 자신에게 부족하다는 생각을 조금도 하지 않고 있었다.

오히려 슬희의 부모님이 자신을 받아들여 줘서 감사하다고 했다.

"괜찮지 않을 것 같아?"

"글쎄. 아무래도 너희 집안이랑 우리 집안은 너무 격차가 커서."

"하지만 우리 부모님은 널 마음에 들어 하셨어."

창현이 말했다.

사실 그렇기는 했다.

걱정해서 잠도 제대로 못 잤던 민 회장 내외와의 첫 만남.

인터넷에서 보거나 주위에서 들은, 모진 말들은 전혀 오가지 않았다.

민 회장과 최 여사는 무척이나 따스한 눈으로 슬희를 응시했고, 슬희의 집안 형편이나 직업보다는 슬희와 창현이 어떻게 사랑하게 되었는지에 더 관심을 가졌다.

긴장했지만 즐거운 시간이었다.

"너희 부모님께도, 우리 부모님께도 허락은 받았잖아. 상견례는 그저 그 일에 대해 어른들끼리 대화하고, 결혼 날짜나 장소를 정하는 과정일 뿐이야."

창현이 짐짓 어른스럽게 말하는 통에, 슬희는 조금 웃음이 나왔다.

창현을 오래전의 그 소년과 겹쳐 보는 일은 이제 그만둬야 하는데, 슬희에게 창현은 여전히 해성이었다.

타인과 대화 나누는 게 서투른 윤해성.

그 해성이 이렇게 자라서 슬희를 달래는 말도 할 줄 안다는 게 재미있기도 하고, 기특하기도 하고, 참 좋기도 했다.

"그래, 그런 거겠지. 그럼 서두르자. 결혼 준비해야 할 것들도 많고."

슬희의 말에 창현은 안심한 듯 웃었다.

"응, 그러자. 그럼 이번 주말에 할까?"

"어우야, 뭐가 그렇게 급해? 다음 주쯤에 해도 되잖아."

"이왕 할 거라면 빨리 해치우는 게 편해."

"그야 그렇지."

"그럼 이번 주말로. 부모님께 말씀드릴게."

창현이 즐거운 듯 말했다.

슬희는 창현을 올려다봤고, 슬희의 시선을 느낀 창현이 미소 띤 얼굴로 슬희를 돌아봤다.

"왜?"

"네가 이제는 민 회장님을 부모님이라고 말하는구나, 싶어서."

"아아."

창현이 빙그레 웃었다.

"정말 그러네."

창현은 그동안 민 회장을 항상 회장님이라고 불렀다.

"네 덕분이야."

창현이 슬희의 손을 꼭 잡고 말했다.

"넌 항상 날 좋은 쪽으로 이끌어 줘."

창현이 그리 생각해 줘서 좋았다.

그 후에도 둘은 계속 걸으며 결혼 준비에 대한 대화를 나눴다.

창현은 머릿속에 결혼 생각밖에 없는 듯했다.

"집은 내가 구할 거야."

창현인 고집스럽게 말했다.

그 부분은 슬희도 반대할 생각이 없었다.

이왕이면 반반씩 부담하는 편이 좋겠지만, 창현과 슬희는 가진 것이 너무 달랐다.

넓은 집에서 사는 게 익숙해진 창현에게, 자신의 자존심 때문에 좁은 집을 구해 살자고 하는 것도 민폐였다.

"응, 대신 나는 최대한으로 혼수를 채워 볼게."

"아니, 혼수도 내가 할 거야."

"왜?"

"내가 생각해 둔 것들이 있거든."

"그럼 그걸 말해 줘. 내가 돈을 낼 테니까."

"아니, 돈 내지 마."

"설마 민창현."

슬희가 걸음을 멈추고 창현을 올려다봤다.

"너, 네가 돈 다 쓰려는 거 아니지?"

"왜 아니겠어?"

창현이 도리어 이상하다는 듯 되물었다.

"아니어야지. 넌 정말 꽃뱀한테 물려도 단단히 물릴 타입이야."

"넌 꽃뱀이 아니잖아."

"꽃뱀이면 어쩔래?"

"물리지, 뭐. 못 물릴 것도 없지."

"말도 참 예쁘게 하네."

슬희는 웃으며 창현의 볼을 살짝 꼬집었다.

창현은 슬희의 손길이 좋은지 눈을 가늘게 뜨고 웃었다.

"하지만 난 몸만 들고 결혼하진 않을 거야."

슬희가 말했다.

"아니, 그냥 몸만 와. 지금 그 통장에 있는 돈, 이 결혼식에 쓸 거 없어. 부모님 드리고 와도 돼."

"네가 돈 많은 거 알아. 내가 가진 돈으로는 네가 원하는 인테리어의 반도 할 수 없다는 것도 알고. 하지만 이건 정말 아냐. 남자 잘 만나서 신분 상승하는 여자가 되고 싶진 않아."

"신분 상승을 하는 건 나야."

창현이 단호하게 말했다.

"모르겠어, 슬희야?"

창현의 올곧은 눈동자는 흔들림 없이 슬희를 향하고 있었다.

"바로 이 순간이, 지금 이 광경이, 어릴 때부터의 내 꿈이고 소망이었어."

"……."

"네가 내 옆에 앉아 줬을 때, 나는 늘 네 곁에 있고 싶었어. 네 부모님이 널 찾으러 왔던 그때, 나는 그 가족에 포함되고 싶었고. 지금 난 어릴 때부터의 꿈을 이루게 된 거야."

창현의 음성에는 거짓이 조금도 담기지 않았다.

진실한 그의 음성에 가슴이 떨렸다.

항상 들어도 그랬다.

"네가 없었으면 지금의 나도 없었어. 그때 네가 내 손을 잡아 줘서 지금 여기에 내가 있는 거야. 모르겠어? 돈이나 집이나 결혼 비용이나, 그런 건 아주 부차적인 거야. 제일 중요한 건."

창현이 슬희의 양손을 하나씩 잡았다.

"내가 지금 네 옆에서 마음껏 네 손을 잡을 수 있다는 점이야. 이게 제일 중요해."

＊　　＊　　＊

"좀 하네."

라고, 주희는 말했다.

"민창현, 좀 하네. 안 그러냐, 연우야."

"그러게. 나보다는 못 하지만 그래도 좀 하네."

연우가 고개를 끄덕였다.

어제저녁, 상견례도 무사히 끝냈다.

민 회장 내외는 정중하고 다정했다.

— 이제 곧 가족이 되겠네요.

민 회장은 그리 말했다.

결혼식은 아이들이 원하는 대로 하게 내버려 두자고 말한 어른들은 둘의 결혼 얘기보다는 다른 이야기들을 더 많이 했다.

이런저런 평가를 받을 줄 알았던 슬희는, 의기투합하여 사랑에 대한 대화를 나누는 어른들 옆에서 맛있는 밥만 먹었다.

창현과 자신이 상견례의 주인공이 될 줄 알았는데, 아예 없는 취급을 받았다.

우현과 정우까지도 어른들의 대화에 끼어들었지만, 슬희와 창현은 얼떨떨한 기분으로 서로 눈빛을 주고받을 뿐이었다.

긴장되는 상견례가 끝난 후, 슬희는 오랜만에 친구들을 만나 그동안의 이야기와 결혼 진행을 알리는 중이었다.

"민창현이 그렇게까지 말하는데, 굳이 네가 돈을 내려고 할 필요는 없잖아. 그냥 고마운 마음으로 받아."

연우가 말했다.

"응, 그러려고. 결국 이렇게 고집을 부리는 것도 내 자존심인 것 같아서. 살면서 그만큼 잘하면 되겠지."

"상견례는 잘 끝냈고? 얘기 잘 했어?"

주희가 물었다.

"얘기 잘하고 말고 할 것도 없이, 우린 처음에 인사할 때만 말하고 그다음부터는 한마디도 안 했어. 어른들끼리 잡담만 나누시더라. 결혼 얘기도 거의 안 하고. 상견례가 이런 거야?"

슬희의 말에 연우도 넌 어땠냐는 듯 주희를 돌아봤다.

주희가 고개를 옆으로 기울이고 그때의 상황을 떠올리더니 말했다.

"그러고 보니, 우리 때도 그랬던 것 같아. 결혼식 준비 얘기나 그런 건 처음에만 잠깐 하고, 다음부터는 그냥 어른들끼리 낚시 얘기랑 여행 얘기 같은 것만 하시더라. 아버님이랑 우리 아빠가 두 분 다 낚시를 좋아하시거든. 엄마들은 진절머리 나는 표정이었어."

낚시.

그 말을 듣자 승훈이 떠올라 웃음이 나왔다.

승훈은 지금쯤 다시 태국에 돌아가 낚시를 하고 있을 것이다.

'결혼 선물로 진짜 물고기를 가지고 오는 건 아니겠지?'

웨딩드레스 차림으로 펄떡펄떡 뛰는 커다란 물고기를 받는다고 생각을 하니 등골이 오싹해졌다.

"그러고 보니 말이야."

그때 연우가 주제를 바꿨다.

"민 회장님이랑 창현이네 이모님이랑 결혼을 한 거라고 했지? 서로 어떻게 알게 된 거래?"

"아, 그러게. 그거 진짜 궁금하더라."

주희도 눈을 빛내며 슬희를 돌아봤다.

"안 그래도 상견례 때 그런 얘기가 나왔는데."

슬희는 그때의 일을 떠올렸다.

누가 먼저 그 이야기를 꺼냈더라.

아마 슬희와 창현의 첫 만남에 대한 얘기가 나오다가 자연스럽게 그쪽으로 주제가 흘러간 것 같았다.

"민 회장님이 말씀하시길⋯⋯."

모두가 민 회장을 어려워했다.

편하게 대하기에 민 회장의 위치는 너무도 견고한 탑 위에 있었다.

민 회장이 무슨 말을 하든 사람들은 고개를 숙였고, 눈도 제대로 마주치지 못했다.

손에 쥘 수 있는 것은 물질뿐, 사람의 진정한 마음은 아니라는 걸 민 회장은 차츰 깨달아 가고 있었다.

오히려 손에 쥔 것이 많아질수록, 진정한 마음들은 멀어져만 갔다.

최미나, 그러니까, 이제 최 여사가 된 그녀를 만나게 된 건, 한창 인간관계에 대한 고민을 하고 있을 때였다.

그 날은 임원진과 함께 일식집에서 모임을 가졌다.

민 회장은 자신이 끼면 사람들이 불편해하기에, 평소 임원진 모임에는 잘 참석하지 않는 편이었다.

하지만 그 날은 어쩐 일인지 마음이 동했고, 그래서 모임에 참석했다.

고급 일식집에서 간단하게 식사를 하고 술을 마실 때쯤, 민 회장은 이 모임에 나온 걸 후회하고 있었다.

임원들은 민 회장의 눈치를 보느라 제대로 먹지도 못했고, 잘 웃지도 않았다.

'슬슬 돌아가야겠군.'

이라는 생각을 하고 있을 때, 종업원 몇 명이 다음 요리를 내오기 위해 안으로 들어왔다.

단정하게 차려입은 종업원들은 무릎을 꿇고 앉아 식기를 정리했다.

인제 와서는 잘 기억나지 않지만, 그때 민 회장은 쌓아 올린 식기를 보며 어떤 농담을 했다.

농담으로 한 말인데, 임원들은 쥐죽은 듯 서로의 눈치를 봤고, 종업원을 역시 고개를 숙이고 조용히 그릇만 옮겼다.

"아하하하하하!"

유쾌한 웃음소리가 울려 퍼진 건, 아무도, 농담을 한 민 회장조차도 예상하지 못한 일이었다.

청량하게 웃는 사람은 종업원 중 한 명으로, 자그마한 얼굴과 하얀 피부, 크고 둥근 눈과 새까만 눈동자가 인상적인 젊은 여자였다.

옆에 있던 종업원이 깜짝 놀라 그녀의 옆구리를 쿡 찌르는 게 보였다.

"왜요?"

하지만 그녀는 도리어 이상하다는 듯 주위를 둘러보다가 민 회장과 눈을 맞췄다.

민 회장을 이렇게 똑바로 응시하는 사람은 아주 오랜만이었다.

"웃으라고 한 말씀 아니세요? 진짜 재미있었는데."

"아니, 지금 여기가 어디라고……."

임원 한 명이 못마땅한 듯 중얼거렸지만, 그녀는 조금도 주눅 들지 않았다.

"아, 불쾌하셨다면 죄송합니다. 정말 웃겼거든요. 이제 안 웃을 게요."

하지만 말과는 달리, 그녀의 자그마한 얼굴에는 미소가 맺혀 있었다.

참으로 근사한 미소였다.

그때까지만 해도 민 회장은 그녀를 그저 '귀여운 여자아이' 정도로만 생각했다.

이 일식집에는 귀여운 종업원이 있군. 인기가 많겠어.

여기까지였다.

하지만 진짜 사건은 후식으로 녹차가 나왔을 때 벌어졌다.

민 회장과 임원진들의 미팅이라, 주인이 귀띔한 것인지 들어오는 종업원들은 대부분이 긴장한 상태였다.

그게 사달이었다.

민 회장의 앞에 녹차를 따라주던 종업원이 주전자를 거둬가다가 팔꿈치로 녹차가 담긴 컵을 쳤고, 그 안에 담겨 있던 뜨거운 녹차가 그대로 민 회장의 다리에 쏟아졌다.

"아……!"

갑작스러운 일이라 짧은 탄식만 흘러나왔을 때.

저 멀리서 녹차를 따르고 있던 그녀가 벌떡 일어나 달려오더니, 민 회장의 팔을 덥석 잡아 일으켰다.

이 작고 마른 몸 어디에 이런 힘이 숨겨져 있었나 하고, 민 회장은 그 상황과 어울리지 않는 생각을 했다.

"얼른요!"

그녀는 민 회장을 재촉해, 밖으로 끌고 나갔다.

다들 놀라서 그녀를 막을 생각도 하지 못했고, 민 회장 역시 놀란 터라 그녀가 하라는 대로 끌려갈 수밖에 없었다.

남자 화장실까지 민 회장을 데리고 간 그녀는, 화장실 구석에 있는 호스를 꺼내 민 회장의 다리 쪽으로 향했다.

차가운 물이 민 회장의 허벅지에 닿았다.

그제야 민 회장은 뜨거운 녹차가 쏟아진 허벅지의 통증을 느낄 수 있었다.

"괜찮아요?"

어느 정도 식었다고 생각했는지, 그녀가 민 회장을 올려다보며 걱정스럽게 물었다.

그때에도 그녀의 눈동자는 새까맣고 흔들리지 않았다.

오롯이 민 회장에게로 향해 있었다.

그 순간, 민 회장은 그녀의 질문에 대한 답이 아닌, 다른 질문을 던졌다.

"이름이 뭐예요?"

"민 회장님이 엄청 쫓아다니셨대. 어머님은 민 회장님이랑 자기랑 어울리지 않는다고, 계속 피하셨나 봐. 그러다가 결국 민 회장님 진심이 통해서 마음을 받아 주신 거지."

슬희가 말했다.

그 당시, 최 여사의 주위에는 여러 일이 일어났다.

언니가 자살했고, 조카인 해성이 혼자 남겨졌다.

최 여사 역시 민 회장이 좋았지만, 자신의 상황을 생각하면 민 회장의 마음을 받아 줄 수가 없었다.

그러던 때에, 민 회장은 최 여사에게 다 괜찮다고, 조카도 내 아들로 삼겠다고 말하며 최 여사의 마음을 달랬다.

"그쪽 집안 남자들은 약간 영화 같은 만남을 선호하나 보다."

주희의 감상이었다.

"그래도 창현이 입장에선 정말 다행이네. 제일 힘들 시기에 민 회장이 아들로 삼아 준 거잖아."

연우의 말에 슬희가 고개를 끄덕였다.

"응, 그래서 굉장히 고마워하고 있어."

"그래서…… 네 결혼식은 언제 해?"

주희가 물었다.

"5월. 5월 셋째 주 토요일로 정했어."

슬희가 웃으며 대답했다.

*　　*　　*

5월 셋째 주.

슬희와 창현이 결혼을 하는 날은 무척이나 좋은 날씨였다.

푸르른 하늘은 5월의 봄기운을 잔뜩 머금었고, 간간이 불어오는 바람은 신선했다.

슬희와 창현은 야외 결혼식을 올렸다.

창현의 결혼식이니 형인 명현도 참석했다.

슬희는 그날 처음으로 민명현이라는 남자를 보았다.

금테 안경 뒤로 빛나는 눈이 매섭고 차가운 남자였다.

우현의 말로는 애리 사건 때문에 명현도 몸을 사리고 있다고 했다.

　　— 창현이 형 건드려 봐야 좋을 게 없다고 판단한 거겠지. 명현
이 형은 애리 누나처럼 멍청하진 않거든.

우현과 슬희는 말을 편하게 하는 사이가 되었다.

어쩐 일인지 우현은 정우와 친해졌고, 그러다 보니 정우가 준비
하는 인터넷 사업을 도와주겠다며 슬희의 집에 자주 드나들었다.

많은 사람이 결혼식에 찾아왔다.

승훈도 있었고, 백상희와 최영빈도 있었다.

회사 사람들과 친구들, 소중한 사람들이 웃으며 슬희를 축하해
주었다.

신부 대기실에 찾아와 인사하는 사람들과 사진도 찍고 축하도
받으며, 슬희는 우현을 기다렸다.

아직까지도 우현은 신부 대기실에 나타나지 않았다.

"신부님. 이제 준비해 주세요."

도우미가 그렇게 말하고 난 후에야, 우현이 신부 대기실에 들어
왔다.

정장을 차려입은 우현은 무척이나 근사했다.

역시 우현은 연예인을 했으면 어마어마한 인기를 누렸을 것이다.

"드레스는 어때? 안 불편해?"

우현이 물었다.

그러고 보면, 우현은 항상 슬희를 걱정해 주었다.

"불편해. 숨을 못 쉬겠네."

우현이 웃었다.

"발도 아프겠다."

"응, 벌써부터 아파. 결혼식 끝날 때까지 견딜 수 있을지 모르겠어."

"정신없어서 아픈 줄도 모를 거야."

"마치 드레스 입어 본 사람처럼 말한다?"

"아, 들켰나."

우현이 웃었고, 슬희도 마주 웃었다.

우현이 신부 대기실 밖을 응시하며 물었다.

"어때? 아직도 창현이 형이 누나가 말하던 수천 가지의 조건을 채운 남자인 것 같아?"

그의 질문에 가슴이 알싸하게 아파졌다.

우현은 오래전, 그를 거절하기 위해 슬희가 되는 대로 내뱉었던 말을 여전히 기억하고 있었다.

항상 그랬다.

우현은 언제나 슬희도 기억하지 못하는 슬희의 말들을 기억했다.

"아니."

슬희의 대답에 우현이 돌아봤다.

"수천 가지가 아니라 수만 가지를 채웠더라."

슬희가 덧붙이자, 우현이 쓰게 웃었다.

그의 미소는 마치 울기 직전에 지을 듯한 미소라서, 슬희도 조금 울고 싶어졌다.

하지만 우현은 곧 미소를 지었다.

"다행이네. 넘치도록 괜찮은 남자라서. 나도 우리 형이 그럴 줄 알았지."

우현이 창현을 '우리 형'이라고 말해 줄 때마다, 슬희는 가슴이 아팠다.

"있잖아, 누나."

우현은 여전히 신부 대기실 밖을 응시하고 있었다.

"있잖아, 나 말이야. 딱 한 번만 누나 이름을 불러 봐도 될까?"

슬희는 잠시 망설였지만 고개를 끄덕였다.

"응, 그래. 그래도 돼."

우현이 슬희를 돌아봤다.

"슬희야."

가슴이 미어졌다.

"난 아직도 널 사랑해."

슬희는 부케를 잡은 손에 힘을 줬다.

"하지만 걱정하지 마. 나는 오늘을 마지막으로 이 사랑을 드러내지 않을 거고, 널 사랑하지 않으려고 온 힘을 다해 노력할 테니까."

"……."

"10년만 모르는 척해 줘. 딱 10년만. 그러면 그땐 제대로 부를게. 형수님이라고."

대답을 해야 하는데, 목이 메었다.

슬희는 부케를 쥐고 눈에 힘을 줬다.

눈물을 흘리지 않기 위해 노력하며 고개를 끄덕였다.

"응, 그래. 그때까지는 네가 버릇없이 굴어도 참을게."

우현이 씩 웃었다.

슬픔이 담기지 않은, 다정하고 유쾌한 미소였다.

*　　*　　*

10년 후.

우현이 창현의 집에 찾아갔을 때, 창현과 슬희의 딸인 예지가 도도도 달려와 우현을 끌어안았다.

"삼쫀!"

이제는 말을 제대로 할 수 있는 나이가 되었는데도, 예지는 우현을 항상 '삼쫀'이라고 불렀다.

우현은 웃으며, 창현을 쏙 빼닮은 예지를 번쩍 안아 들었다.

"엄마랑 아빠는?"

"아빠는 엄마한테 혼나고 있어!"

"왜 또?"

"승훈 삼촌이랑 낚시 갔었는데, 붕어를 엄청 많이 잡아 왔거든. 엄마가 그걸 다 어떻게 손질하냐고 혼내는 중이야."

"아하하하하."

최근에 창현은 낚시에 빠져서 승훈과 함께 낚시를 다니고 있었다.

우현도 가끔 거기에 합류했지만, 낚시가 뭐가 재미있는지 모르겠다.

우현은 예지를 안아 들고 정원으로 나갔다.

창현이 쭈그리고 앉아 붕어를 손질하는 뒷모습과 그 옆에서 팔짱을 끼고 서서 창현을 감독하는 슬희의 모습에 보였다.

창현이 흘리는 식은땀이 우현의 눈에도 보일 정도였다.

슬희는 아이를 낳았는데도 10년 전과 조금도 달라지지 않았다.

여전히 예쁘고, 여전히 고왔다.

그런 슬희를 지그시 응시하던 우현은, 예지를 안은 팔에 힘을 주며 슬희를 불렀다.

"형수님."

〈사표 내겠습니다 ─ 외전〉 完